Dokidoki! 小説 Precure

ドキドキ！プリキュア

山口亮太／作

講談社キャラクター文庫 035

※この小説は、テレビシリーズの続編として執筆したものです。
各章の話数は、最終回後の放送日を仮定して設定したものです。

Contents

50

レジーナ落第!?　小学生からやり直せ!

「ケロケ～ロ！　ただいまケロ！」

「お帰りなさいケロ！」

パパがチェンマイで買ってきた木彫りの蛙《かえる》。蛙の背鰭《せびれ》のギザギザを木の棒で擦《こす》ると、蛙の鳴き声みたいな音が出る『ギロ』っていう楽器なの。本来、蛙に背鰭はないけれど、まあそれはともかく……さっきからレジーナは、私の家の居間にあった蛙の人形を総動員して、お飯事《ままごと》をして遊んでいる。どうやら、父さん蛙が会社から帰宅した設定らしい。

「あなた、随分遅かったケロね」

「いやあ、会社の会議が長引いてしまってね……」

「それはお疲れさまだったケロ……ってなんですか、あなた！　ワイシャツについた、この真っ赤な口紅は！」

「えっ、いや……帰りの電車が混んでたから、そこでついたのかもしれないなあ……」

「嘘《うそ》おっしゃい！　あなた、私に隠れて浮気していたケロね！」

「おい、ちょっ……暴力は止《よ》せ。子供たちが見ているじゃないか」

「何よ、バカにして！　アンタの顔なんて二度と見たくないわ。今すぐ出ていって！」

母さん蛙が投げたていで、レジーナは座卓の上の消しゴムやクリップを次から次へとビシビシ投げてくる。シャープペンシルの替え芯ケースがおでこに当たった時点で、亜久里《あぐり》ちゃんの堪忍袋の緒がキレた。

「レジーナ、いい加減にしなさい！　これは、あなたのための勉強会なのですよ。それなのに、どうしてあなたが遊んでいるのですか！」

「だって、飽きちゃったんだもん！」

プウッと頬を膨らませるレジーナ。いやいや、飽きるの早すぎだから。教科書広げて、まだ三十分も経《た》ってないから。

「まあまあ。ちょっと一服しようよ。パパが桃まん作ってくれたんだ」

「でしたら、私はお茶を淹《い》れますね」

勝手知ったる友の家。マナとありすは台所に立って、それぞれお鍋とヤカンにお湯を沸かし始めた。お饅頭《まんじゅう》を温めるだけならレンジでもいいのに、わざわざ蒸籠《せいろ》を使うあたりがマナのこだわりポイントね。

「マナは、レジーナに甘すぎます。少し厳しくしないと、社会に出たときに苦労しますわ」

大仰なその物言いに、まこぴーが思わず吹き出した。

「亜久里ちゃんは、レジーナに厳しすぎるんじゃない？」

「そうよそうよ。あたしの方がお姉さんなんですからね。少しは敬いなさいよ！」

まこぴーの後ろに隠れるようにして、レジーナは拳を突きあげている。けれど、亜久里ちゃんはそんな抗議の声をものともせずにピシャリとこう言いきった。

「私《わたくし》とレジーナは、アン王女の魂から生まれた双子のような存在ですから、どちらが上かなんて議論は意味がないと思います。それに、姉として扱ってほしいなら、もう少しまっとうな人間になってくださいな」

たははは……私も、思わず苦笑い。亜久里ちゃんは言ってることはモノ凄《すご》く正しいんだけど、正しすぎて、言われた方は逃げ場がなくなっちゃうのよね。レジーナだって、見事に凹《へこ》んで……いないし？　ちょっとちょっと、何処《どこ》行った？　慌ててリビングをぐるっと見渡してみたら、レジーナは私の家の冷蔵庫を勝手に覗《のぞ》いてた。

「ねえ、コーラないの？」

「ウチは炭酸買わない主義なの。お砂糖がいっぱい入ってるから、お母さんが飲んじゃいけないって……ああ、こら！　冷凍庫を開けるな！」

「アイスも入ってないじゃない。ちゃんと買っておきなさいよね！」

んもう！　レジーナったら、本当にジコチューなんだから！

☆　☆　☆

この辺で一応、自己紹介しておくね。

私、菱川六花《ひしかわりっか》。大貝《おおがい》第一中学三年生。現在、受験勉強の真っ只中《ただなか》。

今からちょうど一年前。私たちはジコチューによって滅ぼされたトランプ王国を救うために、伝説の戦士・プリキュアに変身して戦ったの。プリキュアっていうのは……ああ、別に言わなくても判《わか》るか。私たちの戦いは、日本全国のお茶の間に実況生中継されちゃったものね。動画はインターネットで世界中に拡散されちゃって、再生回数は十億回を越えたらしい……えっと、はい、そうです。五人いる中の青いのが私、英知の光・キュアダイヤモンドです。

とまあ、ここまで書いたからには私の大切な仲間……ドキドキ！プリキュアのメンバーも紹介するべきかしらね。

まずは、私の十年来の大親友にして、ドキドキ！プリキュアのみんなを引っ張るリーダー的存在、みなぎる愛・キュアハートこと相田《あいだ》マナ。「愛」と書いてマナと読むんだけれど、その名が示すとおり、とにかく周りの人たちに愛を振《ふ》り撒《ま》くの。大きな荷物を抱えて階段の前で立ち往生しているお年寄りを見かけたら、必ず荷物を持って階段の上まで運んであげるし、道に迷っているサラリーマンがいれば必ず道案内してあげるし、泣いている子供がいたら必ず「どうしたの？」って声をかけてあげるの。マナはまさにオスカー・ワイルドが書いた『幸《しあわ》せの王子《おうじ》』そのもの。他人の幸せを優先するあまり、自分のことは二の次になる傾向があるから、私はいつもヒヤヒヤしてる。プリキュアのパーソナルカラーはピンク。

そして、こちらも私の古くからの親友、陽《ひ》だまりぽかぽか・キュアロゼッタこと四葉《よつば》ありす。世界でも有数の大企業、四葉財閥の社長令嬢なの。小さいころからいろんな習い事を嗜《たしな》んでいて、ピアノにヴァイオリン、乗馬、バレエ、剣道、空手、合気道、果ては飛行機の操縦までこなしちゃうワンダーガール。見た目は、物静かなお嬢様タイプだけれど、マナを友達のことを何よりも大切に思ってくれる熱いハートの持ち主で、小学生のとき、マナをイジメていたクラスメイトをとっちめちゃったこともあるぐらい。プリキュアのパーソナルカラーはイエロー。

それから、今や世界中で大人気の歌姫となった剣崎真琴《けんざきまこと》。またの名を勇気の刃・キュアソード。パーソナルカラーは紫。彼女はトランプ王国から救いを求めてやってきた異邦人。はぐれてしまった王女様を捜し出すために、アイドルとして活動していたの。

「心をこめて歌い続けていれば、きっとあの方も気づいてくれるって思ってた……」

その願いは叶《かな》わなかったけれど……それでも彼女は……まこぴーは、自分を支えてくれたファンの声援に応えるために、今も歌い続けている。

それともう一人、途中から私たちの仲間に加わった愛の切り札・キュアエースこと円《まどか》亜久里ちゃん。どうしてちゃんづけなのかというと、彼女はまだ小学五年生なの。

と言っても、年齢に関しては非常にあやふやで……亜久里ちゃんはアン王女の魂から生まれたんだけれど、まこぴーがアン王女と最後に別れた時期から考えると、彼女はこの世に生を受けてから、まだ一年ちょっとしか経っていない。

そもそも……彼女はプリキュアになると、大人の女性に「変身」するのだ。手足はしなやかに伸び、唇は薔薇色《ばらいろ》に艶《つや》めき、胸も腰も熟れた果実のように膨らむ。

「私《わたくし》は、思いの力で成長したのです」

正直、理屈はよく判らない（だって、医学的に考えたらありえないじゃない？　いきなり大人になるなんて！）けれど、失われた王国を取り戻したいという亜久里ちゃんの思いこそが、彼女の命の炎を一瞬にして、それこそ何年分も燃えあがらせて、大人の姿に変えていたんだと思う。キュアエースのパーソナルカラーは紅。

と、まあ、以上五人がドキドキ！プリキュアのメンバー……っと、いけない忘れてた。私たちには一人一人、妖精のパートナーがいるの。私の相棒は、ラケル。ちょっとおませな男の子。見た目は青い犬。くるんと巻いた尻尾と垂れ耳がチャームポイント。

マナのパートナーはシャルル。見た目は、ピンクのウサギ。妖精チームを引っ張るしっかり者。マナのことが大好きで、実の姉のように慕ってる。

ありすのパートナーはランス。見た目は黄色いこぐま。舌ったらずのところが可愛《かわい》いんだけど、たまに歯に衣着せぬことを言って、ドキッとさせることがあるの。

まこぴーのパートナーはダビィ。紫色の猫。普段は大人の女性の姿になって、まこぴーのマネージャーとして働いているの。妖精なのに、スケジュールの管理から車の運転までこなしちゃうんだから……ホント、頼りになりすぎる。

そして、亜久里ちゃんのパートナー……っていうか、私たちを強力にサポートしてくれているアイちゃん。見た目は天使の羽が生えた赤ちゃん妖精だけど、侮るなかれ。アイちゃんが「きゅぴらっぱー！」と叫ぶと、必ず奇跡が起きるのだ……いや、本当に……不思議なことばかり。ツッコミだすとキリがないので、私はあまり深く考えないようにしているけど。今は、トランプ共和国の大統領、ジョナサン・クロンダイクと一緒に生活している。

まあ、とにかくそんなこんなで、私たちはプリキュアとしての仕事を成し遂げて、見事トランプ王国に平和を取り戻したんだけれど……私たちの活動は今も続いているの。それもこれも、キングジコチューとの戦いの最中、マナがプリキュアであることを全国中継でカミングアウトしちゃったせいなんだけどね……あれ以来、時化《しけ》で座礁したタンカーをどけてくれだの、木から降りられなくなった子猫を助けてくれだの、依頼の電話が引っ切りなしで、もう大変！　それ、プリキュアに頼まなくてもいいんじゃないの？　みたいなことまでお願いされています。受験生なんだけどなあ、私たち……。

☆　　☆　　☆

さて、我が大貝第一中学に入学してきたレジーナですが、お勉強の方は全くついていけない様子なの。レジーナの担任の城戸《きど》先生（去年まで私たちの担任だったんだけれど、今年から一年生を受け持つことになった）も完全にお手上げ状態らしくて、昨日の放課後、廊下で呼び止められたの……相談されたのは私じゃなくてマナの方だけど。

「レジーナの勉強見てやってくれないか。アイツ、お前に懐いてるみたいだし……」

隣で聞いてて、私、思わず溜め息《ためいき》。だって、まだゴールデンウィーク前よ？　白旗揚げるの早すぎでしょ？　生徒を頼る前に、もうちょっと、一教師として努力したって罰は当たらないハズよ。

「そんな顔するな、菱川」

ヤバ……思いっきり、顔に出ていたみたい。

「お前だって、プリキュアだろ？　困ってる人を助けるのが仕事じゃないのか？」

「先生は、プリキュアを何だと思ってるんですか！」

拳をプルプル震わせていた私を、マナが「どうどう！」と、なだめる。私は馬か？

「いいですよ。あたしもレジーナがこっちの学校に馴染《なじ》んでるか心配だったし」

「マナってば、またそんな安請け合いして……」

「他人に教えているときがいちばん記憶が定着しやすいって、六花が言ってたじゃない。あたしたちの復習も兼ねて、みんなで勉強会しようよ」

と言って、マナは白い歯を見せてニカッと笑う。ああもう……この笑顔に弱いのよね、私は……。

☆　☆　☆

「でもさあ、どうして勉強なんてしなきゃいけないの？」

レジーナったら、ソファで寝そべりながら桃まんを頬張ってる。

「お行儀悪いビィ」

「食《た》べ屑《くず》こぼしてるランス」

「ちゃんと座って食べるシャル」

「アンコがおかしなところに入っても知らないケル」

たちまち妖精たちから集中砲火。だけど、レジーナはいちばん手近にいたラケルを取っつかまえて、サファイアの瞳でギロリと睨《にら》みつけた。

「何処よ、おかしなところって？」

「お、おへそとか……」

「いい加減なこと言ってンじゃないわよ！」

ぶにぶにぶに。レジーナったら、ラケルの頬《ほ》っぺたをお餅みたいにこねくりまわしてる。しょうがないから私、ラケルをレジーナから取りあげて、助け舟を出す。

「気管よ。下手したら窒息したり、誤嚥性肺炎《ごえんせいはいえん》にかかって死ぬこともあるのよ」

「何よ、大袈裟《おおげさ》ね」

なんて言いながらも、レジーナはちょこんとソファに座り直す。口では文句たらたらだけど、ちゃんとこっちの言うことも聞いてるところがなんとも可愛い。

「それよ」

「は？」

「勉強する意味。あなたは今、体の構造を知り、真っすぐ座って食べないと命を落とすかもしれないってことを学んだわけよ。知識というのは、あなたの人生を支える杖《つえ》になるものなのよ。あっても邪魔にならないし、持ってて損することもないわ」

「流石《さすが》、六花《ほ》ちゃん」

ありすが誉め称《たた》えてくれる。どうもどうも、と私は手をヒラヒラさせてそれに応える。

「でもさあ、ドラマも映画も、先の展開を知らない方が楽しめるじゃない？」

得意のヘリクツに、まこぴーは思わず「おー」とか言っちゃってる。レジーナってば、本当に口だけは達者なんだから……。

「それは違うよ」

マナが口を挟む。

「ドラマを見るのも映画を見るのも、それって物語を知る、つまり学ぶってことだよ。レジーナは、あたしの家にあった本、結構熱心に読んでたし。本気で勉強始めたら、グングン伸びるタイプなんじゃないかな？」

「別に。あたしはマナがどんな本読んでるのかなあって気になっただけよ」

言うと思った。

私も、マナのことは何でも知りたかった。好きな本、好きな遊び、好きな食べ物……マナがこれまで血肉として蓄えた栄養素を、全部吸収したいって思ってたから。

「だったら、マナが使ってたノートとか参考書を見せてあげればいいんじゃない？　マナがどんな勉強してたのか、興味あるんでしょ？」

「いいね、まこぴー。それナイスだよ！」

言うが早いか、マナは自分の家まで昔のノートを取りに行った。

私の家からマナの家まで、直線にしておよそ百メートル。走れば一分とかからない距離。なのにレジーナったら、マナが出ていった途端に、ソワソワし始めた。

「あたし、そろそろ帰っていい？」

「なんで！」

私、イラッとして思わず声を張りあげてしまった。

「マナは、あなたのためにわざわざ昔のノートを探しに行ってるのよ？　せめて、マナが帰ってくるまで待ってたらどうなの？」

「だって、ダルいんだもん」

「それ、理由になってないから！」

「良かったら、レジーナさんが勉強したくない理由をおっしゃってくださいな」

私とありすは『北風と太陽』だ。陽だまりのような暖かい物腰に促されたのか、レジーナは勉強に対する不満を、堰《せき》を切ったように並べ立てた。

「あたし、数字を見ると頭が痛くなるのよね。九九とかみんなどうして覚えられるの？あと、地図？　あれダメ。記号とか意味不明だし。それに、ナクヨウグイスヘイアンキョウとか、何なわけ？　ウグイス何処から飛んできたのよ！」

「判る判る！　あたしも最初に習ったとき、意味が判らなくて途方に暮れたもん！」

賛同するまこぴーを見て、納得。

そりゃそうよね。異世界からやってきて、いきなり日本の歴史を覚えろって言ったって、そりゃ無理だもの。地図の記号だって、私たちの生活に根差しているから理解できるのであって、マルにテで郵便局とか、鳥居の形で神社とか、直感できるはずがない。

でもさ……。

それって、ちょっとマズいんじゃない？

常識の部分が根本から違うんですもの。九九を覚えていないのに、連立方程式を解けって言ったって、そりゃ無理に決まってる。田んぼの上にビルは建てられないのと同じこと。基礎をガッチリ固めなきゃ。それこそ、小学生からやり直すぐらいの勢いで……。

あれ？

「亜久里ちゃんは、小学生よね？」

「はい、五年生です」

「亜久里ちゃんとレジーナは双子よね？」

「ええ、私《わたくし》たちはアン王女の魂から分裂したのですから……急になんです、六花？」

「いや、亜久里ちゃんは小学五年生なのに、どうしてレジーナは中一なのかなって……」

「あっ！」

と、シャルルたちが息を呑《の》んだ。

「そう言えばそうよね。私全然気がつかなかった」

と、目をパチクリさせているのはまこぴー。残るありすとダビィはというと、目を逸《そ》らしながら紅茶を啜《すす》っている。どうやら私は、触れてはいけない部分に触れてしまったようだ……。

「その件に関しては、私《わたくし》も前々から気にはなっていたのです。この際だからハッキリさせましょう。身長も私《わたくし》とたいして変わらないあなたが、どうして中学生なのです？」

「知らないわよ、そんなの！　王女がプシュケーを割ったときに、あたしの方がちょっと大きかったんじゃないの？」

「おせんべいみたいに言わないでください！」

亜久里ちゃんの一言で、その場にいた全員が思わず吹き出した。

「みんな笑いすぎだビィ！」

って、言ってるダビィの肩がいちばん震えているし。我慢すればするほどおかしくて……ダメだ。お腹《なか》が痛い……！

「お皿、かたづけるシャルね」

「それでは、私は紅茶をもう一杯……」

テーブルの上を拭きながら、私は改めてレジーナに訊《き》いてみた。

「で、さっきの話なんだけど……」

「さっき？」

「学年のことよ。レジーナはぶっちゃけ、学校通ったことなかったんでしょ？　中学の勉強が難しいなら、小学校に入り直すのもアリだと思うけれど……」

サファイアの瞳が、クリッと私を捕らえた。

「そうやって、マナを独り占めしたいんでしょう？」

「なっ⁉」

「知ってるのよ。あたしが朝、マナと一緒に学校行こうと思って迎えに行ったら、六花が必ず先に待ってるし。マナと一緒にランチしたいなと思って三年生の教室を覗いたら、六花が絶対先に机くっつけて一緒にお弁当食べてるんだから！　しかも、マナの頬っぺにくっついたご飯粒を取ってあげて『もう、マナったら……』なんて言いながら、そのご飯粒を自分で食べちゃったりするのよ！　できたてほやほやの新婚さんみたいに！」

「ええーっ！」

「学校でそんなことしてたシャルか！」

「信じられないケル！」

「す、するわけないでしょそんなこと！　嘘よ！　特に後半は100％フィクション！　ていうか、あなたたちいつも一緒にお弁当食べてるクセにどうして信じてるのよ！」

後でありすに聞いたんだけど……私、耳の付け根まで真っ赤になってたらしい。そりゃそうよ。レジーナがあんなこと言い出すなんて思ってもみなかったもの！　おかげで私は、お飯事の人形のように、レジーナの手のひらの上で転がされてしまっている。なんとか反撃を試みたいところだけれど……ダメだ。頭がグラグラ沸騰しちゃって、ロクな考えが浮かばない！

「おあいにく様。あたし、マナと別れるつもりはないわ。そりゃあ勉強は嫌いだけれど、マナと一緒にいたいから、マナと同じ学校に通うの！」

「呆《あき》れた……学校っていうのは、自分の将来を決めるために行くところよ。好きな人と一緒にいたいから同じ学校に通うなんて、動機として不純でしょ」

「六花ちゃんの言うとおりです」

ありすが、私の援護に回ってくれる。

「それに、今はそれで良《い》いかもしれませんが、来年からはどうするおつもりですか？」

「来年？」

「ええ。来年、私たちは高校生です。そうなったらレジーナさんはどうするのですか？」

「あたしもマナと同じ高校に行く！」

いやいや、無理でしょ。

中学一年生がいきなり高校にあがれるわけはないし、そもそも今でさえ授業についていけず、担任の手を煩わせている状態のレジーナが、高校なんて行けるハズがない。

だけど、ありすは優しく微笑《ほほえ》んで、

「でしたら、ちゃんとお勉強しないといけませんね」

「なんで？」

「マナちゃんの現在の偏差値は62です。おまけに去年まで生徒会長を務めていましたから内申点も上々。つまり、県内でもかなり上位の公立高を受験すると思われます。マナちゃんと同じ学校に通いたいのでしたら、少なくとも五教科で450点以上は取れるようにしないと……」

サラッと最新の個人データが出てくるところが、流石というかなんというか……で、それを聞いたレジーナ、現実を突きつけられてサッと青ざめた。

「450？　ということは一科目……」

必死に指折り数えてるけど……ダメね、分かってる？

「平均90点！」

「無理無理無理！　そんなの取れるわけないじゃん！　バカじゃないの！」

子猫みたいな機敏さで、自分のバッグを持って、逃げる。

「お待ちなさい、レジーナ！」

「取れるかどうかなんて、やってみなきゃ判んないでしょ？」

「あたしは勝てる戦いしかしない主義なの！　バイバイ！」

レジーナの体がバシュッと虚空にかき消えた……これ、彼女の特殊能力。瞬時に別の場所に移動できるの。遅刻しなくていいから便利よね……それと、ほぼ同時。何も知らないマナが、のんきな顔で戻ってきた。

「ただいまー！　家出るときに仕入れの業者さんと回覧板と郵便屋さんがいっぺんに来たから遅くなっちゃった……あれ、レジーナは？」

「遅いシャル！」

「遅かったですわ……」

「たった今、お帰りになりました」

「えぇーっ！　レジーナのための勉強会だったのに？」

マナでさえ手を焼くレジーナのジコチューっぷり。本当に、先が思いやられるわ……。

☆　☆　☆

それから、数日後……。

私たちは、いつものお茶会で（私たち、小学校までは同じだったんだけど、ありすだけは七ツ橋《ななつばし》学園っていう私立中学に通うことになった。それで、疎遠になっちゃったら寂しいからってことで、最低でも月に一度はこうして集まる約束をしたの。まあ、プリキュアになってからは、ほぼ毎日のように会うことになったんだけれど、お茶会は定例行事として今も継続中）ありすからビックリするようなことを聞いたの。

「レジーナが、図書館に？」

「はい。昨日、雨の中で、偶然すれ違ったのです」

「何してたの？　本に落書きしたり、騒いで周りの人に迷惑かけたりしてなかった？」

「マナ、あなたお母さんじゃないんだから……」

「ご心配なく。レジーナさんは、借りていた本を返しに来ていたところでした。その後、書架で新たに何冊か選んで、借りていかれたみたいですけれど……」

想像してみる。本を読んでいるレジーナの姿。雨の中、立ち寄った図書館。少し淀《よど》んだ紙の匂い。ページを捲《めく》る乾いた音だけが響く。俯《うつむ》き加減の頬にかかる金色の髪を耳の後ろにそっとかきあげて……あの子、黙っていればモデル顔負けの美少女だから、きっと目立つだろうなあ。

「でも、どんな本を読んでいたケル？」

「どうせ、漫画に決まってるシャルよ！」

あら、漫画にもためになるモノはいっぱいあるわよってツッコもうかと思ったけれど、ありすの話の腰を折りそうだからやめておく。

「それが、鳥や魚の図鑑、雲や虹の写真集、天文学の解説書、はたまたグリーンバックスまで様々……」

「何かの間違いじゃないの？　グリーンバックスって、挿絵も何もない専門書よ？」

「はい。私も驚きました」

どういう風の吹き回し？　それとも、天変地異の前触れかしら。

何の勉強か判らないけれど……あんなに勉強を嫌っていたレジーナが、自分から知識を吸収しようとしている。一体、彼女に何が起きたんだろう？

「そこで、もう少し調べてみました」

と、立派なヒゲを蓄えたロマンスグレーの紳士が、黒い革の手帳を取り出した。

この人は、セバスチャン。ありすの執事をしている。四葉財閥に仕えるだけあって、車やセスナの運転から情報管理、身辺警護まで心得る、私たちの心強い味方なの。

「どうやらレジーナ様は『創作クラブ』というサークルに入会されたようなのです」

「創作クラブ？」

「はい、毎週日曜日に町内のコミュニティセンターで活動している、老若男女あわせて十数名の同好会です。子供たちに本の読み聞かせをしたり、実際に自分たちで絵本などを作って、仲間内で発表もしているようです」

「もしかして、レジーナがいろいろと調べ物をしていたのは、その物語作りのため？」

「そのようです」

ちょっと、凄くない？あれほど勉強嫌いだったあのレジーナが、きっかけひとつでこうも変わるもの？

それに何より……今まで四六時中マナにべったりだったレジーナが、自分から新しいコミュニティに加わるなんて。これって大きな進歩よ。

なのに、マナはがっくりと肩を落としている。

「最近、放課後になっても顔見せないなとは思っていたけれど、まさか、そんなことになってたなんて……」

「何言ってるのよ、喜ぶべきことじゃない？」

「分かってるけど、それでも……ヒナが巣立っていくようで寂しい……」

「もう、マナったら……」

私たち、思わず苦笑い……してたんだ、けど……よく見たら、瞳をウルウルさせている子が、もう一人……。

「亜久里ちゃん？」

「どうしたの？」

「セバスチャン、その創作クラブが活動している場所というのは、大貝東公民館《おおがいひがし》ではありませんか？」

「よくご存じで」

で、どうして知ってるのですか？　セバスチャンが無言で促すと、亜久里ちゃん、重い口を開いた。

「実は、森本《もりもと》さんも、その創作クラブのメンバーなのです」

「ええっ！」

「森本さんて、あの森本エルちゃん？」

亜久里ちゃん、こくんと頷《うなず》く。

こちらの世界で転生して、大貝《おおがい》小学校に通うことになった亜久里ちゃん。正義感が強すぎるせいか、クラスになかなか馴染《なじ》めなくて苦労していたみたいなんだけれど、そんな中で初めてできたお友達が、森本さんなのだ。

でも亜久里ちゃん、どうしてエルちゃんの事をわざわざ苗字で呼ぶのかしら？

「二人がどのような経緯で出会ったのかは判りません。けれど、森本さんはレジーナのことばかり話すんです。トランプ王国にはこんな不思議な生き物がいたとか、こんな魔法が使えるとか……そりゃあレジーナは王国で暮らしていたわけですし。私《わたくし》が知らないようなことまで知っているのは当然です。でも、なんだか納得が行かないのです！」

ぽろり、林檎《りんご》色に染まった頬を、大粒の涙が伝って落ちる。

分かる。

その気持ち、私にも覚えがあるから、痛いほどよく分かる。

亜久里ちゃんは、親友を取られたような気がして、ヤキモチを焼いているんだ。

だったら、人生のわずかながらの先輩として、エールを送ってあげようじゃないの。

「亜久里ちゃん、エルちゃんのこと、嫌いになった？」

「えっ？」

「エルちゃんは、レジーナのことばかり話すんでしょ？　遊ぶ約束をしようと思っても、レジーナの方を優先して、断られちゃったりするようなこともあるんじゃないの？」

「確かに、そういうこともありました。けれど、私《わたくし》はそんなことで彼女のことを嫌いになったりしません」

「だよね。だったら、自分の気持ちを信じなきゃ！」

「自分の気持ち……？」

「好きな誰かを独り占めするより、好きな人が好きな人を自分も好きになって、その輪が広がっていく方が、なんかいいじゃない？」

愛が繋《つな》がって、輪のように広がる……それこそが《ラブリンク》。

「だったらさ、亜久里ちゃんも入っちゃいなよ？　その創作クラブ」

マナったら、亜久里ちゃんの肩を抱いて、囁《ささや》きかけている。

「同じサークルで活動していれば、エルちゃんとも一緒にいる時間が増えるし、レジーナとの親睦も深まる。一石二鳥じゃない？」

「レジーナと？」

「レジーナと亜久里ちゃんは、姉妹みたいなものでしょう？　なのに、住んでる家も違うし、通ってる学校も違う。未《いま》だにお互いのことをよく理解できていないんじゃない？」

「そんなことはありません。レジーナのことは、エターナルゴールデンクラウンを通してすべて知っています」

「それは『知識』でしょ。一緒にスイーツを食べたり、スポーツを見たりしてさ。ああ、レジーナって美味《おい》しいときにこんなふうに笑うんだとか、こんな顔して感動するんだとか……そういう『経験』をしてほしいわけよ、あたしは！」

マナのアツい演説を聞いて、亜久里ちゃん、ちょっと納得したみたいで。私たちは亜久里ちゃんと一緒にコミュニティセンターを訪ねることにしたの。今日はちょうど日曜日。創作クラブが活動をしている日だもん。善は急げってね。

☆　☆　☆

日曜日の昼下がり。

ポカポカ陽気に誘われたのか、コミュニティセンターの周りは家族連れや犬を散歩させている人たちで賑《にぎ》わっていた。私たちはなるべく人目を避けながら、建物の中に入った。

「創作クラブは……五階のD会議室ですね」

入り口の看板を確認して、私たち、エレベーターに乗りこむ。

「なんか、ドキドキしてきちゃった」

なんて言いながら、マナはエレベーターの中の空気を全部吸い尽くしちゃうんじゃないかしらって勢いで深呼吸している。

「あなたが緊張してどうするのよ」

「だって、レジーナの日常を内緒で覗き見るんだよ。ドキドキだよ」

「え、そっち？　亜久里ちゃんがサークルに入れてもらえるかどうかじゃなくて？」

って、私が言ったら、今度は亜久里ちゃんの方が緊張しちゃったみたいで、

「もしかして、入会に必要な資格とか、あるんでしょうか？　筆記試験とか、『指輪物《ゆびわもの》語《がたり》』の一節を暗唱できないと入れないとか」

「流石にないでしょ」

「でも、どんな本が好きかぐらいは訊かれるかもしれませんわね」

「好きな本ですか……」

亜久里ちゃん、自分のおでこのあたりを睨むようにして、真剣に悩み出した。そうよね、童話じゃ子供っぽいし、ベストセラーじゃミーハーっぽいし。そのチョイスひとつで、自分のセンスが問われてる気がするものね。

「なんか、こっちまで緊張してきたシャル！」

「僕もケル……」

チン。

緊張と不安と好奇心を乗せて、エレベーターのドアが開いた……んだけど……目の前、ネイビーブルーの壁で塞がれてる。

「何これ？」

「工事中？」

それにしては、変でしょ。工事の案内はなかったし。目の前の壁は、石膏《せっこう》ボードでもコンクリートでもなくて、冷え固まった溶岩のようにでこぼこだ。

「すいませーん！　誰かいませんか？」

壁をノックするけど、反応なし。押しても、ビクともしやしない。

「お婆《ばあ》ちゃんが言ってた。押してダメなら引いてみなって！」

「マナ、襖《ふすま》じゃないんだから……」

開くわけないでしょ。そう言おうとした瞬間……嘘でしょ？　本当に開いた⁉

壁は、そのまま横にスライドしたように見えたんだけど……違う。壁だと思われたそれは、ゆっくりと私たちの方を振り向いた。

で、軽い既視感《デジャビュー》。私、これと同じものを見たことがある。

ちょうど一年前。クローバータワーのエレベーターホールで暴れていた巨大なカニ……人間のワガママな心が肥大化して生まれた怪物……！

「ジーコーチュー！」

「えええええっ！」

「ちょちょちょっと待って！」

「どうしてジコチューがいるでランス！」

「あたしに聞かれても判らないシャルよ！」

「ジコチューの闇《やみ》の鼓動《こどう》は、ちっとも聞こえなかったビィ！」

私たちをエレベーターからほじくり出そうと、カニジコチューは大きなハサミをガシガシ突っこんでくる。私たち、そのハサミから逃れようとして、奥にぎゅうぎゅう詰めになる。

「みんな、行くよ！」

「こんな狭いところで？」

「やるっきゃないでしょ！」

「待ってください。私《わたくし》は、アイちゃんがいません！」

かなり慌ててる亜久里ちゃん。日本語としてはおかしいけれど、私たちには通じる。アイちゃんがそばにいないので、私は変身できませんって意味。

「ここはあたしたちでなんとかするから、亜久里ちゃんは建物の中にいる人を避難させてくれる？」

こういうときのマナは本当に強引。有無を言わせず、グイグイ私たちを引っ張っていく。

でも……仕方がないわね。それって、マナに頼りにされてる証拠だもん。

「やるわよ、ラケル！」

「おうともさ！」

「ランスちゃん、お願いします」

「任せるでランス！」

「行くよ、ダビィ！」

「分かったビィ！」

シャルルたちは、ラブリーコミューンに姿を変えた。

私たちは、それを手に取り、指先で優しくなぞる。

お願い……私たちに、愛の力を……伝説の戦士・プリキュアの力を分け与えて！

「プリキュア・ラブリンク！」

「L・O・V・E！」

私たちは暖かい光の粒子に包まれて、蝶《ちょう》が羽化するように、その姿を変えていく。

髪はコットンキャンディのように鮮やかに色づき、纏《まと》ったドレスは流れる水のごとくキラキラ輝いて、跳ねる！

「みなぎる愛！　キュアハート！」

「英知の光！　キュアダイヤモンド！」

「陽だまりポカポカ。キュアロゼッタ！」

「勇気の刃！　キュアソード！」

「響け、愛の鼓動！　ドキドキプリキュア！」

本当なら、ここでビシッと名乗りが決まるところなんだけれど……いかんせん狭いエレベーターの中だから……やだもう……私たちの体、木に引っかかった凧《たこ》みたいに絡まっちやってる！

「愛をなくした悲しいカニさん！　このキュアハートが、あなたのドキドキ、取り戻してみせる！」

「ちょっと！　私の上から降りてからにしてくれる？」

「ごめんごめん」

なんて言ってる間にも、カニのジコチューは私たちを狙って、グイグイとエレベーターの中に入りこもうとしてる。

「はあっ！」

キュアソードが、ドロップキックでカニジコチューの巨体を押し出す。その隙に、私たちは一気にエレベーターホールへ躍り出た。

こういうときは、先手必勝！

「きらめきなさい！　トゥインクルダイヤモンド!!」

雪の結晶は、六角形の花のような形を造る。だから、六花は『雪』を表す言葉。

そして『雪《すす》ぐ』とは、穢《けが》れを取り除くこと。

私の雪で、アイツの魂を浄化してみせる！

だけど……何？　私の動きを察知したかのように、ジコチューは口から泡を水鉄砲のように噴き出して、私の技を打ち消してきた！

コイツ……ちょっと手ごわくない？

「避《よ》けて！」

キュアハートの声に、反射的に飛《と》び退《の》く。おかげで泡の追い打ち、浴びずに済んだけど……うわわ！　泡がこぼれた場所……リノリウムの床がボロボロに溶けてるじゃない！

こんなの被《かぶ》ったら、絶対、火傷《やけど》じゃ済まない！

「亜久里ちゃんは、エルちゃんのところへ！」

「D会議室は右手の突き当たりです」

「ありがとう！」

キュアロゼッタに礼を言って、子鹿のように駆け抜けていく亜久里ちゃん。その赤いカーディガンが目を引いたのか、ジコチューは亜久里ちゃんの後を追いかけようとする。

「ちょっと、本気出しますね」

ロゼッタは、両手に四つ葉のクローバーを模した光の盾・ロゼッタウォールを展開しながら、ジコチューに殴りかかった。殴るというより、骨法《こっぽう》の掌打《しょうだ》……あ、これ完全にありすの受け売り。彼女のトレーニングを見学させてもらったときに、私がうっかり「相撲の張り手じゃないの？」って訊いたらにっこり笑顔で「違います」って。その場で、骨法とはなんぞやというところからみっちり教えられたの……で、ロゼッタは盾で防いで、盾で打つ！　ジコチューに反撃の隙を与えず、掌底の連打でダウンを奪った。

「やったあ！」

ブシューーッ！

クジラの潮吹きみたい。仰向けにひっくり返ったカニジコチューは、泡を吹きあげて……で、その泡がどうなるかというと……当然、雨のように降り注ぐわけよね！

「きゃー！」

「熱チチッ！」

まずいわ、これ！　私、慌てて探す……あった、天井に張りついた小さな銀の円盤！

「キュアソード、あれを壊して！」

「閃《ひらめ》け！　ホーリーソード！」

キュアソードの刃が、円盤を射貫《いぬ》く。途端に噴き出すスプリンクラー。私たち、ブーツの中までびしょ濡《ぬ》れだけど、それでも溶解泡を被るよりは何倍もマシだから。

「ジコッ？」

慌てて立ちあがったジコチューの背後から、キュアハートが体当たり。腹ばいに倒れたジコチューは、消火液の中でもがいている。

「今よ！」

「ラブハートアロー！」

天空から舞い降りる、四張の天使の弓。私たちはそれを手に取り、呼吸を整えながら狙いを定める。私たちの想《おも》いが届きますように……道を誤った魂が、愛を取り戻しますように……！

「プリキュア・ラブリー・フォース・アロー！」

残心。

私たちの祈りの矢が、ジコチューの心を貫く。

「ラーブラーブラーブ！」

愛に満たされたジコチューは煙のように消え去り、浄化されたプシュケーは、再び主の下《もと》へと帰っていった。

☆　☆　☆

一方、亜久里ちゃんは……私たちの視界からは完全に消えていたから、ここから先は後から聞いた話だけどね……D会議室を目指して走っていた。エルちゃんは無事に逃げただろうか。机の下でおびえていたりはしないだろうか。そんなことを考えながら、廊下の突き当たり。D会議室の前までたどり着いて……立ちすくんだ。

会議室のドアは、ズタズタに切り裂かれていたのだ。

「エルちゃん！」

部屋の中、誰もいない。けれど、先ほどまで人がいた気配はある。机の上には飲みかけのペットボトルや本、クレヨンや色鉛筆などの画材が使ったままになっていたから。

亜久里ちゃん、途端に不安になる。ここにいた人たちは？　ジコチュー騒ぎで逃げ出した？　まさか、さっきのジコチューの泡で消されてしまったんじゃ……？

「亜久里ちゃん！」

不意に声。振り返ると、部屋の入り口には、捜し求めていたエルちゃんの姿！

「エルちゃん！」

駆け寄って、ギュッ……抱きしめて、無事を確かめる。

「良かった、無事だったのですね？」

「ジコチューは？」

うわずった声で、エルちゃんが訊《たず》ねる。

「キュアハートたちが引きつけています。今のうちに、エルちゃんも避難を！」

亜久里ちゃんは、廊下に出ようとしたけれど、エルちゃんはその脇をすり抜けて、机の周りでごそごそ……何かを捜している？

「……あった！」

エルちゃんが手にしたのは、クリップで綴《と》じた作文用紙の束。

所々鉛筆で煤《すす》けてるし、手の脂が染みこんで波打ってしまっている作文用紙……間違いない。これは、エルちゃんがレジーナと一緒に作りあげた『物語』だ。

ということは……そうか、エルちゃんはわざわざこれを取りに戻ってきたんだ。

それに気づいてしまった亜久里ちゃん、胸の奥がチクンと痛む。

でも、今はそんなことを考えてる場合じゃない。一刻も早く逃げなくては！

そう自分を奮い立たせて、エルちゃんの手を取り、廊下に出る。途中にあった非常階段、そこから外に出れば、ジコチューと鉢合わせせずに下まで下りられるハズ。

ところが……亜久里ちゃんの目論《もくろ》み、あっさり消えた。

非常口の真ん前で、先ほどのカニジコチューが待ち構えて……いや、違う……カニは確かにカニなんだけど、右のハサミだけシオマネキのように大きいし、体の色も赤褐色だ。

「二匹め⁉」

結局、二人で回れ右！　D会議室の前まで戻ってしまった。

足音、ガシャガシャと近づいてくる。

行き止まり。隠れるような場所も何処にもない！

亜久里ちゃん、とっさに……ほとんど無意識に……エルちゃんを背中に追いやり、両手を広げて、ジコチューの前に立ち塞がっていた。

私《わたくし》はどうなっても構わない。けれど……エルちゃんだけは絶対に、守る！

そんな、強い意志の現れ。

だけど、ジコチューは亜久里ちゃんの気持ちなどおかまいなしに、巨大なハサミを翻して、亜久里ちゃんに襲いかかる！

刹那。

ごぉーん！

って、お寺の鐘みたいな、鈍い音が響いて。

カニジコチューは頭に大きなタンコブをこしらえて、卒倒していたの。

「何やってるの？」

倒れたジコチューの背中の上から、大きな赤いリボンが見下ろしている。

「レジーナ！」

光の槍《やり》・ミラクルドラゴングレイブを携えたレジーナは、子猫のような足取りで、亜久里ちゃんの前に降り立った。

「何してるかって訊いてんの！」

「何って……私《わたくし》は、エルちゃんを助けようと思って！」

「ふうーん……」

品定めするような……ううん、もっと鋭い……寸分の狂いも見逃さない大工さんのカンナがけみたいな目で、レジーナは亜久里ちゃんを見つめる。

「な、なんですか？」

「別にい？　あたしはただ、どうして森本さんがここにいることをアンタが知っていたのか気になっただけ！」

「それは……」

痛いところを突かれて、亜久里ちゃん、言い淀む。

「おおよその察しはつくわ。森本さんから聞いたんでしょう。日曜日は創作クラブだからって。でも、誘われたわけじゃない。創作クラブは午後一時から。今は午後二時。真面目なアンタが、一時間も遅刻するハズがないものね」

こういうときのレジーナは、本当に頭の回転が速いのよね。一気にまくし立てられて、亜久里ちゃんはぐうの音も出ない。

「つまり、アンタは誘われたわけでもないのに、あたしたちがどんなことしてるのかコソコソ覗きに来たってわけよ。いやらしい！」

「そんな！」

「違わないでしょう？　分かるのよ。アンタの考えてることはだいたいね！」

忌々《いまいま》しげに、レジーナは言う。

双子だから。姉妹だから。

私には兄弟がいないから判らないけれど……自分にもっとも近しい存在が、決して切ることのできない鎖のように煩わしく感じることもあるのだろうか。

「アンタがこの創作クラブに興味があって来たのなら、あたしは何も言わないわ。けれど、アンタはあたしに森本さんを取られるのが嫌だから覗きに来たんでしょ。そんなの動機として不純だと思わない？」

完全に追い詰められていた亜久里ちゃん。レジーナの言葉尻に嚙《か》みついた。

「その言葉、丸ごとあなたにお返ししますわ！」

「は？」

「あなただって、マナと一緒にいたいから、年齢をごまかして中学校に通ってるじゃありませんか！」

「ちょ……人聞きの悪いこと言わないでよ！　ごまかすも何も、あたしたちはトシなんてあってないようなもんじゃない！」

「学校は勉学の場です。動機が不純だと言っているのです!」

「そんなのお互い様でしょ!」

「ええ、お互い様です!」

ゴゴゴ……睨みあう亜久里ちゃんとレジーナの後ろで、失神していたカニジコチューが息を吹き返して……自分を殴ったのは誰だと言わんばかりに、ギロリと睨みつけた!

「ジコチュー!」

「うるさいわね!」

「ですわ!」

二人のゲンコツが同時にジコチューの額に炸裂《さくれつ》。ジコチューは、再び目を回してズズーンと倒れこんだ。

「あの……」

それまで蚊帳の外だったエルちゃんが、控えめに手を挙げた。

「誘ったよ、あたし……亜久里ちゃんのこと……」

えっ?と、エルちゃんの顔を覗きこむレジーナと亜久里ちゃん。

「ほら。前に、亜久里ちゃんがうちで一緒にカップケーキを焼かないかって誘ってくれたとき……」

「エルちゃん、その日は、レジーナとの約束があるからって……」

「創作クラブの日だよ」

それは、エルちゃんにしては珍しく強めの語気で。亜久里ちゃん、思わずハッとする。同じことだと思っていたけれど、エルちゃんにしてみれば、違う意味を持っていたのかもしれないと気づいて……。

「そしたら、亜久里ちゃん『じゃあ、いいです』って……全然、いいですって感じじゃなかったけど……そのまま、走っていっちゃったじゃない？　だからあたし、大きな声で叫んだんだよ。『亜久里ちゃんも一緒に行かない？』って……」

「聞こえていませんでした……」

「次の日も、亜久里ちゃんはほとんど口をきいてくれないし。あたし、亜久里ちゃんに嫌われちゃったんじゃないかと思って、ずっとずっと、不安で、心細くて……」

ずっと涙声だったエルちゃん、後半は涙腺崩壊でわんわん泣き出した。見ていた亜久里ちゃんも完全に貰《もら》い泣《な》き状態。マーライオンのような勢いで、お腹の中に溜めこんでいたものをざあざあと吐き出していた。

「私《わたくし》だって、悲しかったんです！　あの日は『太陽の恵み』という高級な卵と、馬《ば》唐《から》高原でしか手に入らない限定販売のバターを、おばあさまがわざわざ用意してくれていて。これでエルちゃんと一緒にカップケーキを焼いて食べたらさぞかし美味しいだろうと、とても楽しみにしていたのです」

「言ってよ！」

「言ったところで、エルちゃんの予定が変わるわけではないでしょう？」

「そうかもしれないけど……聞いてたらなんとかしたよ！」

　黙って聞いていたレジーナが、口を挟む。

「で、その材料はどうしたの？　まさか捨てたりしてないわよね？」

「放っておいたら傷んでしまうと思って、次の日、カップケーキを焼いて、一人で全部食べました……」

「全部！」

「けれど、寂しくて、悲しくて……味の方はちっとも判りませんでした……」

「バカね」

「どうせバカです」

「勝手にヤキモチ焼いて、ヤケ食いしてたら世話ないわよ」

「いいのです。私《わたくし》なんかどうなっても……」

　ぺしっ！

　亜久里ちゃんのおでこ、うっすら赤くなる。レジーナが、指で弾《はじ》いたのだ。

「痛ッ！」

「だから、バカだって言ってるのよッ！　お友達に心配かけてるのが分からないの？」

　レジーナは、本気で怒っていた。

　姉として、家族として。

　だから、怒ってはいるけれど……優しく包みこむような、そんな目だ。

「さあ、仲直りしなさい。あたしが見ていてあげるから！」

レジーナに促され、エルちゃんと亜久里ちゃん、改めて正面から向きあう。

「ごめんね、亜久里ちゃん」

先に謝ったのは、エルちゃんだった。

「特別なカップケーキだったなんて、知らなかったから……」

「謝るべきなのは私《わたくし》の方です！　ごめんなさい。せっかく、エルちゃんが誘ってくれたのに、気づきもしないなんて……」

「亜久里ちゃん」

「私《わたくし》、自分のことしか見えていないジコチューでした。本当にごめんなさい」

深々と頭を下げる亜久里ちゃん。

私たちが駆けつけたのは、まさにそのタイミングだった。

キュアハートは、泣きじゃくっている二人を見て「なんで？　何処か怪我《けが》した？」とオロオロしまくり。それを見たキュアソードが「レジーナ、この二人に何かしたの？」なんて訊いちゃったものだから、もう大変！　レジーナは機嫌を損ねて何も教えてくれなくなっちゃうし、亜久里ちゃんとエルちゃんは全然泣きやまないし。結局、三人をなだめ賺《すか》すために、抹茶クリームあんみつ三つと安倍川餅《あべかわもち》、ぜんざい二つ、おまけにカレーうどん三杯という投資が必要となったのでした。ああ、今月のお小遣いが……。

☆　☆　☆

あ、倒れていた二匹めのジコチューは、私たちが改めて浄化しました。何かもう、既に虫の息だったから、特にてこずることもなく、あっさりと。

コミュニティセンターのホールで、カラオケコンクールが開催されていたんだけど、その行列に横入りをしようとした人のプシュケーがジコチューに変わってしまったらしい。

それにしても……どうして今になってジコチューが現れたのかしら？

ベッドの中で、そこはかとなく思いを巡らせていると、枕元の携帯にメッセージが届いた。

差出人は、トランプ共和国大統領、ジョナサン・クロンダイク。

ジコチューのことで重大な話があるから、明日の放課後、こっちに来てほしいという。

なんだかまた面倒くさいことになってきたなあ……なんて思いながら、私は部屋の明かりを消した。

51

動き出した影！

トランプ共和国大統領官邸……別名・オカダハウス。

オカダっていうのは、王国の騎士だったジョナサン・クロンダイクが骨董品《こっとうひん》屋さんに身を窶《やつ》していたときに使っていた偽名なんだけど……そっちの説明は今は省くわね。

官邸は、トランプ王国時代の宮殿を改修して使っているんだけど、その改装のときに、お城の壁を全部「自由を表す空の青」と「純潔な心を示す白」で塗ってしまったの……そう、シマシマにね！

「僕が指示したわけじゃないよ。国民全員で決めたことだからね」

なんてジョナサンは言ってるけど、本当かしら？

「最初は、屋根の部分だけ塗る予定だったんだけど、できあがったら、どう見ても湖のほとりに僕が佇《たたず》んでいるようにしか見えなくてね。だから壁一面に塗ってもらったんだけど……」

「取り返しのつかないことを……」

「ははは。まあ、いいじゃないか。新しい国旗も、青と白のストライプに決まったことだし、結果オーライだよ」

この人が大統領で、本当にいいのかしら……。

☆　☆　☆

「さて、今日、君たちに来てもらったのは他でもない、ジコチューのことさ」

トランプ共和国の国旗が掲げられた大統領の執務室。呼び出された私たち。大きめのソファに私とマナとありすが。一人がけの椅子に、亜久里ちゃんが座る（一応、レジーナも誘ったんだけどね。ダルいから行かない、ですって）。

「説明する前に、紹介したい人がいるの」

ジョナサンの隣に立つまこぴーが、三人の女性を部屋に招き入れた。白いマントを羽織ったその下から、フリルがついたスカートとぴかぴかのハイヒールが覗いている。

「彼女たちは私の先輩……トランプ王国を守護していたプリキュアなの」

「は……わわわわわっ！」

マナったら、急に立ちあがってビシッと最敬礼。

「あ、あたしキュアハートです！　お目にかかることができて、光栄です！」

私たちも一緒に立ちあがって、彼女たちにお辞儀する。

「そんなに畏《かしこ》まらなくてもええよ」

えっ、うっそ？　関西弁？（どうやら、トランプ共和国の南部訛《なま》りらしい……ていうか、そもそも異世界の人とこうして言葉が通じるのって不思議だと思わない？　最新の研究によると、トランプ人の左側大脳第一側頭回後部と同第三前頭回後部を結ぶ弓状束の部分が非常に発達していて……ええとつまり、いわゆる言語中枢が私たち地球人と比べて桁違いに優れているのよ。それはもう、ほとんど魔法の領域で。異国の言葉を瞬時に理解し、発音することができるらしいの。だから、まこぴーは何処の国の言葉もペラペラで、海外でもアーティストとして受け入れられているんだわ。ああ、私たちの祖先はどうしてバベルの塔を建てたのかしら！　英語ができたら、受験勉強なんて楽勝なんだけどなあ……）。

「私はキュアデュース。同じプリキュア同士じゃけん。仲良くしてね」

どちらかというと、広島弁に近いんだ。オレンジ色のポニーテールを揺らしながら、マナに握手を求めてきた彼女……なんというか、メチャクチャ人懐っこいけど、宝塚《たからづか》の男役みたいにクールな瞳をしているから、ギャップが凄い。

「キュアケイトです。あなたたちの活躍は、キュアソードから聞いてるよ」

と言って手を差し出してきたのは、ライムグリーンのショートボブで富士額《ふじびたい》のプリキュア。こちらは、落ち着いた大人の女性の雰囲気を醸し出している。

そして、最後に握手したのは、ラズベリー色のつやつやロングヘア。前髪ぱっつんでミステリアスなムードのお姉さん。瞳の色は深い海のようで、覗いていると吸いこまれてしまいそう……。

「キュアサイスです。王国を取り戻してくれて、本当にありがとうございます」

「いやいや、そんな……」

みたいな感じで、私たちも軽く自己紹介して。

「順を追って話した方がいいかしら」

と、口火を切ったのは、キュアケイトさん（なんか、タメ口きくのは憚《はばか》られるぐらい三人とも大人の雰囲気だったから、自然と「さん」づけになっちゃう)。

「見える？」

ケイトさんが指し示す小高い丘の上。今まさに大きな飛行船が離陸しようとしていた。遠く、プロペラの音がのどかに聞こえている。

「あの丘の向こうに、王国の民が暮らす町が広がっているの……今でこそ、この国とあなたがたの町を結ぶ飛行船の発着場になっているけれど。あの場所は戦場だったの」

「戦場？」

「そう。ジコチューの侵攻が始まったあの日……私たちはあの丘で必死で戦った。ジコチューたちを、町に近づけないためにね」

以前、エターナルゴールデンクラウンを介して見た映像が、脳裏に甦《よみがえ》る。兵士たちの先頭に立ってキングジコチューと戦う王女様の姿。その一方で、この国の存亡を賭けた戦いが繰り広げられていたんだ……。

「そうそう、メッチャ大変だった。向こうは七人もいるし！」

と、ちょっと興奮ぎみに話すデュースさん。あれ、ジコチューの幹部って、そんなにいたかしら？　イーラでしょ、美魔女のマーモでしょ、渋いんだかお間抜けなんだかよく判らないおじさんのベール。それと、青ヒゲのリーヴァに、食いしん坊のグーラ……。

「五人なのではありませんか？」

「それな！」

ありすの問いに、なぜかデュースさんの顔がのびのびになってる。

「私たちが二人、仕留めたんよ！」

「嘘ばっかり」

間髪容《い》れず……むしろ食いぎみに、ケイトさんのツッコミ。

「私たち、辛《かろ》うじて相討ちに持ちこんだようなモノじゃない？」

サイスさんの口調は穏やかだけれど、言葉のチョイスは重い。

「アイツらな、統制が取れてるんよジコチューのクセに！　プロレスで、タッグマッチってあるやんか。相手のチームにタッチさせないように、一人だけつかまえてボコボコにするやつ。あんな感じで……ってあんまり、響いてないなあ？」

「デュース、脱線しない！」

「トランプ王国でプロレスが好きだったのは、あなたと王女様ぐらいなものよ」

「ごめん」

この三人、仲がいいんだな。伝説の戦士というより、高校のクラスメイトって感じ。

「とにかく私たち苦戦してたんよ。周りの守護隊の人たちもプシュケーを抜かれて、どんどん怪物にされてくし。サイスもケイトも、まだまだ戦えるって笑顔で強がってるけど、服とか泥だらけやし……心の片隅で『あ、これってヤバいかも？』みたいな瞬間があったんよ。だから……」

思い出しているうちに感極まったのか、デュースさん、顔をクシャクシャにして、

「私たち、残った命の炎を……プリキュアの力をすべて使って、ジコチューを封印することにしたんよ……」

ぽつぽつ……音が聞こえるくらい、大粒の涙。

「でもな、諦めとったわけじゃないんよ。私たちが倒れても、まだこの子がおるけんて信じとったから……」

そう言って、デュースさんたちは、優しく包みこむような視線をまこぴーに送った。

「私、ですか？」

「そうよ。キュアソード」

「あなたが、私たちの最後の希望だったの」

「最近、プリキュアになったばかりのヒナっこじゃけど、あの子ならきっと王女様を守ってくれるって……踏みにじられたこの王国を甦らせてくれるって、信じとったから……」

「先輩……！」

デュースさんの熱い想いを聞いて、まこぴーも思わず涙ぐんでいる……。

それを聞いて、私も思い出していた。キングジコチューとの最後の戦い。

圧倒的な数の差の中で、私とラケルも、命の炎を極限まで燃やして、敵を食い止めた。

あんなことができたのは、間違いなく仲間への信頼があったから。

マナが、絶対に国王様の愛を取り戻してくれると信じていたから……。

「私たちは、プリキュア・デルタシールドを張って、あの丘にジコチューを封印することに成功したの」

「と言っても、捕らえることができたのは二人だけだったんですけどね……」

そう言って、サイスさんが寂しそうに微笑む。

「そんなことないですよ。あなたたちがジコチューの力を削《そ》ぎ落としてくれたから、あたしたちも戦えたんだと思いますし！」

マナの言葉は、慰めでもなんでもなくて。私たちだって、大量のジコチューに一気に攻めこまれていたら、ひとたまりもなかったんじゃないかしら。

「で、よく聞いて。ここからが本題じゃけん」

デュースさんて、本当に……コロコロと風向きが変わるんだわ。さっきまで涙ぐんでいたのに、もう瞳をギュンギュンたぎらせて、生き生きした表情に変わってる。

「最近、その封印を破ったヤツがおるんよ」

「えっ！」

「それが何者かは判らない。けれど、デルタシールドの中に閉じこめた二人のジコチュー……ゴーマとルストが、あなたたちの世界に逃亡した可能性があるわ」

そんな……そんなことって……。

私たちの前に突然現れたカニのジコチュー……あれって、その逃げ出した二人の幹部の仕業だったってこと？

でも、誰が、一体何のために、封印されていたジコチュー幹部を解き放ったの？

「もしかして、イーラたちの仕業かしら」

「確かに、ここしばらくは鳴りを潜めていましたしね……」

いきなり犯人捜しを始めるまこぴーと亜久里ちゃん。

「待って、二人とも。それは考えすぎじゃない？　キングジコチューが倒されて、プロトジコチューさえ消え去った今、イーラたちがわざわざもう一度、世界を征服しようなんて思うかしら？」

私がシレッと否定したら、みんなは私をジロジロと見ている。

「え、何？」

「ううん、別に……」

「六花が言うなら、そうかもしれませんね」

な、何よ？　みんなして、もう……！

「あの……」

「はい、ありす選手！」

マナが、斜め四十五度の角度から抉《えぐ》るようにありすを指名する（これ、四年のときの担任だった坪《つぼ》野《の》先生の真似《まね》。私たち三人にしか伝わらない内輪ネタなの）。

「その封印が破られたというのは、具体的にはいつのことでしょうか？」

「どうしてだい？」

ジョナサンが、興味深そうにありすを見つめる。

「はい、このあたりは四葉航空の航路になっています。正確な日時を教えていただければ、何か判るかもしれません」

「ああ、監視カメラの映像！」

☆　☆　☆

飛行船のフライトレコーダーと船外カメラの映像の解析には時間がかかるというので、その日はお開きになった。

「マナー！」

執務室を出た途端、アイちゃんがマナの胸に飛びこんできた。

「アイちゃん、元気だった？　おおっと、また重くなったんじゃないんでしゅか？」

頬っぺをツンツンすると、アイちゃんは喜んでキャッキャと笑う。

「マナ、だいしゅききゅぴ！」

「くううう、可愛い！」

マナったら、フライパンの上のバターのように蕩《とろ》けてしまっている。

「アンタは親戚のおばちゃんか」

「いやいや、誰でもそうなるから！」

と言って、マナは私にアイちゃんをよこした。

「りっか、だいしゅききゅぴ！」

はわわわわわわわわ！

ダメよ、これ絶対にダメなヤツだ！　自分でも顔がにへらってなってるのが判るもの。マナが「でしょ？」と言わんばかりに顔を覗いてくるから、私はセバスチャンにアイちゃんをパス！

「むむっ！」

最初は、それでも堪えていたんだけれど……。

「セバスチャン、だいしゅききゅぴ！」

その一言で、完全に相好を崩した。

「そうでしゅかそうでしゅか。可愛いでしゅねえ。ぴろぴろぷ！　はっぷっぷー！」

だめだ、焦げついてきた。

「彼女は、また君たちに預けることにするよ。またいつ何時《なんどき》、ジコチューが現れないとも限らないからね」

そう言って、ジョナサンはアイちゃんのおでこにキスをする。

「しっかり頼むよ、アイちゃん」

「あい！」

デュースさんたちも、私たちを見送ってくれている。

「敵の正体が判らない以上、こちらとしては向こうの出方を窺《うかが》うしかない。あなたたちにはまた面倒をかけるけれど、よろしくね」

「えっ？」

「一緒に戦ってはくださらないんですか？」

「デュースさんたちがいれば千人力、三人で一千万パワーズですよ！」

「マナ、計算合ってないけど？」

「1＋1＝2じゃなくて、3にも4にもなるってことよ！　あたしたちと一緒に、愛を取り戻しましょう！」

マナは改めて握手を求めたけれど、デュースさんはその手を取ろうとしなかった。

瞳を閉じ、下唇を噛んで、静かに頭《こうべ》を垂れる。

「ごめんな。私たちにはもう、戦う力は残ってないんよ」

「あ……」

彼女たちは言っていた。ジコチューを封印するときに、すべての力を使い果たしたって。

太陽の下で見ると、よく判る。マントの下から覗いている彼女たちの衣装には、色がない。モノクロの写真のように、墨の濃淡があるだけだ。

「そんな悲しそうな顔をしないでください。これは、私たちが選んだ道だから……」

「あなたたちなら必ず勝てるって、信じてる！」

「私たちの未来は、アンタらに託したから！」

「分かりました。今度の件は、すべてこの相田マナにお任せください！」

マナったら、また安請け合いして……って思ったけれど、あの場ではああ言わざるを得なかったと私も思う。

☆　☆　☆

数日後、四葉航空が所有する十二機のHD－E型飛行船に搭載されたすべてのフライトレコーダーと船外カメラの解析が完了したと聞いて、私たちはありすの家に集まった。

結論から言うとね、映像には何の手がかりも残っていなかったの。

そういうこともあるよね、と……このときは軽く受け流していたけれど、実は違ったの。

犯人は知っていたのよ。

飛行船が上空を通過しない、空白の時間帯を！

もっと早く気づいていれば、私たちの中学時代最後の夏は、こんなにホロ苦いものにならずに済んだのかもしれなかったのに……。

63

どっちがお姉さん？　レジーナVS亜久里

ボン、ボンボン！

新緑香る春の空に、運動会の開始を告げる花火の音が響き渡る。

あ、運動会って言ってもウチの学校じゃないの。亜久里ちゃんが通っている大貝小学校。今年は創立六十周年ということで、ＯＧである私とマナ、ありすの三人も参加することになったの。もちろん、アイちゃんやラケルたちも一緒にね。

「パパァ！」

「アイちゃん！　皆さんも、よくぞ来てくれました！」

観覧席のいちばん前でシートを広げていた王様が、私たちを出迎えてくれた。今は退位しているので、本当は「亜久里ちゃんのお父さん」とか「レジーナのパパ」って呼ぶべきなんでしょうけれど、何せ見た目がヒゲも髪型もトランプのキングそのものだから。私たちも「王様」って呼んでるの。

で、私たち、シートの上にあがろうとして……ウッ、と凍りつく。

「王様……これ、建築現場で使うブルーシートじゃありません？」

「ああ、亜久里の晴れ姿を見に来てくれる人が大勢いるだろうと思ってね。昨日から、場所を取っておいたんだ。そしたら、亜久里のヤツに『他の保護者の皆さんのことも考えてください！』なんて怒られてしまってね。これでも半分に折り畳んでいるんだよ」

私たち、思わず苦笑する。

王様も、運動会に参加するのは初めての新人パパさんですものね。気合が入りすぎて失

敗するのは仕方がない……んだけど、ええっと何？　野鳥でも撮りに来たんですかってい
うぐらい、バカでかい望遠レンズを装着した一眼レフを三脚に据えて、首からはコンデジ
をぶら下げ、更に家庭用ビデオカメラまで抱えたフル装備！
「王様、カメラ凄すぎなんじゃ……？」
「ああ、六花君。地球のテクノロジーは素晴らしいね。刻一刻と変化する娘の姿を、こう
して余すところなく捕らえ、保存できるんだから！　さあ撮るぞ、亜久里の小学五年生の
運動会はこれ一度きりだからね！」
いやいや、そうじゃなくて。腕は二本しかないわけだからそんなに持っていても使いき
れないでしょって言いたかったんだけど……うまく伝わらなかったみたい。
「六花ちゃんのお父様に、詳しくアドバイスしてもらえば良かったですわね」
「ありすの言うとおりかも。なんてったって、六花のパパはプロのカメラマンだもん
ね！」
「それはあまりオススメできないな。うちのパパ、カメラの話になると長いからね。下手
にアドバイスを求めると、あのレンズはどうだとか、ここここのメーカーは相性がと
か、うるさいもん」
娘にうるさいなんて言われたら、パパ泣いちゃうよ？　なんて、マナは私をからかうけ
れどね、泣かせておけばいいのよ。写真の話をしているときは目がキラッキラしちゃっ
て、ホント子供みたいなんだもの。

ピッと背筋が伸びた声。上品な藤色と白のスポーツウエアに身を包んだご婦人が、私たちの方へやってきた。

「おはようございます」

「あ、茉莉《まり》さん！」

「おはようございます！」

「ここ、よろしいの？」

「どうぞどうぞ！」

茉莉さんは、真っ白なスニーカーを脱いで、シートにあがる。

「珍しいですね」

「ああ、これ？」

茉莉さん、自分のジャージの裾をつまんで、ちょっと照れたように微笑む。

「保護者参加の競技があるから、動きやすい服装で来てくれって、あの子が言うものですからね」

「し、しまったああああああああっ！」

王様、いきなりムンクの「叫《さけ》び」。

「プリントに書いてあったのに、私はうっかりスラックスで来てしまった、どうしよう……あ、そうだ。確かこの近くにホームセンターがあったよね？　私、ちょっと買って来るから留守番お願いね！　あ、入場行進が始まったら、ビデオ回しておいて！」

「待って、王様！」

「その格好でも大丈夫だと思いますよ！」

「娘が全力で戦おうとしているのに、私だけこんな休日丸出しの格好じゃ様にならないでしょうが！　行ってきます！」

言うが早いか、王様は保護者の方々の間を縫って、校門の外へと駆けていった。ホムセン、この時間じゃまだ開いてないと思うんだけどなあ……。

☆　☆　☆

王様は今、レジーナと一緒にソリティアで暮らしている。

ソリティアっていうのは、ジョナサンが営んでいた骨董品のお店なんだけど、一階の店舗部分をリフォームして、住居として使っているの。

亜久里ちゃんも引き取って、三人で一緒に住むような話もあったみたいなんだけど、亜久里ちゃんは育ての親である茉莉さんと暮らすことを選んだ。

それは、自然な流れだったように思う。

だけど……王様は、亜久里ちゃんにとても気を遣うようになった。こういう学校行事は積極的に参加するし、朝な夕なに学童擁護員として通学路に立ち、亜久里ちゃんの登下校を見守っている。

「恥ずかしいから、やめてください」

私、見たことがあるの。横断歩道の前で、亜久里ちゃんが王様ともめているところ。

「何が恥ずかしいんだい？　こうして子供たちを見守って社会に貢献できるうえに、毎日、お前の顔を見ることができる。ナイスな仕事だと思うんだがね？」

ランドセルに黄色いカバーをかけた子供たちが、二人の前を通り過ぎていく。

「あ、緑の王様だ！」

「おはようございます、王様！」

「はい、おはよう！　ほらね。最近じゃあ、子供たちも私の顔を覚えてくれて、向こうから積極的に挨拶してくれるようになったんだよ」

「それが嫌なのです！」

亜久里ちゃんはぷいっと背中を向けて、校舎の中へ駆けていっちゃった。

もしかして、反抗期ってヤツ？

☆　☆　☆

「ないない！」

チューリップの形に整えられた唐揚げをつまみながら、レジーナが言う。

「アイツは、パパが自分を気遣ってるって痛いぐらい分かってるから、心配かけまいとして逆に距離を置こうとしてンのよ。お互い、気を遣いすぎなの。本当にバカなんだから。『愛してるぞ、我が娘よ！』『私《わたくし》も、パパのこと大好きー！』って、素直に甘えちゃえばいいのにねえ？」

「ほほう」

私たち、興味深く頷く。

「流石、レジーナさん」

「双子の姉妹だけあって、亜久里ちゃんの気持ちもまるっと分かっちゃうんだねえ！」

「分かるっていうか、あたしがそう思うってだけの話よ！」

軟骨の部分をカジカジしながら、レジーナが答える。

「とにかくさ、アイツは真面目が服を着て歩いてるような存在なんだから。反抗期だのグレるだの、ありえないって……」

「レジーナ！」

ビクッ！　雷鳴のような声に、私たちまで肩を竦《すく》めながら、声の主の方を……そう、亜久里ちゃんの方を見た……んだけど……えっ、何？

亜久里ちゃん、おでこに赤いハチマキ巻いて、ダボダボのズボンに丈が長い学生服。いわゆる昭和の不良みたいな格好じゃない！

「グレた」

「グレたわね」

「バリバリですわ」

「違います！　私《わたくし》は紅組の応援団団長代理なのです！」

おおっ！　と、歓声をあげて。私たち、携帯で亜久里ちゃんの撮影会を始める。

「……っていうか、代理って？」

「本当は副団長なのですが、団長が組み体操の練習中に骨折してしまったので、私《わたくし》が代理なのです。責任重大なのです！」

「組み体操」

「まだやってたんだ」

「文科省の大臣にかけあって、中止させましょう」

電話しようとしたありす（知り合いかよ、ってツッコみたくなるわよねえ……ありすは四葉財閥のお嬢様だから、そういうお偉いさん方とはいろいろとコネクションがあるのよ）を、亜久里ちゃんが慌てて止めた。

「その件は既にもろもろ折り合いがついたから、いいのです。それより、レジーナ！」

「何よ」

「お弁当の時間にはまだ早いです。今からそんなにつまみ食いしていたら、みんなが食べる分がなくなってしまいますわ！」

「平気よ。まだこんなにあるもん」

と、三段重ねの重箱を見せた。

それはもう、一言で言うなら豪華絢爛《ごうかけんらん》！　唐揚げだけじゃない。お弁当の大定番・黄金《こがね》色に輝く卵焼きに、ニンジンとアスパラの肉巻き、甘辛のタレを纏ったミートボール、タコさんウインナーにブロッコリーとプチトマトの彩り、エビのマヨネーズ和《あ》え。ひじきの煮物、インゲンの胡麻《ごま》和え、レンコンとゴボウのきんぴら。おむすびに、お稲荷《いなり》さん！

更にデザートとしてスマイルカットのオレンジとウサギカットの林檎！　まさに、お弁当のオールスターズ！

「凄いシャル！」

「なんかもう春のおせち料理って感じ？　ほら、見てよ！　この卵焼きの微妙な焼き加減なんて、まさにお店に出せるレベルの芸術品だよ！」

マナってば、キュンキュンしちゃってる。

「レジーナ、どうしたのこれ？」

「うふふっ、パパが作ったのよ」

「王様が？」

「そのとおり！」

ホムセンのショッピングバッグをぶら下げて、王様が颯爽《さっそう》と戻ってきた。

「今朝三時起きで、張り切って作りました！」

「まあ！　王様は、お料理の才能があったのですね！」

「いやいや、私は食べる専門。王宮で暮らしていたころは、自分でうどんを茹《ゆ》でたことさえなかった」

うどん、トランプ王国にもあったんだ……今さら驚かないけど。

「だが、レジーナと二人で暮らすことになって、これではいかんと思ってね……宗吉《そうきち》さんに、いろいろと教えてもらったんだよ」

マナのおじいちゃんは、洋食屋さんの元オーナーシェフ。今はもう引退しちゃってるけど、料理に関してはとっても頑固で、妥協を一切許さない。

「ウチのおじいちゃん？」

「厳しかったんじゃないですか？」

「いやあ、厳しかったねえ。ビッシビシしごかれたよ。包丁の使い方、ダシの取り方、料理の基本、さしすせそ……火傷もしたし、指も切った。けれど、おかげで腕の方はメキメキ上達したよ！」

「自分で言っちゃう、みたいな？」

「いやいや、うちには厳しい審査員がいるからね！」

王様、レジーナの両肩にポンと手を置いた。

「最初は、ほとんど箸をつけてくれなかったんだけど。最近は、ぺろりと平らげてくれるようになったんだよ！」

「だって、パパの手料理、美味しいんだもん！」

なるほどね。

不味《まず》いと食べない。それってとんでもないジコチューだし、作った方からしてみれば腹が立つけれど、美味しかったときの顔……こんな屈託のない笑顔を見せられたら、そりゃ次も頑張ろうって気持ちになっちゃうわよね。

「亜久里、私たちも後でいただきましょうね」

茉莉さん、亜久里ちゃんに微笑みかけるけど、亜久里ちゃんは眉毛をハの字にしてる。

「どうしたの？」

「一緒に食べたいのは山々なのですが、午前の部の最後に、保護者参加の二人三脚があるのです」

「ああ、プリントに書いてあったヤツだね。お父さんは準備万端だよ！」

王様、買ってきたばかりのジャージとスニーカーを、ショッパーから取り出して見せびらかすと、亜久里ちゃんの眉毛、ルの字ぐらいまで下がってしまう。

「私《わたくし》、おばあさまと一緒に出るつもりだったのですけれど……」

「あ……っ！」

三段重ねのアイスクリームをうっかり落としちゃった子供のような、見ているこっちまで悲しくなるような、がっかりした表情を王様は浮かべている。

「いいわよ、パパはあたしと出ましょ！」

見るに見かねて……というワケでもないわね。計算なんかじゃなく。ごく自然な感じで……レジーナは、王様の腕にぶら下がって、にっこり微笑んだ。甘えるのホントにうまいんだから。

「いや、しかし……いいのかな……」

「いいに決まってるじゃない。あたしだって、亜久里のお姉さんなんだから、参加する資格はあるハズよ？」

また年上をアピールして。亜久里ちゃんの機嫌を損ねても知らないわよ。ねえ、マナ……って振り向いたらもういない！　マナってば、近くにいた先生をつかまえて、王様とレジーナが参加する段取りをつけていたみたい。

「ＯＫだって！」

「仕事、早ッ！」

「流石、マナちゃん」

「で、何の話だっけ？」

「お弁当の話シャル！」

「ああ、それそれ！」

「二人三脚が終わってから、みんなで一緒に食べればいいんじゃないかね？」

王様は、亜久里ちゃんの顔を覗きこみながら、訊ねる。

「それが、午後の部は応援合戦から始まるので、私《わたくし》たち応援団は昼休みなしで集まらないといけないのです」

「食べてる暇もないのかい？」

「ごめんなさい」

うー……申し訳なさそうな亜久里ちゃんの顔を見ていると、こっちまで胃が痛くなる。

亜久里ちゃんは、くるりと背中を向けて、紅組のスペースへと戻っていった。

「だったらほら！　お稲荷さんだけでも、ねっ！　中に亜久里の大好きなニンジンも入ってるから！　持っていきなさい！」

諦めきれない王様は、重箱からお稲荷さんを割り箸でつかんで、裸のまま渡そうとするけれど……いやいや、それじゃ受け取れないから！　私たち、慌てて王様を押しとどめる。

「あの子の分は、後で私が届けますよ」

がっくり肩を落としている王様を、茉莉さんが慰める。

「取られる」と思ったのか、レジーナは重箱を抱えこんだ。

「全部持っていきやしませんよ。こんなこともあろうかと……」

茉莉さんは、自分のバッグから小さめの空のタッパーを取り出した。

「おおっ！」

「流石、茉莉さん！」

「おむすびぐらいだったら、応援の合間にでも食べられるでしょう。ちょっとお行儀は悪いかもしれませんけど、腹が減っては戦はできぬと言いますからね」

☆　☆　☆

私ね、二人三脚って、もっとゆるゆるなプログラムだと思っていたのよ。

保護者参加型の競技だし、紅白の点数には関係ないし。お弁当でいうなら箸休めのお新《しん》香《こ》的な、やってる方も応援する方も、肩の力を抜いて見ていられる、お遊戯レベルのものだろうって。

ところがまず、参加者の頭数を合わせるために、私とマナも参加することになり、更にこの競技が、勝敗によって点数が加算される公式競技であることが判明し、そのうえ、亜久里ちゃんは紅組、レジーナは白組に振り分けられたことが発覚し、おまけに二人がそれぞれの組のアンカーとして激突することが決まってしまって……ああもう、嫌な予感しかしない。

私たちが駆り出されるのはまだいいわ。ＯＧだもの、走れと言われれば全力で走ろうじゃないの。けれど、亜久里ちゃんとレジーナが別々のチームで競いあうって、どう考えたってヤバいでしょ？　二人ともガチ、真剣勝負を超えたバトルを繰り広げるに決まってるもの。

こうなったらありす、あなただけが頼りよ。万が一のときはプリキュアに変身して、お客さんに被害が及ばないようにしっかりガードしてね。

入場の列に並びながら、私、テレパシーで観客席のありすに指示を飛ばすけど……実際はテレパシーなんて使えるわけじゃないから、その想いは届かず……ありすはアイちゃんを抱っこしながら、こちらにひらひらと手を振っている。

「皆さん、頑張ってくださいね！」

「ガンバるきゅぴー！」

ダメだこりゃ……私、深い溜め息……。

「緊張してるの？」

と、マナが、足に結わいたロープの結び目を確認しながら、微笑みかけてくる。

「緊張っていうより不安の溜め息よ。亜久里ちゃんとレジーナ、大丈夫かしらって……」

「六花は心配しすぎだって。そりゃあ二人とも負けず嫌いなところはあるけれどさ。実の姉妹なんだし、競技が終わればノーサイド。綺麗《きれい》サッパリ明るく終われるって！」

ううん、そうじゃないのよ。私が心配しているのはね……。

「ジコチューのゲーム」

「うっ……！」

「覚えてるわよね？　ロイヤルクリスタルを賭けて、レジーナたちとボウリングやサッカーのPK対決をしたときのこと」

「ああ、あったねえ……ボウリングのピンが増殖したり、ゴールポストが勝手に動いたりしてハチャメチャだったねえ……」

「負けず嫌いのレジーナが、絶対に負けたくない亜久里ちゃんと対決して、あのときと同じような展開にはならないってマナは言える？」

大丈夫じゃないかなあ、なんて笑っていたマナだけど、やっぱり不安になったみたい。

「レジーナ、魔法禁止だからね！　絶対使っちゃダメだよ！」

「いやいや、それ釘《くぎ》を刺したことになってないから！　むしろフリだから！」

私たちは観覧席からシャルルとラケルを呼び寄せて「いつでも変身できるように」腰から下げたポシェットの中でスタンバイしてもらうことにした。

☆　☆　☆

競技はリレー方式、トラックの内側に作られた五十メートルの直線コースを折り返して、次の走者にタスキを繋いでいく。紅組と白組は、一進一退の攻防を繰り広げていた。紅組がリードしていると思ったら、つまずいて転んだり、白組が逆転したと思ったら、二人の息がなかなか合わずにモタついたり。

私とマナはというと……ぶっつけ本番だった割には、足がもつれるようなこともなく、ありす曰《いわ》く「フォックストロットのような一糸乱れぬ軽快なステップで」白組を抜き去って、タスキを亜久里ちゃんに繋いだの。

「おばあさま、行きます！　せえの！」

「いち、に！　いち、に！」

走り出した亜久里ちゃんと茉莉さん。二人の呼吸はピッタリ。

それを追いかけるように、白組アンカーのレジーナがタスキを受け取って走り始める。王様とレジーナのリズムは決して悪くはないけれど、レジーナが前のめりになっているものだから、王様は上半身のバランスが崩れちゃってる。

「パパ、もっと速く走れないの！」

「ちょ、ちょっと待ってレジーナ。私は、これが精一杯だよ！」

先行する亜久里ちゃんチーム、既に折り返し。イン側の亜久里ちゃんは、アウト側の茉莉さんを気遣って歩幅を細かく取ってる。これは、この日のためにこっそり二人で特訓を重ねてきた感じね。

「ぐぬぬ……負けるもんですか！　えぇいっ！」

レジーナが、指をパチンと鳴らして……えええ、ちょ……ダメよそれ、魔法の合図！

星屑が飛び散ると、王様とレジーナはジェットエンジンつきのローラースケートを履いていた……ってサラッと書いちゃったけど、異様な光景よ！　踵《かかと》の部分から突き出したノズルから青白い炎が噴き出してて……ヤバいんじゃないの、これ⁉

「行くわよ、それえっ！」

「おおおおおおぬおおおおおおおっ！」

爆音と土煙をあげて、レジーナと王様が滑走を始めた！　加速は凄いんだけど、凄すぎて折り返しのパイロンを曲がりきれてない。これじゃ観覧席にツッコんじゃう！

「変身……変身して！」

「ちょ……ケラッ！」

ラケル、噛んでるし！　私も慌てちゃって、キュアラビーズが嵌《は》められない！

なのに、マナの方は変身を始めちゃって……いやちょっと待って！　まだ二人三脚のロープ、解いてな……ぎゃー！　これもう前言撤回！　一糸乱れぬ動きが聞いて呆れるわよ、もー！

「あらあら」

私とマナがこんがらがってる様を、ありすはのんびりと観覧席から眺めてる。

「大丈夫ですかー？」

「大丈夫じゃなあーいっ！」

「早くなんとかしてえーっ！」

分かりました、とありすがランスのコミューンを手に取るよりも早く、アイちゃんが背中の小さな羽をパタパタさせて、飛びあがる。

「きゅぴらっぱー！」

いやいや、あなたじゃないのよ！　アイちゃんは何もしないでいいから、ねっ？　余計に大変なことになるだけだから……なんて思う間もなく星屑が飛び散ると、トラックが立ちあがって、ウォータースライダーみたいなコースができあがっちゃった！

「アイちゃん、ナイス！」

確かに衝突は回避できたけど、そこまで状況はナイスじゃないわ。レジーナと王様の弾丸スケートはスライダーを駆け抜けてコースに復帰！　猛然と亜久里ちゃんと茉莉さんペアを追いあげ始めたの。

ゴールまで、あと十メートル！

亜久里ちゃんと茉莉さんは必死に走っているけれど、ジェットスケート相手に太刀打ちできるハズがない。その差はあっという間に縮まって、ついにはレジーナと王様が亜久里ちゃんたちを追い越した。

「どう？　あたしの勝ちよッ！」

ゴール直前、高笑いしてるけど……勝負は最後まで判らないのが世の常ってヤツなのよね。レジーナと王様を結んでいた足のロープが……。

ブチッ！

「き……切れたあああああっ！」

英雄・アキレウスは、赤子のときに冥府の川の水を浴びて不死身の肉体を手に入れたが、川に浸すときに母親がつかんでいた踵だけは水に浸《つ》からなかった。大人になったアキレウスは、哀れその踵を弓で射貫かれて命を落としたという。

……なあんてギリシア神話が脳内で再生されてしまうぐらい、レジーナにとって王様はアキレス腱《けん》だったわけよ。二人は、空中分解したロケットみたいになってコースを外れた。王様の方は、変身をし終えていたキュアロゼッタが空中で無事にキャッチしたからいいようなものの、レジーナの方は校庭のフェンスを飛び越えて、隣の二十五メートルプールにド派手な水飛沫《みずしぶき》をあげて突っこんじゃった！

「レジーナ！」

私たち、慌てて駆け寄るフェンス際。

レジーナは別に怪我とかもなかったみたいで、水面から顔を出しているけれど……先にゴールした亜久里ちゃんの方を鋭い目つきで睨んでる！

「あいつ……絶対許さないいんだから！　覚えてらっしゃい！」

あの、レジーナ……それって、完全に逆恨みじゃない？

こうなる予感はしていたのよ。

誰のせいとは言わないけれど。結果は、予想の斜め上だったけれど。

すっかりへそを曲げてしまったレジーナは、お弁当も食べず（あれだけつまみ食いしてたから入らなかっただけかもしれないけれどね）午後の競技が始まる前にサッといなくなってしまったの。王様は、レジーナが迷惑かけっぱなしで申し訳ないわ、目を離したスキにまた何かやらかすんじゃないかと心配だわ、かと言って亜久里ちゃんの活躍も見逃したくないわで、身も心も引き裂かれそうな顔をしていたけれど、マナが「レジーナの方は、あたしたちに任せてください。必ず連れ戻しますから！」と、これまたいつもの幸せの王子癖を発揮したので、私とありすもレジーナ捜しにつきあわされるハメになった。

「とりあえず、みんなで手分けしてレジーナが行きそうな場所を捜してみよう」

「何処よ、行きそうな場所って？」

「以前と比べると格段に広がっていますからね、レジーナさんの行動範囲……」

こんなふうに、ありすが歯切れが悪い物言いをするときは、見込みが薄いってこと。そりゃあ瞬間移動ができる相手ですもの。発信機でも仕掛けていない限り、捜すのは難しいんじゃなかろうか……って、ちょっと待って。ひとつだけ方法を思いついたんだけど……うまくいくかどうか判らないから、私、みんなに訊いてみる。

「ねえ、光の槍って、今どうなってるんだっけ？」

「ミラクルドラゴングレイブですか？」

「レジーナが持ってるハズだけど？」

「何処においてある？」

「自宅かなあ……」

「持ち歩いている感じはありませんでしたけど、この間の騒ぎのときは持っていましたわ」

「うーん、微妙ねえ……」

もったい振らずに話しなさいとマナに促され、私、とりあえず説明する。

以前、ベールがジョナサンに化けて、私たちを王国の地下水路におびき寄せたときのこと。マジカルラブリーパッドが反応して光の槍のありかを示したことがあった。だから、レジーナの居場所も判るんじゃないかなって思ったわけ。ただし、あくまでレジーナが槍を持ち歩いていればっていうのが前提なワケだけど……。

「マジカルラブリーパッド！」

マナったら、私の話を最後まで聞かずに、いきなりパッドを取り出した。

「あれこれ考えるより、試した方が早いでしょ？」

いやまあ、それはそうですけれどもだ……。

「お願い、レジーナの居場所を……」

「ああ、マナ！　ちょっと待って！」

私、慌ててマナを止めた。マナもありすも「なんで？」って顔で、私を見てる。

「いや、あのね……私たちは今、確かにレジーナを捜しているわ。けれど、もし万が一よ……これでレジーナの居場所が地図上に表示されたり、ましてや今レジーナが何処で何をしているかが映し出されちゃったりしたら、どうする？　ていうか、多分訊いたら映し出されちゃうのよ。最終決戦のときに、あなたが王様の今の姿を見せてって言ったら、キングジコチューの体内に囚《とら》われていた姿がバッチリ映し出されたからね。でも、そういう使い方OKっていうことにしたら、今後、私たちの間にはプライバシーも何もなくなるってことじゃない？」

「あたしたち三人の関係に、今さら隠し事もないんじゃないの？」

「そういう問題じゃなくて！」

マナが冗談で言ってるのは百も承知だけど、ここは私、語気を強める。

「今の私たち、やろうと思えばなんだってできるわ。プリキュアに変身すれば、始業ギリギリまで寝ていても遅刻しない。宿題や家事だってあっという間に片付くし、何より私の場合は、眼鏡の煩わしさからも解放されるんですもの、すっごく助かる……だけど、それをしないのは、プリキュアとしての矜持《きょうじ》というか、ヒーロー・リテラシーがあるからじゃない？」

「ええと……？」

「つまり……？」

「どういうことでランス？」

ランスたちが、ぽかんとしちゃってる。今、私のこと面倒くさいヤツだなって思ったでしょ？　そんなの私自身がいちばんよく判ってるわよ。

「つまりですね」

ありすが、ランスを両手でふんわりつかまえて、頰をすり寄せた。

「トランプ王国の王様がエターナルゴールデンクラウンを使ったがために、キングジコチューに変えられてしまったように、プリキュアの力を勝手気ままに使ってしまっていたら、闇の力につけ入られてしまうかもしれないから、使い方に注意しましょうと……六花ちゃんが言いたいのは、そういうことですわ」

「なるほど、そういうことだったシャルね」

「だったら、最初からそういうでランス」

ラケルだけは「僕は、六花が言いたいこと判っていたケル」なんて可愛いことを言ってくれるので、私もラケルをつかまえて、肩の上に乗せた。

「んー……じゃあさ。光の槍の場所を聞いてみようよ。それならセーフじゃない？」

「さっきも言ったとおり、それだと自宅が表示される可能性が高いけどね」

「ものは試しですわ」

私たちは改めて、マジカルラブリーパッドに問いかけた。

「ミラクルドラゴングレイブのありかを教えて」

黒曜石のような盤面が仄《ほの》かに明るくなって、町の鳥瞰図《ちょうかんず》が映し出された。何処かで見覚えのある地形。公園があって、池があって、駅……うん、間違いない。これって大貝《おおがい》町《ちょう》だ。でも、ちょっと待って。この赤い光の点が指し示す場所は……。

「大貝小学校？」

「だよね」

「どうして、光の槍が小学校にあるのでしょう？」

バグッたんじゃないかとか、ジコチューの仕業じゃないかとか、ああだこうだ言っていたら、マナの携帯が鳴った。

電話の相手はまこぴーだった。今日はドラマと歌番組の収録があるから来られないって言ってたんだけど。どうしたんだろう。電話を切ったマナが、青ざめた顔を私たちに向けた。

「まこぴー、時間が空いたから、運動会見に来たんだって……」

「あらあら、タイミングが悪かったですわね」

でも、ちょっと嫌な予感……まこぴーとすれ違いになったぐらいじゃ、そこまで青ざめたりしないわよね。マナは唇を震わせながら、続けた。

「レジーナが暴れてるから、早く戻ってきてくれって！」

な、なんですって⁉

☆　☆　☆

「もう！　みんな、何処行ってたのよ！」

校庭に舞い戻った私たちを、サングラスにマスクにニット帽で完全防備のまこぴーが出迎えた。それ変装のつもりかもしれないけれど、かえって目立ってるわよ。

運動会は、六年生の騎馬戦の真っ最中。亜久里ちゃんは、声を目一杯張りあげて紅組を応援している……で、肝心のレジーナは何処よ？　別に、競技は滞りなく行われているみたいだけど……。

騎馬が入り乱れる校庭の対岸を、まこぴーが指さす。私は慌てて眼鏡をかけて、目を凝らして……げげっ！

「フレーフレー、白組！　紅組倒せー！」

白の学ランに身を包み、白いハチマキをキュッと締め、白組の団旗を振り回しているのは、紛れもないレジーナだ。

「ちょっと、レジーナ！　何やってるの！」

「白組の応援！」

ぶっきらぼうに答えるレジーナ。そんなの見れば判るけど……なんでそんなことしてるの？　たまにオリンピックとかで選手よりもエキサイトしちゃってる応援団の人がいるけれど、中学生が小学生に交じって旗を振ってたらまずいでしょ！　保護者は何処行ったの、保護者は！

「亜久里に負けたのが余程悔しかったらしいんだよ……」

保護者、ブルーシートに座ってた。

「亜久里が応援団長代理を務める紅組が優勝するのは絶対に許せないと言って、あのように白組の応援を始めてしまったんだよ。ああ、困った。本当に困った！　あの子がこれ以上、騒ぎを起こさないと良いんだけどなあ……」

なんて言いながら、王様は一眼レフで連写をキメている。本当に心配してるのか、この人は……。

「あ、先輩！」

観覧席の後ろの方から、可愛い顔した男の子が、私たちに向かって手を振っている。

「純君《じゅん》！」

マナに言われて気づいた。確かに、後輩の早乙女《さおとめ》純君だ。Vネックのカットソーにベージュ色のカーゴパンツの組み合わせ。私服だと随分、雰囲気が変わるのね。

「どうしたの？」

「レジーナさんに呼び出されました。制服を貸してほしいと言われまして……」

「えっ、じゃあ……レジーナが今着てるあれって、純君の制服なの？」

「いえ、一年のときに着ていた古いヤツです。こう見えて、僕も少しは成長しているんですよ。ははは……」

ふふん。日曜日に電話一本で呼び出され、自分が着ていた制服を貸してあげちゃうなんて、一体どういう関係かしらね……って、話が逸れた！　レジーナよ、レジーナ！

「ゴーゴーレッツゴー、白組！　ファイトだ負けるなしーろーぐーみーっ！」

レジーナが全力で白組の旗を振れば、亜久里ちゃんもますますヒートアップして、

「フレーフレー、紅組！　頑張れ負けるなあーかーぐーみっ！」

喉が潰れてしまうんじゃないかと心配になるぐらい、全力で声を張りあげている。

「あの二人、どうしてあんなに仲が悪いのかしら……」

まこぴーに同意して、嘆息を漏らしたら、ありすが横で呟《つぶや》いた。

「いいえ、あれは仲が良ければこそですわ」

「仲良……くは見えないでしょ、あの二人」

「ああやって、本気で意地を張りあったり、本音をぶつけあったりできるのって、素敵な関係だとは思いません？　飾りのない、ありのままの自分の気持ちをさらけ出せる相手ってことですもの。私は、亜久里ちゃんとレジーナさんの関係が羨ましい……」

あ、そうか、
私たちの中で、兄弟がいるのは、ありすだけなんだ。

私たちより五つ年上のお兄さん。ずっと海外で暮らしていて、めったに日本に帰ってこない。たまにメールを貰うこともあるみたいだけど、なかなか会えないから寂しいって、三人でしたお泊まり会のときに、漏らしていたことがあったっけ……。

☆　☆　☆

騎馬戦は、白組が勝った。

この時点で、白組が紅組を逆転。勝負の行方は、最後の団体リレーに持ち越されることになった。

団体リレーは、四、五、六年生の男女混合メドレー。四、五年生はそれぞれトラック半周、六年生女子がトラック一周、アンカーの男子はトラックを二周走るの。亜久里ちゃんは、紅組の五年生女子代表として参加。入場行進が始まって、私たちの席の前を亜久里ちゃんが通り過ぎていく。

「亜久里ちゃん、頑張って！」

「しっかりね！」

私たちと一緒に、茉莉さんもエールを送るけど、亜久里ちゃんはこちらに手を振るような余裕もなく、口を真一文字に結んで、キッと前を見据えている。あれは、絶対に負けられないって顔ね。

レジーナはというと、白組の旗を振るのをやめて、亜久里ちゃんの入場をジッと見つめている。その瞳に、いつものイタズラっぽい光はない。なんていうか、凄く真剣な表情。

「ああいう顔をすることもあるんですよね……」

「何、純君？」

「レジーナのこと？」

「彼女はいつも自由奔放で、遅刻はするし、授業をサボッて抜け出すし、リボンは校則違反だよって注意しても絶対に外そうとしないし、生徒会長の僕からするとホントに天敵みたいな相手なんですけど……」

　ピクッ……王様の耳が動いた。純君、そこに保護者がいるのよ。あんまりぶっちゃけたことは言わないで！

「でも……僕思ったんです。彼女は、決して悪い子なんかじゃない。自分の気持ちに嘘がつけない、正直な子なんじゃないかって……」

「そのとおり！」

　マナったら、純君の背中を思いっきり叩《たた》いた。

「レジーナの良さに気づくなんて、流石だよ！　で、純君はレジーナのどの辺にキュンキュンしちゃったの？」

「キュンキュンって、そういうんじゃないんですけど……」

　純君、顔を真っ赤にしながらも、真面目に答えてくれた。

「僕が、学校の花壇の手入れをしていたら、興味津々に覗きこんできて、お水は一日何回あげてるの？　とか、どうすればこんなに綺麗な花が咲くの？　なんて、いろいろ聞いてくるんです。ほら、今トラックの方を見つめてる、あの感じですよ。彼女、他人に押しつけられたことは見向きもしないんですけど、興味があることはどんどん吸収するんですよね。乾いた土が、水を吸いこむみたいに！」

　レジーナ……見た目はローティーンだけど、実際はまだ生まれてから一年ぐらいしか経っていないピュアな魂。きっと見るもの聞くもの、すべてが新鮮なはず。

一方、亜久里ちゃん。ひとつのプシュケーから生まれたもう一人の自分。器の形はほぼ同じ。なのに、中身の構造はまるで違う。今回の運動会ひとつ取ったって、紅組の勝利のために声を張りあげる亜久里ちゃんと、亜久里ちゃんに負けたくない一心で白組の団旗を振るレジーナでは、天と地……月と地球、三十八万四千キロほどの隔たりがある。

どうして、こんなに違うの？

それは恐らく、私たちが思っている以上に、本人たちが感じていることなんじゃないかしら。違うから気になる。引かれあう。両手を繋いで、ぐるぐる回る双子星。人工衛星飛ーんだ、ってね……。

ああ、そうか。

ありすが言ってたことが、ようやく腑《ふ》に落ちる。あれは仲が悪いわけじゃない。互いの引力が強すぎるから、ついつい衝突しちゃうんだ……。

「六花君、カメラは得意かね？」

王様、構えていた一眼レフを下ろして、私の方を見てる。

「得意ってほどじゃないですけど……なぜですか？」

「私の代わりに、娘を撮ってくれないか。写真に残しておくのもいいが、この目で直接見ておきたいんだよ。ファインダー越しだと、どうも絵空事のような気がしてしまってね……」

「絵空事？」

「正直、悩んでいたんだ。娘たちに、どう接して良いものか……そりゃあ、レジーナも亜久里もアイちゃんも、みんな可愛い。だが、思春期の娘をどうやって育てたかなんて、十数年も前のことで、すっかり忘れてしまった。況《いわ》んや赤子をや、だ……」

マナが、微笑みながら王様に伝える。

「レジーナが言っていましたよ。素直に『大好き』って言えばいいのにって！」

「しかし、抱きしめてヒゲジョリジョリしたら、流石に嫌がられるだろう？」

あー……って、私たち三人ともドン引きだけど、まこぴーはキョトンとしてる。

「ジョリジョリって？」

「ええっとね、世のお父さん方は、どういうわけか知らないけれど、自分の子供を抱きしめて、ヒゲをこうジョリジョリってこすりつけたがるものなのよ」

「うわ……それって、愛情表現なの？」

「ま、そんなとこね」

だから私は……と、王様は、背中を丸めながら、続けた。

「せめて、娘たちにとって良き父親であろうと努めることにしたんだ。毎日、食事を作ったり、学童擁護員をやって娘が学校に通う様子を見守ったりね……でも、不安なんだよ。これでいいのかって。私の思いは、娘たちに届いているのだろうかってね」

なるほどね。私は、王様から一眼レフを受け取った。

「いいお父さんだと思いますよ。こうして娘の運動会を見に来てくれるだけでもね」

ピストルが鳴った。

四年生は、女子から男子にバトンタッチするときに、紅組は多少バトンの受け渡しにモタつくところがあって、白組が一歩リードする形になった。もう、何やってるのよ男子。次はいよいよ亜久里ちゃんが走る番なんだからしっかりしなさいよ、なんて口々に叫んでいたんだけど、リレーゾーンに立った亜久里ちゃんは、落ち着いて見えた。しっかり手を挙げて、前走者に合図を送り、後ろ手でバトンを受け取る……速い！

亜久里ちゃん、五年生の中では背は小さい方だけど、俊足だった！　華奢《きゃしゃ》な足をコマネズミのように動かして、前を走っていた白組のランナーをあっという間に追い抜いたの！

「きゃーっ、亜久里ちゃーん！」

「凄い！」

「亜久里ちゃん、行けーッ！」

私たち、興奮しすぎて語彙力なんかほとんどゼロに等しかったんだけど……その興奮の波が、一瞬にして、引いた。

コーナーを回っているときに、もつれたのよ。亜久里ちゃんの足が！

私たちの心臓、一瞬で凍りついた。亜久里ちゃん、必死に立て直そうとするけれど、だめ……転んだ！　バトンが転々と転がっていく。王様も茉莉さんも、そして、私たちも、みんなで「キャーッ！」て叫んじゃった！

だけど、私たちの悲鳴なんか軽々と吹っ飛ばすバズーカ級のエールが響き渡ったの。

「頑張れ、亜久里！」

私たちだけじゃない、校庭にいた人たち全員が、その声の主の方を見た。

レジーナだ……白組にいたレジーナが、亜久里ちゃんを応援しているんだ！

「諦めるのはまだ早い！　走りなさい、亜久里ッ！」

「えっ？」

「走れーッ！」

亜久里ちゃん、バトンを拾って、走り始めた。

白組の走者は、もうとっくに次の子にバトンを渡してしまっていたけれど、それでも諦めず、歯を食いしばって、バトンを繋いだ。そしたら、亜久里ちゃんのその気迫が、後のメンバーに乗り移ったみたいに……もう挽回《ばんかい》できないだろうと思っていた白組との距離を、徐々に詰めていった。

「がんばれ、紅組！」

「負けるな、白組！」

校庭全体が沸騰していた。私たちの胸も、さっきから早鐘を打ち鳴らしている。

紅組のアンカーがバトンを受け取る。白組との差は、四秒……ううん、五秒はありそうだった。だけど、アンカーの男の子がメチャクチャ足が速くて！　どうやら地元のサッカークラブに入ってる有名な子だったらしいんだけど……なんていうか他の子と迫力が全然違うの。トラックを半周残したあたりで追いついて、まさかの大逆転！

悲鳴と怒号と歓声が入り乱れる中、紅組のアンカーがゴールテープを切った！

「きゃああああああっ！　勝ったあっ！」

「劇的勝利ですわ！」

「亜久里ちゃん！」

私たち、亜久里ちゃんに駆け寄ろうとした……んだけれど……あはっ、王様に先を越されてた。

「亜久里、よく頑張った！　パパは今、猛烈に感動している！」

王様は、ぎゅっと亜久里ちゃんを抱きしめ、頬をすり寄せていた。

「恥ずかしいから、やめてください！　もう分かりましたからあっ！」

私、そんな親子の抱擁と、その後ろの方で、ちょっと呆れたような顔で微笑んでいるレジーナも収まるようにレイアウトを決めて、シャッターを切った。

☆　☆　☆

「なかなか良く撮れてるじゃない？」

レジーナの家のテラスで、マナが運動会の写真を手に取る。

「流石、六花ちゃん」

と、ありすも褒めてくれてるけれど、ピントがボケたりブレたりしていたヤツはプリントアウトしてないだけなのよ。でも、こっちの優勝旗を受け取る亜久里ちゃんの写真は、我ながら良く撮れてると思うな。

私たちが写真を見ながらワイワイ言ってる傍らで、亜久里ちゃんはうなだれていた。

「亜久里ちゃん、写真見ないの？」

「見たくありません。私《わたくし》は、紅組の勝利に貢献できませんでしたから……」

「何言ってンの！」

プリンを食べていたレジーナが笑った。

「アンタが派手にスッ転んだおかげで、みんなハラハラドキドキできたんだから、いいじゃない！」

ああもう、レジーナってばどうして人の傷口に塩を塗るようなことを言うのかしら。

でも、亜久里ちゃんは一切怒らず、真っすぐレジーナの方を向いて、微笑んだ。

「あのとき……あなたの声が聞こえたから、私《わたくし》は完走することができました。ありがとう、レジーナ」

私たち、亜久里ちゃんの素直さにびっくりしたけれど、それ以上にレジーナの方が驚いていたみたいで。

「そんなこと言ってないわよ、空耳よ！」

なんて、ごまかしてる。

「あれ、レジーナが亜久里ちゃんを名前で呼んだのって、もしかして初めてだった？」

「んもーっ、言ってないって言ってるでしょ！　しつこいわねえっ！」

と言いつつ顔真っ赤だし。相変わらず判りやすいわね、レジーナは。

P.S.　レジーナは、ミラクルドラゴングレイブを爪楊枝《つまようじ》ぐらいのサイズにして、耳に挟んで持ち歩いてるんですって。なんだか孫悟空《そんごくう》の如意棒《にょいぼう》みたいよね……。

64

ドキッ！　初恋はダージリンの香り

「にゃーお！」

家の外で、猫が鳴いた。

ベッドで本を読んでいた私。壁の時計の針は、午後十時を過ぎたところ。隣で寝息を立てているラケルを起こさないようにそっと寝床を抜け出して、窓を開けた。

「どうしたの、こんな遅くに？」

窓の下の猫は……ご存じのとおり、マナっていう名前の二足歩行の猫さんですけど……ご近所に配慮して、小さな声で叫んでる。

「緊急事態なんだってば〜！」

グレーのパーカーを羽織って、外に出る。桜はとうに散ったけれど、夜風はまだ薄ら寒い。今日はママ、夜勤でいないし、あがってお茶でも飲んでいく？　と、訊いたらば「忘れ物を届けるだけだから」と親に言って出てきた手前、長居するわけにはいかないらしい。じゃあ手短にと促すと、マナは一冊のノートを差し出した。

「交換日記？」

えっと……誤解のないように言っておくけど。これは、私たちメンバー全員で順番に書いて回している、連絡帳というか、回覧板みたいなものなの。ＳＮＳ全盛のこのご時世に、どうしてそんなクラシカルなコミュニケーションツールを使っているのか、話すと長くなるんだけど、説明するね。

年が明けてすぐのこと。マナは初めてスマートフォンを買ってもらったの。以前からお仕事で携帯を使っていたありすやまこぴー、小児科医のママと連絡を取るために持たされていた私なんかと比べると、マナはスマホデビューが遅かった（小学生の亜久里ちゃんでさえ、既にキッズ携帯を持たされていたからね）。家に必ず誰かいる相田家では、連絡は固定電話で事足りるし、マナは部活や塾や習い事もしていないし、「携帯は高校生になってからでも遅くはないだろう」という家の方針だったらしいんだけど、自分の娘がプリキュアであると判れば、話は別。いつ何時、不測の事態に巻きこまれても連絡が取れるようにと、慌てて買いに行ったたって言ってたわ。

で、スマホを手に入れたマナが最初に何をしたかというと、メンバー同士のＬＩＮＫ交換！（ＬＩＮＫっていうのは、世界最大級のアクティブユーザー数を誇るＳＮＳアプリのことよ。知ってると思うけど、念のため）。そこで、私たちはグループチャットを作って、その日食べたご飯だの妖精の寝顔だのを撮ったり、「いいね！」のスタンプを押したりして、ワイワイ楽しくやり取りしていたの。

考えてみれば、それは……プリキュアの正体を、テレビで盛大にバラすというマナの最大のやらかしから生まれた、ほんの少しの変化というか、漣《さざなみ》のようなものだったのだけれど、生じた波紋はそれだけに留まっていなかったの。

あの日以来、私たちの家の周りには「怪しげな人たち」がうろつくようになった。

「キュアダイヤモンドさんですね。ファンなんです。サインしてください」

なんていうのは、まだ可愛いほう。ごめんなさいって言えば大概は引き下がってくれるから。

怖いのは、黙ってカメラを向けてくる撮り鉄ならぬ撮りキュアファン。

ファンですらない写真週刊誌のカメラマン。

芸能プロダクションや女子プロレス団体のスカウト。

いきなり「お手合わせ願いたい」とか言い出した自称・最強の格闘家。

ヒラヒラのコスチュームに異議を唱えるフェミニスト。

女性を目の敵にするミソジニストの集団。

プリキュアは宇宙人だと信じるUFOマニア。

ラケルたちをつかまえて研究しようとした未確認動物学者《クリプトズーロジスト》。

etc.etc.……。

あまりに取っ散らかっていたので、私たちはヨツバセキュリティサービスに自宅周辺の警備をお願いしたわけなんだけど、そうしたら、その「怪しげな人たち」の中に、日本の公安調査局やCIA、SIS、その他各国のエージェントが混じっていることが発覚！

しかも、そういうプロの人たちが、揃《そろ》いも揃って、私たちのグループLINKの中身をハッキングしていたことが判明したの。

ええ、本当にバカバカしい話だと思うわ！

国の諜報《ちょうほう》機関が、女子中学生のLINKを覗き見して何になるのよ。調べたところで出てくるのはオムライスとかコンビニスイーツとか妖精の尻尾の写真が関の山よ！

とりあえず、私たちの知り得ないところで大人同士の話し合いがあり、「怪しげな人たち」は綺麗さっぱり姿を消したんだけど、それでも、やっぱり気持ちが悪いので、私たちはＬＩＮＫのグループチャットは使わないことに決めた。

四葉財閥の最新テクノロジーをもってすれば、ハッキングしにくくする方法はあるらしいんだけど、結局はイタチゴッコになってしまうので……それで、行き着いた先が究極のアナログである「交換日記」だったというわけなのよ。六人で書いて、回覧板式に順繰りに回しているから、タイムラグはあるんだけど、それでもプライバシーを守るにはこれがいちばん安全な方法だろうっていう結論に至り、今日まで続いている。ＬＩＮＫみたいに、既読つけなきゃって焦ることもないし、私的には何の問題もないのだけれど……。

「ねえ、どうしたらいいと思う？」

あ、いけない……マナの話を聞かなきゃね。

「なんなのよ、緊急事態って？」

まあ読みなさい、と責《せ》っつくマナ。交換日記を捲って最新の書きこみを読み始める私。

この丸っこい字は、まこぴーね。

ねえ、聞いて聞いて！

私、帝都《ていと》ホテルで開かれた銀河《ぎんが》テレビ開局百周年の記念パーティに出席したの。頑張って、髪をバッチリ結ってもらって、キラキラのイブニングドレスを着て♡

でも、周りはおおとり環《たまき》さんみたいな大スター☆彡ばっかりだったからチョー緊張したよ！

おまけに、ステージにあがる直前にヒールが壊れちゃうし！(;*_*)

一歩も動けなくて、どうしようって困っていたら「そんなの脱いじゃいなよ」って、知らない男の人が耳元で囁いて、あたしを舞台までエスコートしてくれたの！

え、誰だれ？(;'∀')て感じで、ホントにビックリしちゃったんだけど、スポットライトで顔が全然見えない！

でも、紅茶とジルバルみたいな素敵な香りがしてて、なんだかポーッとしちゃった！(//▽//)

後でダビィから聞いたんだけど、スポーツ冒険家の渋谷《じぶや》ヒロミって人だったみたい。みんな知ってた？　真冬のエベレストに一人で登ったり、太平洋をヨットで横断したり、自転車で世界一周したりもする凄い人なんだって。なんでもできちゃうスーパーヒーローって感じだよね(*^^*)

ああ、また何処かで一緒になったりしないかなあ？

P.S.ジルバルっていうのは、トランプ共和国原産の柑橘《かんきつ》系の果物よ。最近、こっちのスーパーでも売ってるみたいだから、見つけたら試しに食べてみて！(=^ω^=)

ああ、マズい……。

確かに、これはマズいわ。

これが単に、自分の『推し』を見つけたときめきならば、私たちは黙って見守ろう。けれど、この文面から漂う桃色のオーラが『恋』だとしたら、話は違ってくる。

「よりによって、相手が渋谷ヒロミだなんて……」

「ねえ、本当にどうしたらいいの～！」

マナが、私のパーカーのジッパーをあげ下げしてくる。分かった分かった。あなたが訪ねてきた理由はよおく分かりましたから！

「交換日記、マナの次は誰？」

「亜久里ちゃん」

「だったら、回すのは一日待って。まこぴーには明日、全部話そう。こういうのは、隠しておいても拗《こじ》れるだけだから」

「そうだね……ありがとう、六花」

おやすみの挨拶をして、マナは帰っていった。あやつめ、肩の荷が下りた分、足取り軽いなあ。アンタが特大のネタをぶっこんでくれたせいで、こっちは眠れるかどうか判りませんよ……。

☆　☆　☆

次の日。

まこぴーは朝からお仕事だったようで、学校に現れたのは昼休みが終わる直前だった。

私とマナは、彼女が教室に入ってくるなり、両脇をがっちり抱えて、体育館に続く渡り廊下へと連行した。

「な、なんなのよ、話って？」

「例のスポーツ冒険家の話よ！」

「なあんだ、そのこと？」

まこぴーは、「じゃじゃーん！」と、制服のポケットからキーホルダーを取り出した。

『428』のロゴが刻まれた金属プレートが、軽やかな音を立てる。

「これね、渋谷さんの通販サイトで買ったオリジナルのキーホルダー！　渋谷さんて、靴とか洋服とかのデザインもしてるんだけど、必ずこの428って数字が入ってるの。何でだか知ってる？　428でシ・ブ・ヤなんだって！　ねえ、面白くない？」

610と書いてムトウとか、46449と書いてヨロシクとか。

単純な語呂合わせだけど、それに気づいたまこぴーは、砂浜に埋もれていた桜貝でも見つけたみたいに、目を輝かせている。

でも、ごめん。

私もマナも知っているのよ。

ただの語呂合わせじゃない。その数字には、もうひとつ別の意味が隠されているってことも……。

「まこぴー、聞いて。その渋谷ヒロミって人は……」

マナの言葉を遮るように、体育館の中から叫び声が響いた。

なんか変だ。

今はまだ昼休みの途中だし。部活じゃないし、喧嘩《けんか》とも違うみたい。

そっと中を覗いてみると、男子が二人、バスケの1ON1で遊んでいるみたい。それと、コートの外からヤジを飛ばしている男子生徒が数名。

「何やってるんだよ、二階堂《にかいどう》！」

「さっきからヤラレっぱなしじゃないッスか」

「1ポイントぐらい取ってみせろよ」

「うるせーぞ、外野！　気が散るから黙ってろ！」

怒鳴り散らしたのは、元クラスメイトの二階堂君。今年から別のクラスになったんだけど、まあ、それは置いといて……どんだけエキサイトしてるのよ。頭から水でも被ったみたいに汗が噴き出してる。

「負けてるからって、八つ当たりは良くないな」

艶《あで》やかで、透き通った水のような、優しい声……。

眼鏡をかけて、確かめる……一緒にバスケをしていたのは、うちの生徒じゃ、ない。

洗いざらしのリネンのシャツに、デニムのボトム。

ウエーブがかったオレンジベージュの髪の下から覗くマルーンカラーの瞳。

そして、ほんのり漂う、ダージリンとベルガモットが入り混じった爽やかな香り。

間違いない、彼だ。

あの人が、日本に……私たちの住む大貝町に戻ってきたのだ！

「やだ、あれ……渋谷さんじゃない？」

気づいたまこぴーが、キャアキャア言いながら大きく手を振った。

「渋谷さあん！」

向こうも気がついたみたいで、手を振り返してきた。

あのね……心理学の本で読んだことがあるんだけど。男の人って、好きでもない人に対して、普通は手を振ったりはしないんだって。

つまり、手を振り返すっていうのは、少なくとも、相手に心を開いている証拠。

脈ありのサインとなれば、誰だって嬉《うれ》しい。

だけど……だけどよ？

その手を振ってる相手が自分じゃないと判ったらショックだし、恥ずかしくて、自分の存在そのものを消し去りたくならない？

まさにその瞬間を、私は目撃してしまったのだ。

「久しぶりだね、マナ」

ガーン！と、雷に打たれたみたいに全身を硬直させたまこぴーは、ギギギ！　と首を真横に向けてマナを見た。

「どういうこと？」

「あわわ！　実はね、まこぴー。これには深いワケが……」

「知り合いだったの？　渋谷さんと！」

「それを説明したかったんだけど、説明する前にミチさんが現れちゃったんだってば！」

ミチさん。

スポーツ冒険家、渋谷ヒロミ。

だけど、それは芸名よ。本当の名前は別にある。

私たちは、彼の本名を縮めて「ミチさん」と呼んでいるんだけど……。

「ゴチャゴチャうるせー！」

うっ……説明する暇、まるでないのね。二階堂君が、ボールを床に叩きつけて叫んだ。

「なあ、アンタ！　もう一度、俺と勝負しろ！」

「別にいいけど……」

ミチさん、転がったボールを拾いあげ、足元でバウンドさせる。

「彼女を待たせちゃ悪い。これが最後、泣きの一回だよ？」

ミチさん、フリースローラインまで戻ってきた二階堂君に、ボールをパス。

それが、始まりの合図。

二階堂君は、ドリブルでフェイントをかけつつ、ミチさんの右側からゴール下に切りこんで、シュートを放つ……けど、ダメね。ボールはリングで弾かれた。

リバウンドを制したのは、ミチさん。スリーポイントラインまで戻ると、攻守交替ね。ミチさんは私たちより五つ年上だし、身長も二階堂君より拳ひとつ分……いや、十センチは高いんじゃないかな。二階堂君、必死に体を張って食らいつくけれど、ミチさんは踊るようにドリブルを刻んで、ふわり。レイアップシュートをキメた。

「ナイスシュート！」

拍手を送るマナ。

二階堂君が「あーっ！」と、天を仰いだところで、チャイムが鳴った。

「いけない。五時間目、始まっちゃう！」

「ごめんなさい、ミチさん。あたしたち、これで失礼します……あ、ミチさんはまだいます？」

「いや、帰るよ。君の顔も見ることができたしね」

私、ぽかんとしているマナの背中を押す。

「マナ、行くよ！」

「うん……それじゃ、ミチさん、また！」

私たち、急いで体育館から飛び出す。振り返ると、ミチさんはまだ手を振っていた。

☆　☆　☆

「でもさあ、二階堂君。どうして、ミチさんとバスケなんかしてたわけ？」

マナが階段を駆け登りながら訊ねると、二階堂君は、バツが悪そうに顔を背けた。

「お前のことを捜しているヤツがいるって言うから、相手をしてやったんだ。マナと話をしたけりゃ、俺に勝ってからにしろって……」

返り討ちにされましたけどね、と混ぜ返しているのは百田《もも た》君。二階堂君は、百田君のお尻のあたりをぱしこん！　と、蹴飛ばした。

「最近、マナの周りにおかしなヤツが増えてるだろ。アイツもその一人かと思ったんだよ！」

肩を怒らせて、二階堂君たちは自分の教室に戻っていった。

「そっか……ありがとね、二階堂君！」

右手を振るマナ。その反対の腕を、今度はまこぴーがぎゅむっ！　とつかまえた。

「説明してよ。マナは、渋谷さんと知り合いだったのよね？」

マナは、前髪を指でネジネジして……これは、嘘をつこうとしたり、ごまかそうとするときの癖なんだけどさ……まこぴーは許してくれそうにない。

「話してくれるまで、私離さないから！」

「そんなあ！　授業始まっちゃうよお！」

☆　☆　☆

五年前……。

私たち三人は、クラスで孤立していた。

きっかけは、本当に些細《ささい》なこと。イジメられていたありすをマナが助けたら、今度はその子たちが、マナをターゲットにし始めたってわけ。

授業中に、後ろから消しゴムの切れ端を投げつけたり、筆箱の中にカタツムリを入れたり、陰湿ないたずらを毎日のようにされた。私も上履きを隠されたりしたけど、いちいち騒いでいたら相手の思うツボだからって、とことん無視して過ごしてた。

だけど、ある日の朝。私たちが教室に入ると、マナの机に極太《ごくぶと》の油性ペンで落書きがしてあったの。本当に許せない言葉。人の尊厳を傷つける最低の言葉。

「誰!? こんな卑怯《ひきょう》なことするのは！」

怒ったマナを見て、イジメっ子たちがニヤニヤ嗤《わら》ってる。

「なんだよ、卑怯って？」

「そうでしょ！ 正々堂々、喧嘩を挑んでくるならいざ知らず、こうやって隠れてこそこそと意地悪ばっかり！ 卑怯者のすることよ！」

「私、ベンジン貰ってくる！」

家庭科室に走ろうとした私を、マナが呼び止めた。

「いいよ、六花。書いた人に消してもらうから！」

「おい、ちょっと待てよ。お前、まさかこの中の誰かがやったって疑ってるわけ？」

イジメっ子の一人がマナを睨みつけると、仲間も調子に乗って囃《はや》し立《た》ててくる。

「そうだ、証拠もないのに！」

「ひ、筆跡を見れば、誰が書いたか判るもん！」

「警察かよ？」

吐き捨てるように言ったのは、傍観していたクラスの女子。名前はもう忘れた。

「相田さんって、いつも自分が正しいみたいな顔してるよね」

「お前、みんなから『ウザい』って言われてるんだぞ？」

「えっ？」

一瞬、マナの目が泳いだ。

私はすぐに「嘘よ！」って否定したけれど、イジメっ子たちは攻撃の手を緩めない。

「でしゃばりなのは本当だろ？」

「お節介！　目立ちたがり！」

「違う……あたし、そんなんじゃないもん！」

いつも元気で、向日葵《ひまわり》みたいな笑顔を振り撒いていたマナが、言葉の暴力で容赦なく踏みにじられて、泥まみれになって萎《しお》れていた。あのころの私は、マナに頼りっきりのダメな子供だったから、泣きじゃくるマナを呆然《ぼうぜん》と見つめることしかできなかった。

「取り消してください」

怒りを孕《はら》んだ声が、教室に響き渡った。

ありすだ。溶けた鉄のように、瞳をグラグラとたぎらせている。

「私のお友達をバカにするのは許せません。今すぐ取り消してください！」

大喧嘩になった。

ありすは、小さいころから様々な習い事をしていた。ピアノにバレエ、習字、水泳だけじゃなくて、剣道、柔道、合気道、空手、ボクシング、レスリング……ありすは、クラスのイジメっ子たちを、たった一人でボッコボコにしちゃったのよ！

そこからが大変だった。

私たちの両親が校長室に呼び出されて、謝罪を求められたの。

私たちの親は全員、猛反発！

確かに暴力は悪い。しかしながら、その暴力という最終手段に訴えなければならないところまで娘たちを追い詰めていたのは何処の誰なのか？　イジメがありながら、その実態を把握していなかった学校側の責任は重い！

中でも、ありすのパパの荒ぶり方は凄《すさ》まじくて、

「こんな学校に、大切な娘を預けておくわけにはいかん！」

って、ありすを自主休学させちゃったの。

☆　☆　☆

ありすが学校に来なくなって、既に一週間。

私たちは、毎日家を訪ねたけれど、ありすには一度も会わせてもらえなかった。

「ひょっとしたら、ずっとこのまま会えなくなっちゃうのかな……」

夕やけ色に染まった公園のベンチで、マナは膝を抱えながら泣いていた。

「そんなことないって。きっとまた一緒に学校に通えるようになるわよ」

とかなんとか言っておけば良かったのに。何も言えなかったのよね、あのときの私……。

本来であれば、ありすは七ツ橋学園の初等部に通うハズだった。

財閥のお嬢様だから私立に、というのは理由のひとつにすぎなくてね。前にも話したかもしれないけれど、ありすは小学校にあがるまで、体が弱かったの。外出するとすぐに風邪をひくし、一度寝込むと何日も熱が下がらないなんてこともしょっちゅうだったみたい。その点、七ツ橋学園は看護態勢も手厚く、生徒が急に体調を崩した場合でもすぐに対応できるし、授業が受けられなかったときのアフターケアも万全なので、ありすのパパとしては、七ツ橋なら安心だと考えていたみたいなの。

だけど、マナと遊ぶようになってから、ありすは見違えるほど丈夫になった。

一緒に庭を走りまわったり、川で水遊びをしたり。

私たちと一緒に遊ぶ娘の姿を見て、パパも目を瞠《みは》ったらしい。

そして、小学校入学を翌年に控えたある日……ありすはパパにお願いしたの。

「私も、マナちゃんたちと一緒の学校に通いたいです」

真面目に、ひたむきに訴えかけるありすの姿を見て、パパは決断したのだ。

「一年だけ通ってみなさい。もし何か問題が起きたら、すぐに転校してもらうからね」

その約束が、二年になり、三年になって、四年目に今回の事件が起きた。

「このままだと、ありすは転校を余儀なくされるだろう」

「……⁉」

不意に投げかけられた容赦のない言葉に、私とマナは息を呑んだ。

夕陽《ゆうひ》を背に、私たちに話しかけてきた男の人……でも、まだ大人じゃない。なんというか、線が細いのだ。肩とか腰のあたりなんか、向こう側が透けて見えるんじゃないかっていうぐらいに……。

「誰ですか、あなた！」

逆光で、顔がよく見えない。

手を翳《かざ》して、ジッと目を凝らす……男の人、一人じゃなかったみたいで……後ろから女の子が見覚えのある顔を覗かせた。

「マナちゃん！　六花ちゃん！」

「ありす……ありす！」

私たち、駆け寄って……ぎゅっ！　と、互いの存在を確かめあった。

「良かった、本当に……！」

「もう会えないんじゃないかって思ったよ！」

「ごめんなさい、私のせいで……」

三人とも、涙で顔をグシャグシャにして……で、ハッと気づく。ありすを連れてきてくれた、この男の人は一体……？

「紹介します。私の兄です」

夕陽に染まったマルーンカラーの瞳が、私たちに向かって優しく微笑みかけた。

「はじめまして。ヒロミチ……四葉ヒロミチです」

☆　☆　☆

「ぶっふぶるぎにょん⁉」

別に、牛肉のブルゴーニュ風煮込み《ブッフブルギニヨン》ではない。放課後、マナの部屋でココアを片手に話を聞いていたまこぴーが咽《む》せ返ったのだ。私、慌てて背中を擦るけど、まこぴーはまだ目を白黒させている。

「ねえ、本当に本当なの？　渋谷ヒロミが、ありすのお兄さん？」

ええ、まあ……既にお気づきの方も多いとは思いますけれども。

スポーツ冒険家・渋谷ヒロミ。

本当の名前は、四葉ヒロミチ。正真正銘、ありすのお兄さん。

「いや、まさかそんなのって……ねえ？」

飲んでいたココアは、半分ぐらいこぼれてしまっていた。まこぴーは、汚れた制服をティッシュで拭いながら、深い溜め息をついていた。

「ココアは脂肪分が多いから、拭くだけじゃ落ちないわよ」

「洗っちゃうから脱いで。あたしの服、貸してあげる」

ありがとう、と言って、まこぴーは溜め息をつきながら、制服を脱いだ。

「大丈夫。ちゃんと綺麗に落ちるよ」

「いや、制服もショックだけど……言われてみれば、確かに似てるよね。目の感じとかありすにそっくりだもん……」

「ああ、そっち」

まこぴーの気持ちは、よく分かる。

「交換日記、まだ回してないけど。どうする？　書き直す？」

「ううん。いいわ、そのままで。書き直したって、自分の気持ちは消せないし……」

「言いきった！」

「流石は勇気の刃。キレてるねえ！」

「キレてないわよ……」

まこぴーは、照れくさそうに、マナが貸してくれた厚手のトレーナーに袖を通した。

「それより、渋谷さん……ううん、ヒロミチさんの話を聞かせてよ。あの人が、ありすを連れてきてくれた続きから！」

それじゃ、あたしはこっちをかたづけておくから、と言って、マナは洗濯物を抱えて部屋から出ていってしまった。

つまり、続きは私が全部説明しろってことよね？

マナってば、本当にズルいんだから……。

☆　☆　☆

ミチさんは、私たち三人をパーゴラの下のベンチに座らせて、こう言ったの。

「さっきも言ったとおり、このままだとありすは転校を余儀なくされるだろう。学校に行かせてほしいってありすは泣いて頼んでいるけれど、父さんはまるで耳を貸さない感じなんだ。あまりにかわいそうなんで、黙って連れ出したってわけさ」

「黙って？」

「それって、誘拐じゃ……」

「大丈夫。セバスチャンにはちゃんと根回ししてあるからね」

と言って、ミチさんはウインクしてみせた。

「とはいえ、僕たちには時間がない。四葉財閥が本気を出したら、ありすを連れ戻すなんて雑作もないことだからね。だから先に聞いておきたいんだけど。君たちはこれからどうしたい？」

「どうしたいって……？」

正直、私は迷った。何が正解なの？　一体どうすれば、このかすみ網みたいに絡まった糸から抜け出すことができるの？

だけど、マナは……幸せの王子は、躊躇《ためら》うことなく答えたの。

「ありすと、また一緒に学校に通えるようになりたいです」

ミチさんは「よし、分かった」と、膝を打って、こう続けた。

よく聞いて。

問題点は四つある。

イジメのこと、イジメを暴力で解決しようとしたこと、イジメを認めない学校側のこと、そして、親たちのこと。君たちはそのひとつひとつをクリアしなければならない。どうやって？　それは自分で考えてごらん……と言うのも酷かな。進むべき道を見失っているから、途方に暮れているんだもんね。ＯＫ、だったらヒントをあげるよ。

四つの問題、すべての根っこにあるのは「信用」だ。

君たちの両親は、イジメなんてないという学校を信用できなくなった。学校は生徒を信用できなくなった。君たちはクラスの仲間を信用できなくなった。

仲間じゃないって？　そうだね。陰でコソコソと君の悪口を言ったり、ネチネチと嫌がらせをするような人間を、仲間とは思いたくないね。

もし君が、謂《いわ》れのない暴力を振るわれて、自ら命を断たなきゃいけないぐらい追い詰められているなら、全力で逃げろ。逃げることは恥でもなんでもない。世界は広いんだ。君の居場所は必ずある。

だけど、君は……君の望みは「ありすと、また一緒に学校に通えるようになりたい」だったよね？　だったら、「信用」を勝ち取るために立ち向かわなきゃいけない。たとえそれが、辛《つら》く険しい道だとしてもね。

マナは、ミチさんの顔を食い入るように見つめて「はい」って、ハッキリ答えたの。

その真剣な横顔を……眼差《まなざ》しを。私は今でもハッキリ覚えてる。

それから、毎日。

私たち三人は、朝一番に登校して、校門の前でみんなに挨拶をすることにしたの。

最初は、恥ずかしかったよ。

「なんであんなことしてるの？」「いい子ちゃんアピールじゃないの？」

なんて、わざと聞こえるように言う子もいたし。

でも、そんなのは想定の範囲内だったから。私たち、更に街角のお掃除も始めたの。竹《たけ》箒《ぼうき》で落ち葉を掃いたり、落ちていた吸い殻やペットボトルを拾ったり。

「まあ、ご苦労様」「偉いわね、ありがとう」

そんなふうに、労《ねぎら》いの言葉をかけてくれるお年寄りもいたんだけどさ……私たちが褒められているのが、よっぽど気に食わなかったんでしょうね。私たちの目の前に、わざわざゴミを投げ捨ててくる子もいた。

それでも、めげなかった。

雨の日も、風の日も。

毎日毎日、どんなに無視されても、笑われても、挨拶を続けていたら、

「おいっすー！」

って、ある朝突然、二階堂君がぶっきらぼうに……みんなが驚くぐらいの大きな声で挨拶を返してくれて……それから、少しずつ風向きが変わってきたの。挨拶するのが普通でしょうって雰囲気が、学校中に広がっていった。

イジメっ子のグループとは、相変わらず睨みあいが続いていたんだけど。夏休みに入って、互いに顔を合わせるタイミングが減ったので、ひとまず休戦状態になった。

その日……八月四日は、台風一過で、朝から雲ひとつない青空が広がっていた。

私たちは、児童館の側溝に溜まっていた泥を搔《か》き出《だ》して、ドロドロの汗だくになっていた。

「本当なら今ごろ、みんなでマナの誕生日のお祝いをしていたハズなのに……」

「いいじゃない。ケーキは逃げ出したりしないんだし。児童館の先生たちも喜んでくれてたじゃない？　何より、働いた分だけ感動が待ってるよ。あたしの家で、みんなで一緒にシャワーを浴びて、サッパリしてからパーティしようよ！」

「そうね」

「賛成ですわ」

掃除用具をかたづけて、私たちが児童館を後にしようとしたそのとき、

「ありゃ？」

道端に、女の人が蹲《うずくま》っていた。

年齢は、多分マナのお婆ちゃんと同じぐらい。傍らに杖代わりのシルバーカーが倒れていた。

「た、大変！」

「大丈夫ですか！」

私たち、とっさに駆け寄って、お婆さんに声をかける。いつから倒れていたのか判らないけれど、呼吸が浅い。アスファルトは、ビニールサンダルの底が溶けちゃいそうなぐらい焼けついていて……。

「ありす、児童館の先生を呼んできて。六花、お水！」

「わ、分かった！」

結局、そのお年寄りは熱中症だったみたいで。児童館の先生が、すぐに救急車を呼んでくれたおかげで、ことなきを得た。


問題は、その後よ！

夏休みが終わって、始業式の全校朝会で、私たちは校長先生に名前を呼ばれたの。

「皆さん、この三名は、素晴らしい働きをしてくれました。道端で倒れていたお年寄りを救助したのです。先日、大貝《おおがい》警察署の署長さんから、感謝状をいただきました。彼女たちは、我が大貝小学校の誇りです。本当に素晴らしい。皆さん、拍手を！」

校庭には拍手が鳴り響いたけれど、私たち、ぽかんとしてた。

感謝状を貰ったなんて初耳だったし。そもそも、あの出来事から四週間も経っていたし、その間にそれ以上の大事件……マナが飼っていたマシュマロって犬が死んじゃったり、お婆ちゃんが入院したりで、すっかり忘れていたのよ。

だいたい、おかしな話じゃない？　謝罪を求められていた私たちが、今度は英雄扱いなの？　校長先生、手のひら返しすぎでしょ！

でね……私が感じた違和感を、イジメっ子側も思っていたらしくて。教室に戻った途端に言われたのよ。

「暴力女が人命救助？　感謝状なんて、ありえないと思わない？」

「助けてもらったお婆さんだって、本当にいたんだか……」

「ジサクジエンだったりして！」

はい？

そんなハズがないって、少し考えれば判りそうなものなのに。

結局、この人たちは相手を怒らせたいだけなんだ。

そんな思いを……私、お腹の底に、グッと溜めこんで……。

「相田さんて、自分のこと、優等生だって思ってるでしょ？」

「挨拶したり、人助けしたり……点数稼ぎ、バレバレ！」

イジメっ子たちの嘲笑が、教室に響く。

アンタたちに、何が判るっていうの。マナのこと、どれだけ知ってるっていうのよ！

私……本当に悔しくて、悲しくて、涙がこぼれそうだったんだけど。

「そんなことないよ」

後ろの方の席から、か細い声が聞こえた。

イジメっ子たちの視線が、教室の片隅に注がれる。

声の主は、八嶋《やしま》さんだった。

「相田さんは、ずっと前から親切にしてくれていたよ。私が朝礼で気持ち悪くなっちゃったときも、保健室までつき添ってくれたし……」

「相田さんて、いつも優しいよね。俺が教科書忘れたときも、机をくっつけて一緒に見ようって言ってくれるし！」

そう言ったのは、三村《みむら》君。恥ずかしそうに頭を掻いている。

「そうそう。コイツは好きだからやってるんだよ。人助けってヤツがさ！」

二階堂君が、教壇の上に腰かけて、アゴでしゃくってみせた。

「相田マナは、生まれつきのお節介なんだ」

「二階堂君、机の上に座っちゃダメだよ」

マナの教育的指導に「ほらな」と、鼻を鳴らした二階堂君。机から下りて更に続けた。

「誰かのために一生懸命働いてるヤツの足を、わざわざ引っ張ったりするなよ。気に食わないなら、関わるな。マナは、お前たちに迷惑かけちゃいないだろ」

「迷惑よ！」

イジメっ子、まだ引き下がらない。引き下がったら負けだって思ってるみたいに。

「相田さん、感謝状まで貰ってるのよ。警察の手を煩わせて！　感謝状なんか書く暇があったら、泥棒の一人もつかまえてほしいわ。賞状だってタダじゃない。税金でしょ？　税金の無駄遣いよ！」

「お前なあ！」

呆れた二階堂君が、その子につかみかかろうとしたそのとき、

「やめて！」

イジメっ子の一人が……六平《むさか》さんていう、私と同じ塾に通っていた子だったんだけど……彼女が割って入ったの。

「もういいよ。終わりにして」

「六平さん」

六平さん、マナの前まで歩み寄ったものの、気まずそうに目線を逸らしている。

「相田さんが、児童館の前で助けた人……あれ、私のお婆ちゃんなの」

「ええっ？」

「相田さんが助けてくれなかったら死んでたかもって、お婆ちゃん、自分で言ってた。今までお礼、言えなかったんだけど……本当に……ごめんなさい……」

最後は嗚咽《おえつ》混じりで、六平さんの言葉はよく聞き取れなかったんだけど、マナは六平さんの手をギュッて握って、一緒に泣いていた。

☆　☆　☆

「それで、おしまい？」

「そう。それ以降、イジメはなくなった。ありすは、小学校の卒業式までは一緒だったん

だけど、中学からは七ツ橋学園に通うことになったの」

ふうーん……って言いながら、まこぴーは自分の髪留めをパチパチ弄んでいる。

「何かご不満？」

「だって、ミチさんの話、ほとんど出てこなかったしぃ……」

口を尖《とが》らせているまこぴー。いつの間にかミチさん呼びになっている。

「ミチさんは、世界中を飛び回っていて、ほとんど日本に帰ってこないのよ。実の妹のありすでさえ、めったに会えないから寂しいって嘆いていたぐらいだし……」

「そうなんだ」

「それでも、帰ってくるたびに、私たちにいろいろなことを教えてくれたわ。鳥の名前、星座の名前……他にも、ライオンと遭遇したときの話とか、インドから日本までヒッチハイクで帰ってきた話とか……」

何それ、とまこぴーは笑う。こうやって思い出すと私も笑っちゃうけど、ミチさんは私たちにいろいろなことを教えてくれたし、それが私たちの心の道標《みちしるべ》として北極星のように輝いているのかもしれない。

「ねえねえ」

と、私の耳元でまこぴーが囁く。くすぐったいって。

「何？」

「あたしがミチさんと結婚したら、ありすは妹ってことになるのかな」

「ふるへっへんど！」

別に、オランダ語で「うずたかい」を意味する言葉ではない。咽せたのだ。ココアだったら、取り返しがつかなくなるところだった。まこぴーが、笑いながら私の背中を叩いていると、マナが戻ってきた。

「洗濯終わったよ。今乾燥機かけてるところ」

「お疲れさま」

「スマホで調べたら、ココアは、クレンジングオイルを使うと落ちるって書いてあったから、試してみたの。一応、目立たないぐらいにはなったと思うけど」

「ありがと、マナ」

なんて言いながら、まこぴーの口元には、まだ笑みが残っている。

「二人で何話してたの？」

「結婚の話。まこぴーは、ミチさんと結婚して、四葉真琴になるんですって」

「嘘よ、冗談だからね！　第一、剣崎は芸名だし」

「えっ！」

「そうなんだっけ？」

「トランプ王国は、王族以外、名字なんてないの。私の本名は、ただのマコトよ」

ただのまことって、本当にいそうだよねと言って、私たちはまたケラケラ笑った。一年以上つきあっているのに、まだ知らないことって、あるのよね……。

☆　☆　☆

乾燥機が止まるのを待ってから、私たちは亜久里ちゃんの家に行ったの。

お届け物でーすって、例の交換日記を玄関先で手渡ししたら、亜久里ちゃんは、こんなことを言い出した。

「さっきまで、ありすも来ていたのですよ」

「ありすが？　亜久里ちゃんの家に？」

「はい、お兄様が来日していたのですが、またすぐに戻ってしまうので、今のうちに紹介しておきたいと……」

「……！」

私たち、顔を見合わせて。まこぴーは、亜久里ちゃんに詰め寄った。

「会ったの？」

「はい。優しい目をした、素敵な殿方でした……ほら、まだ微《かす》かに残っていませんか？　紅茶とベルガモットが入り混じった爽やかな香りが……♡」

すんすん、鼻を鳴らしている亜久里ちゃん。そのうっとりした表情は、ケーキを目の前にしたときとほとんど変わらない感じね。

「ところで、マナたちはありすのお兄様のことをご存じなのですよね？」

「ええ、まあ……」

「詳しく教えてくださいませんか？　彼と出会ったときのことを、できるだけ詳しく！」

もしかして……その話を、もう一度、最初からしろと？

どんよりした空気を察してか、奥から茉莉さんが顔を出した。

「いらっしゃい。立ち話もなんでしょうから、おあがりになって」

「いえ、でも……」

「執事さんからね、タケノコをたくさんいただいたの。炊きこみご飯にしたから、召しあがって頂戴。あとね、土佐煮も作ったから」

くっ、やられた！

完全に、ありすの思惑どおりにことが運んでいる……ような気がする……！

「ご馳走《ちそう》になりますか」

「仕方がないわね」

「タケノコじゃ、断れないもんね」

私たちは観念して、スマホをポチポチ……今日は晩御飯食べてから帰ります、と。

「送信！」

☆　☆　☆

その後、私たちはラケルたちを呼び出して、一緒に晩御飯をご馳走になることにしたの。イジメの話は、ダイジェストで済ませた。せっかくのご飯が不味くなっちゃうもんね。

シャルルもラケルも、炊きこみご飯を口に含んだ途端に、うっとりした表情を浮かべて

いる。ダビィは、土佐煮の方がえらく気に入った様子で、

「美味しいビィ、美味しいビィ！」

なんて言いながら、夢中になって搔きこんでいる。

「『この味がいいね』と君が言ったから七月六日はタケノコ記念日」

私がぽつりと呟いたら、亜久里ちゃんはキョトンとしている。

「なんですか、それ？」

「あたしも知らないんだけど？」

マナが私の顔を覗きこんでいるのを見て、茉莉さんが唇を綻ばせた。

「俵万智《たわらまち》でしょう。タケノコじゃないけれど。あなた、若いのによくご存じね」

「六花はインテリなんです。あたしたちが知らないこと、何でも知ってるんです」

マナが自分のことのように自慢してくれるので、私は少し鼻が高い。その横で、まこぴーがスマホをポチポチ弄《いじ》ってる。

「真琴、食事中にお行儀が悪いですわよ」

「だって、気になっちゃって……タケノコの日は、七月七日らしいわよ」

「何でもあるのね、記念日って。私が子供のころは、そんなものなかったと思うけど……」

茉莉さん、若干呆れぎみ。

「でも、どうして七月七日なんですか？　タケノコの旬は今ぐらいですよね」

「七夕だからじゃない？　笹《ささ》の葉サラサラ……」

マナが歌い出しそうになったので、私、チョップで阻止する。

「えっ、笹の葉？」

「どういうことですの？」

まこぴーと亜久里ちゃん、首を傾《かし》げている。

「ええっと……そもそもタケノコって、なんだか知ってるわよね？」

「タケノコっていうぐらいなんだから、竹ですよね？」

それぐらい、あたしにだって判るわよ！　と、まこぴーは小鼻を膨らませている。

「それじゃ、竹と笹の違いは？」

「え？」

「同じじゃないんですか？」

「竹も笹も、同じイネ科の多年草だけど、竹はひとつの節から枝が二本、笹は三本以上生えてるの。それに、竹は生長すると稈鞘《かんしょう》っていう皮の部分が剝がれ落ちるけど、笹はずっとついたままね。竹も笹も、地下茎を伸ばして増えるんだけど、冬の間、地面が凍ってしまう北海道では、竹は一部の地域でしか生えていないそうよ。だから、北海道でタケノコ狩りと言えば、笹の方を指すらしいわ」

「流石は、六花ケル！」

「インテリシャルね」

みんなは褒めてくれているけれど、私のはただの雑学レベル。植物のことを本気で学ぼうと思ったら、時間がいくらあっても足りないから……。

隣の部屋から、赤ちゃんの泣き声が聞こえる。アイちゃんがぐずり出したみたい。

「あらあら」

「ぐっすりだったから起こさなかったけど、流石にお腹が空きましたかね」

マナがアイちゃんを抱っこしている間に、茉莉さんは冷凍庫から小分けにされた離乳食を取り出して、温め始め……あっという間にアイちゃんの前にご馳走が並んだ。

「魔法みたい」

「私はね、自分の子供は育てたことはないけれど、管理栄養士の仕事をしていたこともあるのよ」

だから、これぐらいはね、と微笑みながら、茉莉さんはお匙《さじ》でカボチャのあんかけをアイちゃんの口に運んだ。アイちゃんは満面の笑みで口をあむあむ動かしている。

「んんー、アイちゃん美味しいでしゅねー」

「マナってば、本当に子供好きよね」

「総理大臣よりも、保育士さんの方が合ってるんじゃないですか？」

んー、そうかもねー、なんてマナははぐらかしているけれど。

「私たち、もう中学三年生よ。来週から中間テストが始まるし、全国模試は控えているし、その後なんだかんだであっという間に夏休み……」

「どうしたの、六花」

「インテリなんだから、テストなんて楽勝でしょ？」

「言い方！」

私が左の眉をぴくりと吊《つ》りあげたら、まこぴーは舌を出して「ごめん」と謝った。

「アイちゃんだって、亜久里ちゃんのところでこうして預かってもらっているけれど、それもジコチュー対策が前提にあるわけじゃない。できることなら、プリキュア関係の問題は早めにかたづけておきたいんだけど……」

「そうは言っても、あたしたちには何の手がかりもないシャルよ」

「悔しいけれど、ジコチューが事件を起こすまで待つしかないビィ」

「もどかしいですわね……」

部屋の空気が淀みかけたそのとき、

「きゅぴらっぱー！」

アイちゃんが羽をパタパタさせると、テレビの電源が勝手に入った。

「えっ、なになに？」

「もしかして、ジコチューからの挑戦状とか？」

そう言えば、リーヴァがジコチュー植物を使って町中の人たちを眠らせたときに、そんな感じの宣戦布告をしてきたことがあったけど……まさかね。みんなで食い入るようにテレビを見つめていると、レポーターのお姉さんと、日に焼けた顔の、麦わら帽子の男の人が映った。

「こ、この暑苦しい顔は……」

「ニンジン農家のお兄さんじゃない？」

「ええ、忘れようがありませんわ……」

二人の背後に広がる畑の真ん中に、折り畳み式のテーブル。ザルの上には、土がついたままの野菜が並べて置いてある。

「森長《もりなが》ポン子の虹色レストランへようこそ。今日は、ニンジン農家の角野《かどの》さんの畑にお邪魔しております。角野さん、本日紹介するお料理はなんですか？」

「はい、ニンジンとタケノコのきんぴらです！」

しばし、画面を見つめていたけれど、事件らしい事件は何も起こらず、角野さんはごく普通にきんぴらを完成させ、ポン子お姉さんはこれまたごく普通に食レポを始めた。

なんじゃこりゃ……？

私たちがあっけに取られていると、ポン子さんはカメラに向かって急にこんなことを言い始めた。

「さて、本日七月七日と言えば、タケノコの日ですが……」

え……？　何これ、再放送だった？

「なんと、かぐや姫が竹から生まれたのが七月七日だから、タケノコの日と制定されたそうなんですよ。皆さん、ご存じでしたか」

画面の右端に『※諸説あります』のテロップが出ていたけれど……。

な……なんじゃそりゃあ！

私は、思わずちゃぶ台をひっくり返しそうになった（いや、亜久里ちゃん家のリビングに置いてあるのはテーブルです……今のは、私の心象風景）。

「そんな設定、あったっけ？」

「いや……『竹取物語《たけとりものがたり》』の冒頭って、『今は昔、竹取の翁《おきな》といふ者ありけり』で始まって、明確な日付の設定はなかったハズだけど……」

「それでは、テレビが嘘を言っているということですか？」

私たちが混乱に陥っていると、テレビはブチッと切れて、静けさが戻った。

「どういうことなの、アイちゃん？」

「私《わたくし》たちに、これを見せたかったってことでしょうか？」

アイちゃんは、カボチャで口の周りをくわんくわんにして、

「あい！」

と、満面の笑みを浮かべている。

「考えても無駄じゃないケル？」

「まあね……」

私たちは釈然としないまま「ご馳走さまでした」と手を合わせ、お皿を洗い始める。その間に、亜久里ちゃんは黒豆茶を淹れてくれた。豆の香りが、口いっぱいに広がる。

「一体なんだったのかしらね、タケノコの日……」

「何か語呂合わせでもあれば良かったのにねえ」

「タケノコ……は無理だから、１０３２で土佐煮とか……」

亜久里ちゃんが真面目な顔していうもんだから、私とマナは湯呑みに浮かんだ泡を覗きこむようにして、かぷかぷ笑った。

「無理じゃん……」

「十月は三十二日までないし……」

「んもう、二人とも笑いすぎです！」

「ぽむ！」

閃いたとばかり、右の拳を左の手のひらで受け止めたまこぴー（どうやら、オノマトペを口にするのがマイブームらしい）。

「亜久里ちゃんの誕生日って、七月七日じゃない？」

「いきなりシャルね」

「ていうか、どうしてケル？」

「かぐや姫みたいに、竹藪《たけやぶ》で見つかったから？」

「私、ハッキリ覚えていますよ」

茉莉さんは、亜久里ちゃんを慈しむような目で見つめている。

「この子と出会ったのは、二年前の五月三十日。私の人生を変えた日ですもの。忘れようがありません」

「おばあさま……」

亜久里ちゃんは、瞳を潤ませている。でも、待って。五月三十日って……。

「中間終わったら、すぐじゃない？」

「ありすの誕生日が五月二十八日だから、一緒にお祝いしますか？　三十日は、亜久里ちゃんの誕生日ってことにして！」

「いえ！　半年前にお祝いしてもらったばかりです。私《わたくし》の誕生日は、十二月一日ということにしてください」

黙っていればバースデーケーキ二回食べられたのに、って言ったら、ちょっと口惜《くや》しそうな顔をしていたけれど、亜久里ちゃんはそれでも固辞した。真面目ね。

「五月三十日も忘れないようにしないとね」

「簡単よ。ゴ・ミ・ゼロの日って覚えるの」

「言い方！」

なんて、他愛もないやり取りをしていたら、

「むぎゃっ！」

まこぴーが、素っ頓狂な声をあげた。

「どうしたどうした？」

「これよ！」

まこぴーは、ポケットから例のキーホルダーを取り出して、私たちに見せつける。

「428って、シ・ブ・ヤだけど、ヨ・ツ・バとも読めるんじゃない？」

「そうだよ」

マナが、こともなげに言うもんだから、まこぴーはますます身悶《みもだ》えしている。

「どうして気がつかなかったんだろう。答えはそこに書いてあったのに！」

まあね、人生そんなものよ。

近くにあるときは、案外気がつかないものなのよ……。

66

注文の多い誕生会

カーテンの隙間から、柔らかな朝の日差しが射《さ》しこむ。

私の部屋は東向きなので、この時間帯がいちばん眩《まぶ》しい。ドラキュラなら間違いなく灰になるような強烈なヤツが飛びこんできているハズなんだけど……頭の片隅に感じる違和感……あれ、誤用かしら。頭痛が痛いみたいな……ダメね、頭が回らない。泥の中を這《は》いまわるようにノロノロと眼鏡を探して、ハッと息を呑んだ。時計の針、とっくに八時を回ってる！

「大変大変！　マナ起きて。早く！」

隣で寝ていたマナを揺さぶるけど、

「イチハヤク大日本帝国憲法発布……」

なんて、ムニャムニャ呟いている。

無理もない。

昨夜《ゆうべ》……というか明け方ギリギリまで年号の語呂合わせをしてたんだもの。

無理もないけれどもだ！

今日は中間テストの初日よ。グズグズしてたら間に合わない！

「イイハブラシでゴシゴシと……」

「それは日米和親条約。起きて顔を洗いなさい。遅刻しちゃう！」

☆　☆　☆

そもそも、なんだってこんなことになったのかってところから説明しないといけないよね……。

　昨日の五時間目、国語の授業中のこと。私たちが、ルロイ修道士とプレーンオムレツについて話しあっていると、教室に校長先生が顔を出して、手招きをした。

「相田さんと菱川さん、ちょっと」

　こういう呼ばれ方をするときは、大抵ロクなもんじゃない。

　私とマナが廊下に出ると、グリースで髪を撫《な》でつけた眼鏡のおじさんが待ち構えていた。年齢は、うちのパパよりもかなり上。仕立てのいい背広を着ているけれど、普通のサラリーマンじゃない。眼光が鋭すぎるもの。

「私、警視庁公安部の水谷《みずたに》です」

　いただいた名刺には、警視庁公安部外事課第九係係長とあった。階級は警部。

「実は、首都高速湾岸線《しゅとこうそくわんがんせん》に怪物が現れたのです」

「怪物？」

「ジコチューですか」

「断定はできませんが、その可能性が高いと思います」

　いかにも、お役所的な言い回しね。

「現在、首都高を全面通行止めにして捕獲を試みていますが、我々の装備ではまるで歯が立ちません」

「それで、プリキュアに出動命令が下ったと？」

水谷さんは、ルロイ修道士のように人差し指を立てて、こう言った。

「いいえ、そうではありません」

はい？

「国家公務員ならいざ知らず、民間人に出動を要請することはできません。ましてや、あなたたちは未成年。憲法第二十七条や児童福祉法に照らしあわせるまでもなく、我々大人が、子供を危険に晒《さら》すわけにはいかないでしょう？」

「じゃあ、何しに来たんですか？」

「私は、あなたたちに現在の状況をお伝えするだけです」

えっ？　何それ？

「現在、都知事から陸上自衛隊に災害派遣要請が出ているようです。既に、朝霞《あさか》から観測ヘリが飛んでいます。怪物の駆除に銃火器の使用許可が出た場合、都内に甚大な被害が及ぶ可能性があると考えられます」

ちょっと待ってよ。

それって、ほとんど脅しじゃない？

命令はしないけど、誰かがなんとかしないと大変なことになるっていうことでしょ？

「行こう、六花。ジコチューを浄化できるのはあたしたちだけだもん」

「行かないとは言ってません。ジコチューの闇の鼓動が聞こえない理由も突き止めないといけないわけですし！」

私たちは、水谷警部に促されて、学校の正面玄関前に横づけされた覆面パトカーに乗りこんだ。後部座席に並んで座ったマナが、私に「どうして丁寧語なの？」って訊いてきたけど、そんなの決まってるでしょ。お役人様のやり方がムカつくからよ！

☆　☆　☆

芝浦《しばうら》パーキングエリアに着くと、既にありすとキュアソードが待っていた。

「ごきげんよう」

「遅いわよ二人とも。あたしなんか、テレビ局からすっ飛んできたのに！」

キュアソードの背中の翼が、風にはたはたはためいている。

「『飛んできた』って、そういうこと？」

「そういうことだビィ！」

既に体力を消耗しているのか、ダビィは肩で息を……あ、今はコミューンになっているから、体全体でぜえぜえ喘《あえ》いでる感じなんだけど。シャルルとラケルは空気を読まず、頬を紅潮させて駆け寄った。

「聞いて聞いて。僕たち、生まれて初めてパトカーに乗ったケル！」

「周りの車をギュンギュン追い抜いて、気持ち良かったシャル！」

「ええっ、ずるいでランス！」

はしゃぐラケルたちをよそに、水谷さんは私たちにピルケースのような小箱を配った。

「インナーイヤー型のヘッドセットです。指先で触れるだけで、通話ができます」

ケースから取り出して、耳に嵌める。こういうのハリウッド映画で見たなって……嫌だな、私。少し浮かれてる。

「あれ、亜久里ちゃんは?」

キョロキョロしているマナに、ありすが教えてくれた。

「今日は社会科見学で、海《うみ》ほたるにいるそうです」

「東京湾《とうきょうわん》アクアライン?」

「はい。首都高が封鎖されたせいで、にっちもさっちもいかないそうです。そのうえ、アイちゃんは茉莉さんに預かってもらっていたそうで、真琴さんのように飛んでくるというわけにもいきません」

「あそこって、ヘリポートなかったっけ?」

私の疑問に、水谷警部が答える。

「現在、改修工事中で使用できないのです。海上からのアクセスも試みていますが、時間がかかるでしょうね」

「仕方がない。あたしたちだけでチャッチャとかたづけちゃいますか!」

それが、間違いの元だった。

変身した私たちの前に現れたのは、弾丸よりも速く走る(言葉の綾《あや》よ。正確な速度については、後で詳しく)電動アシスト自転車型のジコチューだったのだ。炎の軌跡を描いて走る怪物に、私たちはボーリングのピンのように、為《な》す術《すべ》もなく弾き飛ばされた。

「痛たた……」

「みんな、大丈夫？」

「はい」

「なんとかね……」

「怪物は現在、首都高速都心環状線を周回しています」

ヘッドセットから、水谷さんの声が聞こえてくる。

「C1は全長十四・八キロですから、およそ九十秒後に現在の位置に戻ってきます」

「き、九十秒……？」

迷っている暇はない。私、白いセンターラインの真上に立った。

「私が路面を凍結させる。転倒したら向こうもただじゃ済まないと思うから、キュアロゼッタはバリアで受け止めてくれる？」

「分かりました」

風が、私の周りで渦巻いている。自衛隊だか報道だか知らないけれど、ヘリコプターが真上でホバリングしているのだ。ええい、髪が舞う！

「邪魔だから、ヘリは下がらせてください！」

水谷警部に頼んだら、ヘリはすぐに飛び去ってくれた。

「ラブハートアロー！」

大きく息を吐いて、気を静める。リムを畳んだ状態のラブハートアローを握りしめると、指先がキンと冷えてくるのを感じる。

「プリキュア・ダイヤモンドシャワー！」

雪の結晶が舞い散って、アスファルト道路を白く染めていく。

「よおし、これなら……」

そう思った次の瞬間、天地が逆さまになった。

弾き飛ばされたんだと気づいたのは、キュアハートに抱き止められた後だった。

「大丈夫？」

「な、なんで？　どうして？」

「ジコチューのヤツ、壁を走り抜けたのよ。凍ったところは踏んでなかったわ」

キュアソードの言うとおり、壁にタイヤ痕が残っている。私、理性で受け止めようとするけれど……無理。

「だって、時速五百九十二キロよ！」

「え、何？」

「ジコチューが走る速さよ！　それだけのスピードが出てるのに、路面が凍結しているのを見極めて避けたってことでしょ？　動体視力良すぎ！」

一気にまくし立てた私の後ろで、シャルルたちがヒソヒソ話をしている。

「どうして判るシャル」

「一周のラップタイムから、走る速さを暗算で割り出したんだビィ」

「流石、六花はインテリケル！」

「あんざん……て、何でランス？」

ランスたちは置いといて……私、耳に手を当てて、水谷警部に訊いてみる。

「交通機動隊の装備はないんですか？　暴走車両を停《と》めるためのフェンスとか！」

「スパイクベルトは、まるで効果がありませんでした。機動隊のバリケードも簡単に弾き飛ばされてしまいまして……」

先に教えてほしかった。

「次の通過まで、あと十五秒です」

「私が停めます」

キュアロゼッタが、ロゼッタリフレクションの構えに入った。

「待って待って！」

「停めるなら、みんなでやろう」

「私たちも力を貸すわ！」

「分かりました。お願いします！」

ハート、ソード、私の三人で、ロゼッタの背中を支える。

「プリキュア・ラブリーフォースリフレクション！」

私たちの目の前に、四つ葉のクローバーを模した光の盾が現れて……あれ？

し、しまった！

ラブリーフォースリフレクションは、パワーが凝縮される分、盾の面積が小さくなるのを忘れてたっ！

電動アシスト自転車ジコチューは、私たちの真横を悠然と通り過ぎていった。

「はい、注目！」

キュアハートが、学校の先生のように手を叩いた。

「みんな、一旦落ち着こう。考えがまとまるまで、ジコチューは無視するよ！」

確かにキュアハートの言うとおり。九十秒ごとにエンカウントするからって、戦う必要はないわけだから。焦ったところで、良いことひとつもないもん。

私たち、一旦道路の端に寄って、円陣を組んだ。

「そもそも、あの自転車さんは、どうして高速道路を走っているのでしょうか」

「そりゃあ、禁止されてるからじゃない？　高速道路は、歩行者、自転車、125cc以下の原付は進入禁止だもん。私も、自転車で遠出をしたとき、車しか渡れない橋があって、随分遠回りさせられたことがあるから、ムカつく気持ちはよく分かる」

「それにしたって飛ばしすぎだよ。車のレースだって、あそこまで出さないでしょ？」

「首都高を独り占めして走りたいとか？」

ソードの意見に、全員が「あー」「確かに」「ありそう」と、頷いた。

「だったら、思う存分走ってもらって、疲れるのを待つというのはどうでしょう？」

「消極的すぎるビィ」

「ジコチューのスタミナがどれぐらい続くか判んないしねえ……」

言いたくはないけれど、明日は中間テスト。できれば早めにかたづけて、日本史の見直しをしておきたい。

「亜久里ちゃんがいればなあ……」

キュアハートが、珍しく弱音を吐いた。

「どうしたのよ、あなたらしくもない」

「何か理由でも？」

「だってさ、エースショット、色違いで金縛りとか拘束技とか、あったじゃない？」

「ああ……」「そういえば」「あったねえ……」なんて、私たちが気の抜けた炭酸水みたいな返事をしていたら、「んもう、しっかりするシャル」って怒られちゃった。

「だったら、レジーナを連れてくればいいケル」

腰のポシェットに入ったラケルが、鼻の頭をテカテカにして叫んでいる。

「運動会のときに出したジェットエンジンつきのローラースケート！　あれを履けば追いつけるケル！」

「あなたねえ……あれを私が履きこなせると思う？」

「キュアダイヤモンドならできるケル！　きっと、結弦《ゆづ》みたいにうまく滑れるケル！」

「あの人はフィギュアスケート。私たちに必要なのはスプリントスケートのスピードでしょ？　却下よ！」

「それだ！」

ぴこーん、と頭の上に電球が灯《とも》ったキュアハート。

「あたしたち、等間隔で並んで。後ろから走ってきた人を前に送り出すんだよ。バトンを繋ぐ感じで、徐々に加速したら。自転車ジコチューにも追いつけるんじゃない？　名づけて『手を繋ごう！　プリキュアブースター作戦』！」

「なるほど」

「作戦名以外はいいと思う」

「やってみましょう。まずはチャレンジあるのみです！」

「でも、誰がランナーをやるの？」

「言い出しっぺだもん、あたしがやるよ」

結論から言うと、失敗だった。

私たちがキュアハートの腕を引っ張って、加速していくところまでは良かったんだけど、追いつく直前で自転車ジコチューはペダルのギアを一段あげたの。あと一歩で自転車ジコチューのサドルに手が届きそうだったのに！

「だったら！」

鼻息も荒く、キュアハートは立ちあがった。

「こっちもスピードをあげていこう！　あたしの腕をつかんだら、ブースト役の人はハンマー投げの要領で、グルグル回って加速！　名づけて『大回転！　プリキュアハンマー作戦』！」

失敗だった。

キュアハートは、昔から乗り物酔いをしやすい体質なのだ。コーヒーカップの回転にも耐えられない彼女が、ハンマー投げの要領で振り回されたらどうなるか。

「気持ち悪い……」

「言わんこっちゃない」

嘔吐《えず》いている彼女の背中を擦っていると、今度はキュアソードの頭の上に「ぴこーん」と電球が灯った（オノマトペがマイブームのまこぴー。当然、自分の口で言った）。

「道路に、強力な接着剤を塗ったらどうかな」

「アイツの動体視力を見たでしょう？　また避けられるのが関の山よ」

「だから、壁にも塗るのよ。名づけて『ジコチューホイホイ作戦』！」

急遽《きゅうきょ》、ヨツバ製薬から強力な接着剤を取り寄せたんだけど、それも失敗だった。

自転車ジコチューは、接着剤を塗り損ねた道路脇の視線誘導標（黄色くて丸い反射板ね）を踏み台にしてホイホイ地帯を突破したのだ。アンタは耳《みみ》なし芳一《ほういち》か、それとも因幡《いなば》の白兎《しろうさぎ》か。

その後も、ジコチューに重りを括《くく》りつけてスピードを落とす『ブライダルカー作戦』、霧で視界を遮る『五里霧中作戦』、道路に数万ボルトの電気を流す『ジコチュー電撃作戦』もことごとく失敗。いつしかとっぷり陽は暮れて、私たちは途方に暮れていた。

「お腹空いたケル……」

「おうちに帰ったらありすの手作りホットケーキ、いっぱい食べるでランス……」

それ、フラグだから……と、ツッコむだけの気力も残っていなかった。

帰りたい。

帰って、ベッドに横になりたい。横になったら、三つ数える前にグゥって寝落ちする自信、今ならある。いっぱい働いたんだから、少しぐらいズルしてもいいよね。マジカルラブリーパッドを使って、おうちまで一瞬で……。

「閃いた」

「はい、キュアダイヤモンドさん！」

キュアハートが、坪野モーションで私を指す。

「マジカルラブリーパッドよ。あれを使って、王国の地下水路から大貝町まで瞬間移動したこと、あったよね？　あのときみたいにゲートを開いて、ジコチューを誘いこむのよ！　場所はうんと高い空の上！　最初の千メートルを落下するまでおよそ十四秒！　空中では、自転車ジコチューは自由に走りまわることはできないから！」

「落ちている間は、浄化し放題ってことだ！」

勝利を確信した私たちの目には、間違いなく星が瞬《またた》いていた。

「マジカルラブリーパッド！　東京上空一万メートルを見せて！」

水晶の鏡の盤面が輝いて、星屑をちりばめたような美しい夜景が映し出された。

「ひとつよろしいでしょうか」

耳元に水谷警部の声。さあこれからってときに、一体何なの？

「あなたがたがジコチューと呼んでいる怪物の名前が決まりました。銀の輪っかと書いて『ギンリン』です」

「えっ、名前？」

「誰が決めたの、それ！」

「内閣の閣議決定です」

「何やってるのよ……」

「ていうか、それ今言う必要ある？」

私たち、ブーイングの嵐！　だけど、水谷警部は淡々と自分の仕事をこなす。

「ギンリン通過まで、あと十秒です」

近づいてくる。ジコチューのペダルの音！

「お願い、マジカルラブリーパッド。今見ている場所と空間を繋げて！」

ゲートが開いた。

気圧の差で、猛烈な風が流れ出す。ぶっちゃけ想定外だけど、都合がいい！

「ジコッ！」

猛スピードで走ってきた自転車ジコチュー、異変に気づいて急ブレーキをかけるけど、間に合わない。掃除機に吸われるみたいにゲートの中に消えた！

「乗りこめえーっ！」

キュアハートに背中を押されて、私たちもゲートの中に飛びこむ。

高度一万メートルからの、真夜中のスカイダイビング。

自由落下というものは言葉で言うほど自由ではないって、誰かが言ってた気がするけれど、私たちには純白の翼が、そして、自由をつかみ取るための武器がある！

「ラブハートアロー！」

私たち、それぞれ弓を手に取って、急降下。ペダルを空回りさせているジコチューを追い抜いて、真下から狙いを定める。

「プリキュア・ラブリー・フォース・アロー！」

光の矢が、自転車ジコチューを貫く。

「ラブラブラ〜ブ♡」

歓喜の声をあげて、ジコチューは消滅。

浄化されたプシュケーは、街の灯火の向こうへと飛び去っていった。

☆　☆　☆

「それで？」

家の前の公園。亜久里ちゃんが、仁王立ちで私たちを睨みつけている。

「ジコチューを浄化したところまでは理解できました。それがどうして遅刻の話に繋がるのですか？」

こっちはしどろもどろ。

「いや、だからね……」

「あたしと六花は、水谷さんの部下の人にウチまで送ってもらったんだけどさ。車を降りた瞬間に気がついちゃったのよ。明日は、中間テスト初日だってことに！」

「テスト勉強、全然してないから不安だって、マナが私に泣きついてくるから。二人で一夜漬けしようってことになったのよ」

「二人でねえ……」

ベンチに腰かけていたレジーナが、三日月みたいな笑みを浮かべている。まこぴーとありすとは現場で別れたんだから、仕方ないじゃない！

「でね、六花の部屋で一緒に勉強し始めたんだけど、頭を使ってるとやっぱり甘いものが欲しくなるじゃない？　だから、戸棚にあったアップルリングを、二人でちぎって食べたわけですよ。そしたら、急に眠くなっちゃって……」

「眠い目を擦ったまま勉強してても効率悪いから、ここは敢《あ》えて寝ようって言ったのよ。六時に起きれば、そこから二時間ぐらいは勉強できると思って……」

亜久里ちゃんの左の眉が、キリリと跳ねあがる。

「そしたら寝過ごして遅刻して、一時間目の社会は追試になったというわけですか？」

「はい……」

「そのとおりです」

「プリキュアが寝坊で追試なんて、恥ずかしくない？」

レジーナが三日月の目を更に細めて、こちらを見つめている。

「そういうレジーナは、中間テストの結果はどうだったのですか」

「あたしはバッチリ。理科は、マナに貰ったノートのおかげで百点満点！」

「ええっ！」

「凄いじゃない！」

「やったね、レジーナ！」

イエーイ、とハイタッチを交わすマナとレジーナ。

「いえーい、じゃありません！　私《わたくし》を呼び出した理由は他にあるのでしょう？」

あ、そうだった、と居住まいを正すマナ。本題を切り出した。

「社会科の追試は、五月二十八日の放課後ということになりました」

「はい……って、その日はありすの誕生日じゃないですか」

「そうなのよ！」

「あたしたち、放課後に集まってお誕生会の準備をしようって約束してたじゃない？　だけど、ちょっと時間がかかりそうなんだよ。できるだけ急いで戻るようにするけど、先に準備の方、始めておいてくれないかな？」

「いいわよ」

レジーナが即答した。

「ありすのパーティでしょう。あたしがやっておいてあげる」

「えっ？」

「あたしがって……一人でやるつもり？」

まこぴーは追試を免れてるから手伝ってくれるよって言ったのに「いい」って言うから、レジーナに任せることにしたの。本当に大丈夫かしら？

☆　☆　☆

その日……五月二十八日の放課後。

追試を終えた私たちが急いで家に帰ってみると、ぶたのしっぽ亭《てい》の前で、アイちゃんを抱いた亜久里ちゃんとまこぴーが青ざめた顔で立ち尽くしていた。

「ただいま……って、どうしたの？」

「レジーナがいないのよ」

「ええっ！」

「誕生会の準備は？」

「まるでできていません」

「そ、そんなあ……」

なんて狼狽《うろた》えている間に、お店の前に、ピンクのリムジンが滑りこんできた。

「ごきげんよう」

何も知らないありすが、しゃなりと降り立つ。

「お招きいただき、ありがとうございます。本日は、私の十五回目の誕生日をお祝いしていただけるということで……あら？　どうかなさりました？　皆さん、顔色が優れないようですが……」

「あはは……いや、それがね……」

笑ってごまかそうとするマナ。指先で前髪をぐるんぐるんしていると、何処からともなく声が聞こえてきた。

「はあい、みんな。揃ったみたいね」

振り向くと、いつの間にか……声の主がリムジンの屋根の上に立っていた。

「レジーナ！」

「あなた、準備は……」

「整ってるわよ。それでは、ありすのバースデーパーティの始まりでーす！」

パチン！

指を鳴らすと、星屑が飛び散って、私たちは目眩《めくるめ》く光の渦に呑みこまれた。

☆　☆　☆

気がつくと、私たちは銭湯の入り口に立っていた。

いや、サラッと言っちゃったけど、これどう見てもそうよね。唐破風《からはふ》の軒下に「ゆ」と書かれた暖簾《のれん》がかかり、その奥には木札を差すタイプの下駄箱《げたばこ》が並んでいる。恐る恐る中を覗いてみると、番台の上にレジーナがちょこんと座っていた。

「まず初めに、皆さんには体を清めていただきまーす」

いやいや、どう考えてもおかしいでしょ！　パーティの始まりがお風呂なんて、ありえなくない？　私が怪訝《けげん》な表情を浮かべていると、マナは真っ先に靴下を脱ぎ始めた。

「いいんじゃない。急いで帰ってきたから汗かいちゃったし。久しぶりにみんなで一緒に入ろうよ」

☆　☆　☆

かぽーん。

湯桶《ゆおけ》の音が、高い天井に響き渡る。

湯船に浸かっていると、壁を隔てた向こう側から、ラケルとランスのはしゃぎ声が聞こえてきた。

「二人とも、湯船で泳いだりしちゃダメよ！」

分かったケル、なんて元気な声が聞こえてくるけれど、相変わらずバシャバシャとお湯が跳ねる音が聞こえてくる。大丈夫かしら、あの二人……ていうか、何なのこの状況？

今日は、ありすのお誕生会でしょ？　銭湯貸し切り？　ぶっちゃけありえない。

「いつまでのんびり浸かってるのよ！」

「わあっ！」

格子柄の法被に半股引《はんだこ》をはいたレジーナがメガホン片手に乗りこんできた。

「体が温まったら、さっさと出なさい。次がつかえているのよ！」

「次？」

☆　☆　☆

脱衣所に戻ると、大きなガラスの瓶が置いてあった。瓶の中には、乳白色のクリームがたっぷり詰まっている。

「さあ、入浴後はこのクリームを全身に……」

「待って！　その後、お酢とお塩を振りかける宮沢賢治《みやざわけんじ》的展開じゃないの？　山猫のご馳走にされるのは私、嫌よ！」

レジーナは「はあ？」と、首を傾げている。

「何言ってるの？　シバの実から採れるシバタークリームよ！」

「それ、知ってる！」

まこぴーが目を輝かせた。

「トランプ王国王室御用達《ごようたし》の高級保湿クリームよ。私も王女様におすそわけしてもらって使ったことがあるの！」

どれどれ、と試しに手に取ってみる。乳白色だったクリームはたちまち溶けて、肌に馴染んだ。甘いナッツのような香りが全身から漂う。

「いいね、これ」

「でしょ？」

「アイちゃんにも塗ってあげますわね」

「あい！」

なんて、お互いにクリームを塗りっこしていたら、

「それじゃ、着替えてもらうわ」

レジーナがパチンと指を鳴らすと、私たちの前に五台の試着室が現れた。

「着替えって？」

「せっかくのパーティよ。普段着じゃ盛りあがらないでしょ？」

何か嫌な予感がしてきたけれど、バスタオル一枚でいるわけにもいかないので、私たちは試着室の中に入って着替えることにした。

☆　☆　☆

な、なんじゃこりゃ？

私に用意されていたのは、革の鎧《よろい》と、獣の骨を削り出した巨大な斧《おの》だった……ていうか、これ何の骨なの？　ゾウの大腿骨《だいたいこつ》だってこんなに大きくはないでしょう？　それに、鎧の方はベルトが複雑に組みあわさっていて、着るのが面倒くさい！　そして重い！　これフェイクレザーじゃなくて本物だわ。何の革かは知らないけど。

それでもなんとか装備して、試着室から出ると、マナたちは既に着替え終わっていた。

「いいね、六花。ゲームの女戦士って感じだよ」

そういうマナは、刺しゅうを施したショート丈のジャケットにアースカラーの乗馬用ズボン。頭には白い鳥の羽根をあしらった帽子、片手には竪琴《たてごと》を携えている。

「それを言うなら、あなたは吟遊詩人じゃないの？」

まこぴーは、魔法使いみたいなとんがり帽子に樫《かし》の杖。亜久里ちゃんは、鎖帷子《くさりかたびら》の上に真っ赤な胴着、額には陣鉢を巻いている。

「ニンニンやって、ニンニン」

マナが『印』を結んで見せるけど、亜久里ちゃんはよく分かっていないみたい。そりゃそうか。

「お待たせしました」

ガシャッ、ガシャッ！

重々しい足音を響かせて、金の甲冑《かっちゅう》に身を包んだありすが姿を現した。左手には円盾、腰には青金の装飾を施した剣を下げている。

「課金勢出てきた」

「レベルが違いすぎる」

私たちがブツブツ言っていると、レジーナがひそひそと囁いた。

「バカね。これはありすのパーティなんだから、アンタたちは引き立て役に徹していればいいのよ」

ちょっと待ってよ。ありすのパーティって、ナ戦忍詩黒のパーティってことですか？編成はともかく、ジョブの割り振りはめちゃくちゃ。特に、マナの詩人はマズいと思う。

「あの……」

ありすが不安そうにあたりを見回している。

「ランスちゃんを見ませんでしたか?」

「えっ?」

そう言えば、ラケルもいない。

「ひょっとして、まだ男湯で遊んでいるのかな」

「ラケル、ラケルー?」

私が番台越しに向こう側をおっかなびっくり覗いていると、不意に雷鳴が轟《とどろ》いて、お風呂屋さんの脱衣所は暗闇に包まれた。

「きゃっ!」

「何?　停電?」

「わははははー!」

闇の中に男の人の笑い声が響く……んだけど、なんだか伸びきったパスタみたいな締まりのない声。しかも、この声、何処かで聞いたことがあるような……?

壁に取りつけられた姿見が妖しく輝いて、仮面の男の姿を映し出した。

「私の名はオカダ仮面」

男が言い終わらないうちに、亜久里ちゃんがずびしっ!

「あなた、ジョナサンでしょう!」

「かっ……仮面で顔を隠している人間の名前を呼ぶのはルール違反だよ、レイディ」

シマシマのチューリップハットを引っ張って、目出し帽にしたようなオカダ仮面。名前の方は、何も隠せていないと思う。

「何をフザケているのですか。今日はありすの誕生日……」

ごほん、とわざとらしい咳払《せきばら》いをしてみせるレジーナ。私、いきり立つ亜久里ちゃんの袖を引っ張って、耳打ちする。

「あのね、亜久里ちゃん。これ、多分余興だと思う」

「ヨキョー？」

「パーティを盛りあげるためのお芝居ってこと！」

ああ、と頷いた亜久里ちゃん。乗っかって、アドリブを入れ始めた。

「オカダ仮面！　あなたの目的はなんですの！」

「わはは、これを見ろ」

オカダ仮面の背後に、巨大な鳥籠が現れた。

鳥籠の中には、大きなアンティークのソファが設《しつら》えられている。

「うう〜ん……」

背凭《せもた》れの方がこちら側を向いていたので判らなかったけれど……ソファには男の人が横たわっていたみたい。その男の人が、猫みたいな伸びをして、こちらを見た。

「あれ？　寝ちゃってたかな、僕……」

「……!?」

私たち、声にならない悲鳴をあげた。

「ミ……ミチさん⁉」

なんで？　どうしてあなたがそこにいるのよ？

だけど、ありすは一人だけ泰然自若。

「お兄様、お元気そうで何より」

いやいや、お兄さん幽閉されちゃってますけど⁉

「やあ、ありす。十五歳のお誕生日おめでとう」

いやいやいやいや、普通に挨拶してる場合じゃないでしょ！

「四葉ヒロミチは、この私が預かった。返してほしければ、迷いの森の奥深くにあるオカダ城まで来るが良い！」

わはは、と乾いた笑い声を残して、鏡の中の映像は消えた。

「ちょっと、レジーナ！」

まこぴーが、レジーナに腕を絡ませて、脱衣所の隅の方まで連れていった。

「どうしてミチさんを巻きこんだのよ！」

「ヒロミチはありすのお兄さんでしょ。パーティに呼ぶのは当然じゃない？」

呼び捨てと正論のワンツーパンチに、まこぴーは口をパクパクさせている。

「真琴だって『もう一度、ミチさんに会いたい』って交換日記に書いてたじゃない？

あなたが最初にヒロミチを助けたら、向こうだって感謝の言葉のひとつもかけてくれるかもしれないわよ?」

レジーナの囁きで、どんな妄想が膨らんじゃったのかは知らないけれど……まこぴーは俄然《がぜん》、やる気を出した。

「さあ、みんな! ミチさんを助けにオカダ城に乗りこむわよ!」

「乗りこむわよはいいけど、何処に行けばいいの?」

「迷わず行けよ、行けばわかるさ! ありがとう!」

突然の猪木《いのき》イズム。まこぴー、それ何処で習ったの? って聞いたら「本人から直接」だって。流石、芸能人……。

☆ ☆ ☆

来たときには気がつかなかったんだけど、銭湯の外には鬱蒼《うっそう》とした森が広がっていた。

この植生は、どう見ても日本じゃない。私よりも遥《はる》かに大きいゼンマイみたいな草はニョロニョロ伸びているし、煙突よりも高いソテツも生えている。恐らくは、トランプ共和国の何処かなんだろうけれど……。

「あら?」

森の中に、木彫りの道祖神が立っていた。

「これ、お兄さんがクローバータワーで売ってた木彫りの像だよ!」

マナは、しみじみと木彫りの像を撫でまわしている。

「こんなに大きくはなかったはずだけどなあ……ん?」

木彫りの像の脇に立てられた看板には、こう記されていた。

『☞オカダ仮面の居城　この先８００メートル』

「なんて判りやすい……」

「オカダ仮面様って、とても親切な方なのですね」

ロールプレイと現実が交錯していて、頭の中グシャグシャになるけれど……少なくとも、本当に親切な人は、あなたのお兄さんを誘拐したりはしないと思う。

「バケツに入らずんばタワシを得ず。一気にオカダ仮面の城まで乗りこむわよ！」

「まこぴー、それを言うなら虎穴に入らずんば虎児を得ず……」

ツッコみを入れかけたそのとき、木立から怪しげな声がこだました。

「フフフ……ここから先は一歩も通さないビィ」

「ビィ？」

茂みの陰から紫色の影が躍り出て、私たちの前に立ち塞がった。

その影の正体は……まあ、察しがつくわよね。紛れもないダビィその人だったんだけど、なんというかその……サイズが違いすぎる。中に大人がすっぽり収まるぐらいの、遊園地のショーに出てくる着ぐるみぐらいの大きさ。

「どうしたのよ、ダビィ！　なんでそんなに膨らんじゃってるわけ？」

「私はダビィなどという者ではない。オカダ四天王の一人、ネコレーザーだビィ！」

お……オカダ四天王？

ダビィは、頭の上に耳鼻科の額帯鏡みたいな飾りをつけているけれど……もしかして、あそこからレーザーが出たりするのかしら？

私たちがリアクションに困っていると、レジーナがマイクをつかんで叫んだ。

「まあ、なんてことでしょう！　プリキュアの可愛い妖精が、オカダの魔法で怪物にされてしまったんだわ！」

えっ、あ……そういう設定？

「さあ、冒険者の皆さん。妖精を元の姿に戻してあげて！」

「戻せと言われても……」

「一体、何をどうすれば？」

戸惑う私たちに、レジーナが焦《じ》れたように喚《わめ》く。

「んもう、テキトーに倒しちゃえばいいのよ！」

「えいっ！」

ありすが、剣の先でちょんとお腹を突くと、ダビィは空気が抜けて（どういう理屈か全く分からないけど、ビーチボールの空気が抜けたみたいに）萎《しぼ》み始めた。

「うわー、やーらーれーたービィー！」

その過剰な倒れっぷりに、アイちゃんは「キャッキャッ！」と手を叩いて喜んでいる。

ダビィは頭の額帯鏡も外れて、元のサイズに戻った。

「ダビィ、しっかり」

「ありがとう、真琴。誰かさんのせいでひどい目にあったビィ……」

ダビィは半泣き状態だったけど、レジーナは涼しい顔で聞き流している。

☆　☆　☆

オカダ仮面の居城にたどり着くまでの間……わずか八百メートルのハズなんだけど、これが長かった。

ほんのちょっと進むたびに、新たな敵が次々と立ち塞がってくるのだ。

「ここから先は、このノコギリウサギが通さないシャル～！」

もちろん、これは余興なので……私たちはありすを引き立てるために、わざと転んだり、つかまったフリをしたりして、ピンチを演出するわけなんだけど。ノコギリウサギの後に、イヌファイヤーとクマボイラーを倒したあたりで不安になってきた。

「大丈夫、ありす？」

「はい、みんなと一緒に暴れまわれて、とっても楽しいです！」

額に浮かべた汗を拭いながら、ありすは潑剌《はつらつ》とした笑みを浮かべていた。それは、三人で秘密基地ごっこをしていたころを思い出させて、私もちょっとほっこりした。

☆　☆　☆

鬱蒼とした森の奥深くに、オカダ仮面の居城はあった。

トランプ共和国の建築様式とはだいぶ趣が違う。積みあげられた石垣の上に、朱塗りの瓦屋根の木造建築。開け放たれた門扉には篝火《かがりび》が焚《た》かれていて、獲物が入ってくるのを待ち構えている感じだ。

「オカダ仮面！　ミチさんを返してもらいに来たわよ！」

まこぴーが声を張りあげるが、返事がない。

「ヘンね？」

主催者《ゲームマスター》であるはずのレジーナが首を傾げている。

「ちょっとオカダ！　ちゃんと打ちあわせどおりに出てきなさいよ！」

そこも呼び捨てなのかと呆れながら、私たちはレジーナの後に続いて城の中に入った。

建物の中は薄暗く、壁や柱には所々、血痕やツメの跡のようなものが残っている。この不穏な感じ、演出じゃないのだとしたら……何かあったんだ。

「あー、ええっと……君たち、こっちに来ない方がいいと思うよ……」

奥から、オカダ仮面の弱々しい声が聞こえる。

「来いって言ったのはあなたでしょ！」

まこぴーが引き戸を勢いよく開けると、吹き抜けの天井から吊り下げられた鳥籠の中に、なぜかオカダ仮面とミチさんが一緒に入っていた。鳥籠の内開きの扉には、ソファを噛ませて開かないようにしている。

「何？　どういうこと？」

「上だ！」

「……！」

毛むくじゃらの塊が、私たちの目の前に降り立った。

ナイフのような鋭いツメと、ガラス瓶の底のような青い目玉。

ほらね、やっぱり……山猫よ！　でっかい山猫が、私たちをお皿の上に乗っけて食べようと待ち構えていたのよ！　山猫は、ぐるぐると喉を鳴らすと、舌なめずりをして、吠《ほ》えた。

「ジコチュー！」

え……ジコチュー？

「どうしてここにジコチューがいるの？」

「もしや、これもありすの誕生パーティの余興なのでしょうか？」

「んなわけないでしょ！」

レジーナが、ミラクルドラゴングレイブを取り出して、山猫に殴りかかった。

「あたしが時間を稼ぐから、変身して！」

「分かった。いくよ、シャルル！」

「シャルル〜ン♡」

シャルルたちは軽やかにジャンプしてラブリーコミューンに姿を変える。

「プリキュア・ラブリンク！」

私たち、コミューンにラビーズをセットして「L・O・V・E」の文字を入力……。

「あら？」

コミューンが反応しない。

おかしい、と思って何度もコミューンをなぞるんだけど、全然ダメ！

「変身できないシャル！」

「え、なんで？」

「どういうことでランス？」

もしかして、レジーナがイタズラした魔力がまだラケルたちに残ってて変身できないとか……いや、判んないな。こんなこと、今までなかったから、想像がつかない。

私たちが手間取っている間に、レジーナは苦戦していた。

山猫ジコチューは、レジーナが振り下ろしたミラクルドラゴングレイブをツメで軽々と受け止めると、長い尻尾《しっぽ》をムチのように振るって反撃してきたのだ。レジーナは、それを紙一重で躱《かわ》して、飛び退る。

「んもう、早くしてよ！」

亜久里ちゃんは、忍者の衣装を脱ぎ捨てた！

「こうなったら、私《わたくし》たちだけでも行きましょう。アイちゃん、お願いします！」

「きゅぴらっぱー！」

亜久里ちゃんの手元で、ラブアイズパレットがキラリと輝いた。

「プリキュア・ドレスアップ！」

紅蓮《ぐれん》の炎《ほのお》を潜《くぐ》り抜《ぬ》けた亜久里ちゃんは、手足をしなやかに伸ばし、白のドレスを身に纏う。

「愛の切り札、キュアエース！　美しさは正義の証《あかし》！　ウインクひとつで、あなたのハートを射貫いて差しあげますわ」

彼女のウインクを挑発と受け取ったのか、山猫ジコチューはキュアエースに疾風のごとく襲いかかった。素早い左右の猫パンチ。鋭いツメが空を裂く。エースは涼しい顔で躱しまくってる。

「あなた、何処からいらしたの？」

山猫ジコチューは、その場で縦方向に回転して、その尻尾を木刀のように振り下ろしてきたけれど、キュアエースはそれを片手で受け止めた。

「招待状も持っていないクセに！」

ドン！

キュアエースは、山猫の尻尾を捻《ひね》って、鮮やかに投げ飛ばした。

「ちょっと！」

レジーナが、キュアエースに詰め寄る。

「アンタが目立ってどうするのよ！」

エースは、呆れた。

「これは余興じゃないって……そう言ったのはレジーナ、あなたではありませんか」

「ええ、違うわよ！　このジコチューは仕込みじゃなくて、野良！　だけど、アンタがあたしより目立つのは許せないの！」

ちょっと二人とも、そんなこと言ってる場合？

「今のうちに、みんなはミチさんを助けておいて！」

「おいてって……あなたは何処に行くつもりなのよおっ！」

マナってば「あとは任せた」と言わんばかりに、とっとと部屋を出ていった。ホントに、何考えてるのかしら？　仕方がないので、残った私たち三人で壁のハンドルを力いっぱい回すと、鎖で吊り下げられていた鳥籠がゆっくり降りて床に着地した。バリケード代わりになっていたソファをどかして、ミチさんとオカダ仮面を外に連れ出す。

「大丈夫ですか、お兄様」

「お怪我はありませんか？」

「ありがとう、ありす。剣崎さんも」

ミチさんに手を握られたまこぴー、声が完全に裏返った。

「ねえ、聞いた六花？　私のこと『剣崎さん』だって！」

はいはい、聞いた聞いた。

「いやあ、面目ない」

オカダ仮面は、マスクを脱いでジョナサンに戻った。

「いきなりジコチューが建物の中に入ってきちゃってね。慌てて、鳥籠の中に飛びこんで、難を逃れたってわけさ。ケージダイビングみたいで、生きた心地がしなかったよ」

「ケージダイビングって、檻《おり》の中からサメを観察するヤツよね？」

「やったことあるんですか？」

「うん。昔、アンと一緒にタヒチでね」

王女様、お忍びがすぎるのではなかろうか。

「ジコチュー……！」

投げ飛ばされて目を回していた山猫が、むくりと体を起こした。

「無駄話をしている場合ではありませんわね」

キュアエースは、ラブキッスルージュを構えた！

「ときめきなさい、エースショット！　ばきゅーん♡」

紅《あか》い光弾が、山猫ジコチューの胸を貫いた。

「ラーブラーブラーブ♡」

浄化されたプシュケーは、城の窓から飛び出して、森の向こうへと飛び去っていった。

「ああもう、最低！」

レジーナは、地団駄を踏んで悔しがっている。

「せっかくここまで用意したのに！　アンタが締めちゃったら何にもならないでしょう！」

あら……。

何も泣くことないじゃない。悪いのはジコチューで、亜久里ちゃんじゃないんだから。

いや……これ、違うな。

怒っているのは、亜久里ちゃんに対してじゃない。

レジーナは、今日のありすの誕生会のために、一生懸命、趣向を凝らして準備を整えていたのに、最後の最後で計画どおりにいかなくなって、それで腹を立てているんだ。せっかく完成させたお祝いのケーキを、運んでいる途中につまずいてひっくり返しちゃったみたいな、そんなやりきれない怒りと悲しさで圧《お》し潰されて泣いているんじゃないかしら。

それに……レジーナが自分から誰かの誕生日をお祝いするのは、多分これが初めて。亜久里ちゃんのときは、誕生日の意味さえ知らない感じだったもん。

「レジーナさん」

ありすが、レジーナの肩にそっと触れた。

「あなたが準備してくれたお祝い、とっても嬉しかったです。本当に、ありがとう」

レジーナは、黙ってありすの手に自分の手のひらを重ねた。

「お礼を言うのはまだ早いってば！」

マナが戻ってきた。

「パーティの続き、最後までやろうよ」

「続きって……？」

マナの後ろから、エプロン姿の王様とセバスチャンがやってきた。

「パパ！」

「お父様！　どうしてここに？」

「レジーナに頼まれたんで、私の別荘でパーティの支度をしていたんだよ。そうしたら、急にジコチューが現れてね。パパと執事さんは、厨房《ちゅうぼう》の中に隠れていたんだ」

「そうですか……レジーナは、ちゃんと余興の後の手配までしていたのですね」

エースは、感嘆の溜め息をついた。

「で、アンタは厨房の方から王様の声が聞こえたから、助けに行ったってわけね」

そういうこと！　と、マナは満面の笑みで答えた。

☆　☆　☆

私たちは、食堂に通された。

大きめのダイニングテーブルの上には、鶏《とり》の唐揚げやトルネードカットしたフライドポテト、手巻《てま》き寿司《ずし》やフルーツポンチなんかがところ狭しと並んでいた。

「うわあ！」

「こ、これは……！」

「『子供が喜ぶパーティメニュー』って本を参考にして作ったんだけど……いけなかったかな？」

「いえ、こういうのがいいんですよ！」

セバスチャンが、大きなバースデーケーキを運んできた。

「王様特製のバースデーケーキでございます」

多分、キュアロゼッタのイメージで作ったんだろうな。ケーキの上には、鮮やかなオレンジ色と、澄んだ黄緑色の二種類のメロンが盛りつけられている。丸くくりぬかれた果肉が宝石みたいにキラキラしていて……、

「食べるのがもったいないみたい」

「ですわ……」

なんて言いながらも亜久里ちゃん、既にヨダレが止まらない様子。

私たちみんなでお祝いの歌を歌い、ありすは灯された十五本のロウソクを吹き消した。

「ありす、十五歳の誕生日おめでとう！」

「おめでとう！」

「ありがとうございます。本当に……こんなに楽しいお誕生会は生まれて初めてです」

ありすの誕生日をお祝いするの、私とマナは恐らくこれが十回目だと思うんだけど、確かにここまでハチャメチャだったことは一度もない。

「おおい、誰か手伝ってくれないか？」

たこ焼きの鉄板の前で、王様が立ち往生している。

「本のとおりに、道具と材料は用意したんだが、やり方がさっぱり判らん」

「それでは、私が」

手を挙げたのは、ジョナサンだった。

私たちが見守る目の前で、ジョナサンは二本のピックを巧みに動かして、熱々の生地を

丸め始めた。

「うまいですね」

「アンの大好物でね。ときどき、王宮を抜け出しては二人で食べに出かけていたんだ」

だから、僕のは店の人の見よう見まねで……と言いかけたとき、王様の目がキラリ。

「その辺の話、じっくり聞かせてもらえるかな？」

「いや、あの……王女様の警護は、完璧にしておりました！」

　王様は破顔一笑。

「そう固くならんでよい。私も、アンの話を聞いて、しみじみしたいだけなんだよ」

　ジョナサンと王様は、食堂の隅の方でグラスを傾け始めた。彼が焼いたたこ焼きは、外側はカリッと、中身はアツアツのトロトロで美味しかった。

「あたし、タコ抜きがいいな」

「僕が焼こう」

　レジーナのリクエストに応えて、今度はミチさんがエプロンをつけた。

「たこ焼きは地球なんだ。核《コア》の部分がないとうまくまとまらないから、何か入れてもいいかな。チーズとかウインナーとか」

　地球の話は同意しかねるけれど……それって、なんか美味しそうじゃない？

「いいわ、ヒロミチに任せる」

　それを聞いたまこぴーは、たこ焼きを口の中ではふはふ言わせながらミチさんに駆け寄った。

「ほ手伝いしまふ！」

「それじゃ、厨房に行って一緒に具材を探そうか」

「喜んで！」

☆　☆　☆

ミチさんが注いだ生地の中に、まこぴーが刻んだ具材を順番に投入していく。

じゅわっと香ばしい匂いが広がる。

「どうもすみませんねえ」

私がお年寄りみたいな口調で言ったものだから、ミチさんは小首を傾げている。

「いえね、私たちが追試になったりしなければ、ミチさんが鳥籠に閉じこめられたり、タコ抜きのたこ焼きを作らされたりすることもなかったんじゃないかなと思ったわけですよ」

私、これまでの経緯を説明すると、ミチさんは苦笑しながら頷いた。

「それは災難だったね。君たちがプリキュアを続ける限りはずっとついて回る問題だとは思うけど……」

「えっ？」

「はい、焼けたよ。端からウインナー、チーズ、コーン、餅めんたいだ」

ミチさんが言いかけた言葉の先が気になったけど、舟皿の上で鰹節《かつおぶし》が踊りまくる様を見ていたら……どうでもよくなっちゃうわよね。爪楊枝を二本刺して、ふぅふぅしながら、アツアツのそれを口の中に放りこむ。コーンはプチプチの食感が面白いし、餅めんたいはやっぱり相性がバツグンだ。

「ミチさんって、お料理も得意なんですね」

「こういうの、何処で思いつくんですか」

「山に登るときは、できるだけ荷物を軽くしなきゃいけないんだ。その日食べるものは、限られた食材の組み合わせ。できるだけ飽きがこないように、知恵を働かせる……」

へえ……と頷く私たち。流石、スポーツ冒険家。

「もっとも、そんな余裕があるのはベースキャンプを出るまでだけどね。山頂にアタックするときは、チーズやチョコレートを齧《かじ》るだけとか、紅茶に蜂蜜を溶かして飲むだけなんて日もある」

「登山って、大変なんですね」

「そこまでして、どうして山に登るんですか」

亜久里ちゃんの問いに、ミチさんは微笑んで、こう言った。

「Because it's there」

「……？」

「ある登山家の有名な台詞《せりふ》だけどね。君たちも聞いたことがあるんじゃないかな？」

「もしかして、『そこに山があるから』ですか」

「流石、六花ちゃん」

答えを知っていたであろうありすが、静かに拍手を送ってくれる。

「『It's』っていうのは、当時まだ誰も登ったことがなかったエベレストのことなんだ。僕は山専門というわけではないけれど、そこに登ったことのない山があればてっぺんまで登ってみたいっていうのは、自然な欲求じゃないかと思うな」

確か、ミチさんはエベレストに登頂したことがあったはず。

私たちも、ロイヤルクリスタルを探して立山連峰《たてやまれんぽう》に登ったことがあるけど、あのときはプリキュアに変身していてもしんどかった。そのおよそ三倍、標高八千八百四十九メートルから見る景色って、どんなものなんだろう。命がけでも登りたくなるような、人を惹《ひ》きつける魔力みたいなものが、そこにあるのだろうか。

チーズたこ焼きをコーラで流しこんだレジーナが、グラスに残った氷をカラカラ鳴らしている。

「つまり、ヒロミチもジコチューってことよね」

あのね……タコ抜きのたこ焼きを作らせた人が、そういうこと言う?

☆　☆　☆

たこ焼きのネタも尽き、ラケルたちのお腹もパンパンに膨らんだところで、パーティはお開きになった。私は七宝焼きのブローチを、亜久里ちゃんは手作りのミサンガを、まこぴーは靴下をプレゼントした。

「私の国では、誕生日に靴下を贈る風習があるの。これを履いている間は、道に迷ったりしないそうよ。穴が開くまで使ってね」

「ありがとう、真琴さん」

マナのプレゼントは、けん玉だった。

「なぜ？」

「あたしの国では、誕生日にけん玉を贈る風習があってですね……」

「ないわよ、そんな風習」

「えー、そうでしたっけ？」

「そうでしたっけじゃない。髪の毛をクルクルしながら言わないの！」

そして、最後にレジーナが向日葵の花束を手渡した。高かったんじゃないのって後で訊いたら「別に。種を蒔《ま》いて咲かせただけだもん」ですって。魔法って便利ね。

☆　☆　☆

「今日は、私の誕生祝いの会にお集まりいただき、ありがとうございました。みんなから心が籠もったプレゼントをいっぱい貰って、とっても嬉しいです。今回の会をプロデュースしてくれたレジーナさんも、本当にありがとうございました」

仲間内の催しとはいえ、みんなの前でスラスラと挨拶ができるありすは、流石、財閥のお嬢様というか、場慣れしてるんだなあと感心してしまう。私たちは、ありすに改めて拍手を送った。

「ミチさんもお疲れさまでした」

「僕も楽しかったよ。プリキュアの活躍もこの目で見ることができたしね」

聞き逃さなかったまこぴーが、ミチさんの腕にしがみついた。

「ミチさん、キュアエースしか見てないじゃないですか」

ミチさんは、珍しくギョッとした表情を浮かべていた。

「えっと、そうだね……キュアソードにも会いたかったなあ」

「本当ですか。私、呼びましょうか。知り合いなんで、すぐ来てくれると思いますよ」

グイグイ来るなあ。

「ミチさんは、プリキュアのことはご存じだったんですか？」

亜久里ちゃんが訊ねると、レジーナがすかさず横槍《よこやり》を入れる。

「そりゃあ、兄妹《きょうだい》で隠し事なんかできないわよ。ねえ、ありす？」

ありすがちょっと答えにくそうにしていたので、私が助け舟を出す。

「今さら、隠し事も何もないでしょ？　プリキュアのことは、マナがもう世界中にバラしちゃったわけだし……」

確かにそうなんだけど、とミチさんが私の言葉を引き継ぐ。

「順番でいうと、プリキュアの話は、先に父さんから電話で聞いていたんだ」

ぼわわん、と、私たちはありすのお父さんを思い浮かべた。クマのような堂々とした体《たい》躯《く》と、凜々《りり》しいヒゲ。そして、優しい目をしたあの姿だ。

「いいか、ヒロミチ。落ち着いてよく聞け」

ミチさんが、そのときの通話を再現し始めた。渋いバリトンの声、似ているかも。

「実は、ありすが……魔法少女になったんだ！」

「えっ、まほ……なんだって？」

「ありすが空を飛んで、ヘリコプターと空中戦を繰り広げたんだよ！」

「何を言ってるの、父さん！　おかしな夢でも見た？　それとも飲みすぎ？」

「これは四葉財閥の最高機密だ。決して誰にも言ってはいけないぞ。いいな！」

「そこで電話は切れたんだ」

私たちは揃って吹き出した。

「みんなは笑っているけど……僕がいたニューヨークは午前三時だよ？『汝《なんじ》、常にグローバルな視点に立て』が、座右の銘の父さんだ。相手の都合も弁《わきま》えずに電話をかけてくるなんて考えられないし。これはおかしいと思って探りを入れてみたら、四葉財閥のサーバーに、人工コミューンの開発データが残っていたんだ」

セバスチャンの顔が、サッと青ざめた。

「ほ……本当ですか！」

「本当だとも。サーバーには、強化スーツの戦闘データはもちろん、ジコチューとの戦いや、クローバータワーの防犯カメラに録画されていたキュアハートの変身プロセスまでばっちり収められていた」

今度は、私たちが青ざめる番だった。

「クシャポイしたんじゃなかったの?」

「しました、確実に。したはずです」

「申し訳ありません!」

セバスチャンが、額を床にこすりつけた。

「プリキュアのデータをヒロミチお坊ちゃまに見られてしまったのは、すべて私の不徳の致すところ。かくなるうえはこのセバスチャン、腹を切ってお詫《わ》びを!」

セバスチャンは、懐から合口《あいくち》を取り出した。

「うわあああああ!」

「待って、セバスチャン!」

「プリキュアのことはもう秘密でもなんでもないんだし、あなたが責任を背負いこむ必要なんてないわよ!」

「六花ちゃんの言うとおりだ」

ミチさんは、セバスチャンに手を差し伸べた。

「サーバーのデータは僕が物理的に消去した。残っているのは、僕の頭の中だけだ」

「………」

セバスチャンは、観念したようにミチさんに合口を手渡した。

「それにね……サーバーにデータが残っていたのは僥倖《ぎょうこう》なんだ。何も知らないまま過ごしていたら、僕は、あの東京クローバータワー事変の衝撃を受け入れられなかっただろう」

東京クローバータワー事変っていうのは、キングジコチューが東京に上陸してクローバータワーを破壊したあの事件の世間的な呼び方。事件の中心にいた私たちは、そういう客観的な言い方はしたことがない。

「僕は、感謝している。ありすを支えてくれたセバスチャンと、妹と一緒に世界を守るために駆け抜けてくれた君たちみんなにね」

「いやあ、ありすに支えられていたのはあたしたちの方ですよ。彼女は、ドキドキチームの守護神ですから！」

ドン！　と、胸を張るマナの隣で、ありすは頬を赤らめていた。

☆　☆　☆

数日後。

私たちは警視庁に保護者同伴で呼び出された（ドラマによく出てくる角のビルじゃなくて、その隣にある地味な方の建物ね）。

「皆さんにお集まりいただいたのは他でもありません」

水谷警部が、ホワイトボードにカッチリした字でこう書いた。

『自我肥大化生物《じがひだいかせいぶつ》』

「あなたがたがジコチューと呼んでいる怪物を、我々はこう呼ぶことにしました」

お役人て、どうして呼び方にこだわるのかしら。対峙《たいじ》する側の私たちにとってはどうでもいいことなんだけどな……。

「警視庁公安部は、トランプ共和国の識者の方々に協力を仰ぎ、自我肥大化生物対策特別捜査チーム、通称・自特捜を発足させました。あなたがたプリキュアの扱いは民間のままですが、現場への介入は無制限、平たく言うと顔パスが利くということです」

「はあ……」

「あれですか、お巡りさんに『プリキュアです』って言えば通してもらえるヤツですか」

水谷警部は、人差し指を掲げて「はい」と答えた。

「以前は、自我肥大化生物が出現した場合は、その妖精さんたちがいわゆる『闇の鼓動』というものをキャッチしていたそうですが、ここのところ、聞き逃すことが多くなってきているようですね」

「どういうわけか、全く聞こえないシャル」

「自転車や山猫のジコチューが出たときも、さっぱりだったケル」

「僕たち、役立たずでランス……」

「そんなことはないと思いますよ」

しょんぼり顔のランスに、水谷警部が棒つきキャンディを差し出した（まこぴーの保護者として参加していたDBは流石に貰えなかったみたいだけど、他の三匹はしゃぶりついていた。アイちゃんには個別包装のソフトせんべいをあげていたので、この人、実は子供の扱いに慣れているのかもしれない)。

「トランプ共和国の考古学者の話によると、ジコチューと呼ばれる闇の存在は、数万年前の、人間の欲望が生まれたと同時に発生したものだと考えられているそうですね。だとすれば、彼らがその間、全く変わらない侵略を仕掛けてくることはまず考えにくい。相手も数万年分の知識の蓄積があるわけですから、当然、何らかの対策を施してくるはずです。例えば、こんな感じで……」

水谷警部は、小さなチャックつきのポリ袋を取り出した。袋の中には、キュアラビーズぐらいのサイズの漆黒の石が入っていた。

「なんですか、それ」

「私の別荘に落ちていたものだよ」

レジーナのつき添いで来た王様が、肩を窄《すぼ》めながら答えた。

「パパ?」

「どういうことですか、お父様」

「山猫のジコチューが落としたんだ。王宮の地下に封じられていたジャネジーの輝きによく似ていたので、ジョナサンに調べてもらっていたんだ」

あ……二人だけで話していたのって、これのことだったの? てっきり、王女様の思い出話をしているものだとばかり思っていたけれど……もしかして、せっかくのパーティに水を差さないように、私たちに気を遣って……?

「警視庁の科学捜査研究所が解析した結果、この石からは特殊なパルス信号が発せられていたことが判りました」

「ノイズキャンセリング……？」

「はい？」

私の独り言《ひとごと》を、水谷警部は聞き逃さなかった。

「いえ……音波と闇の鼓動は別のものだと思いますけど、逆位相の波長を当てて打ち消すことができれば、闇の鼓動は聞こえにくくなるのではないかと……」

「そのとおりです。問題は、この石が天然のものではないということです」

水谷警部は、ベルベット張りのトレイの上に石を出して、ピンセットでつまんだ。石はまるで寄せ木細工のように割れて、中の基板が露《あらわ》になった。

「機械？」

「ええ。闇の鼓動の逆位相をデジタル処理で作り出していたようですね」

「一体、誰が？　何のために？」

「それは今、調べているところです。この電子機器が何処で製造されたのかが判れば、おのずと犯人の正体も見えてくるでしょう」

水谷警部が、わざわざ私たちを呼びつけた理由がなんとなく分かった。

この世界の何処かに、ジコチュー側に加担している人間がいるってことだ……！

「我々は、この装置の出所について捜査を続けます。今後、自我肥大化生物が現れたときのことを考えて、あなたたちにはこれを持っていてほしいのです」

水谷警部の部下の女性が、私たちに一台ずつガラケーを手渡した。

「自特捜から直通のホットラインです。盗聴器やGPS機能はついていませんから、ご安心ください」

ふうん……と、レジーナはガラケーをしげしげと見つめている。

私の隣に座ったパパが、手を挙げた。

「はい、なんでしょう菱川さん」

「これ、月々の通話料はどうなってますか?」

「ちょっと、パパ!」

「ご安心ください。すべて公費で負担させていただきます。あ、申し訳ありませんが、充電はそちらで……」

ああ、顔から火が出るってこのことね。警視庁に行くなら中を見てみたいって言うからついてきてもらったけど、次からは絶対連れてこない。

「あの……」

今度は、マナのお母さんが手を挙げた。

「うちの子は今年、受験なんです。できれば、そちらに専念させてあげたいのですが」

「皆さんの進路については、文科省とも相談しているところです。お子様の希望に添えるよう、最大限の調整を……」

「それって、どういうことですか」

マナが立ちあがった。

「プリキュアだから、特別扱いするってことですか。あたし、それは嫌です。自分の進路は、ちゃんと自分の実力で決めたいです」

「マナちゃん」

ありすが窘《たしな》めるように視線を送っている。

マナの気持ちは私だって分かる。だけど、今それを言い出したら絶対に話がまとまらなくなる……。

「その自我肥大化生物と戦っているときに、この子が怪我をしたら、どうなさるおつもりですか」

茉莉さんが……いつもとは違う、厳しめの視線を水谷警部に送っている。

「この子たちに万が一のことがあった場合、あなたがた警察はどう責任を取るのですかと訊いているのです」

「その点につきましては、日本の自衛官と同等の補償を検討しているところです。国会でプリキュアに関する特別措置法の審議が通過次第、お知らせいたします」

「ふざけるな！」

ありすのお父さんが、雷を落とした。

「お前たちはいつもそれだ！　半年前に、東京にキングジコチューが上陸したとき、お前たちは一体何をしていた！　前例がないだのなんだの言って、ダラダラダラダラ……結局、最後までプリキュアに任せっきりだったではないか！」

その鬼のような剣幕を前にしても、水谷警部は決して怯《ひる》まない。

「確かに、反省すべき点は多々あります。しかし、四葉さん。我々のすべきことは、その反省を生かし、前に進むことではありませんか。プリキュアの登場によって、世界の構造が大きく変わろうとしている今だからこそ、慎重さが必要ではないでしょうか」

「そんなことを言ってるから手遅れになってしまうんだ！　この国の舵《かじ》を取る人間なら、常に二手三手先を読んで行動するべき……ううっ！」

「どうしたのですか、お父様……お父様！」

ありすのお父さんは、その場に倒れこんだ。

茹《ゆ》で蛸《だこ》のように真っ赤だった顔が、今は蒼白《そうはく》。額には脂汗が浮かんでいる。

もしかして、心筋梗塞？

私、ありすのお父さんのネクタイを外し、ベルトを緩めながら、水谷警部に訊ねる。

「ここってAEDはありますか？」

「一階の玄関です。私が持ってきます！」

水谷警部が、自ら部屋を飛び出していった。胸骨圧迫……習ったことはあるけれど、ダメだ。私じゃ、力が足りない！

「代わろう、六花」

私、パパに場所を譲る。

「胸の真ん中に両手を重ねて置いて、肘は曲げないで、親指のつけ根に力をこめて押して！　テンポは、アンパンマンのマーチ！」

パパは、律儀にアンパンマンのマーチを歌いながら心臓マッサージを始めた。

どうすることもできず、ただ泣きじゃくっているありすの肩を、マナがギュッと抱きしめている。

私、必死に祈った。お願いだから、戻ってきて！

71

強敵出現！　奪われたロイヤルクリスタル

紫陽花《あじさい》濡れる六月下旬……ありすのお父さんが亡くなった。

あの後、救急車で搬送されて、冠動脈バイパス手術は成功。退院も間近だって聞いて安心していたのに。年齢的に言えば、私のパパより一回り年上なんだけど、それにしたって早すぎる。四葉財閥の当主としてバリバリ働いていたわけだし、ありすのウエディングドレス姿だって、きっと見たかっただろうし……。

「ウエディングドレス？」

スマホの向こうから「あたしの話、ちゃんと聞いてる？」みたいな苛立《いらだ》ちが伝わってきた……あ、ごめんね。今、まこぴーと長電話の真っ最中。こっちでお葬式に出るのは初めてなので、礼儀作法だとかなんだとか、判らないことの方が多くて不安なんだって。

私だって、そういう経験はほとんどないも同然だけど。親から聞いたこととか、判る範囲で話しているところ。着ていくのは、喪服じゃなくて学校の制服で構わないとか、靴も通学のときに履いてるローファーでいいよとか。他にも、お香典の相場とか、供花は全員でまとめて出すとか、そういう打ち合わせも含めてね。

で、なんやかんや一通り説明し終わったら、今度はまこぴー、はあ……と深い溜め息をついた。おまけに、グズグズと洟《はな》を啜っている。

「泣いてるの？」

「あたし、生まれてすぐに両親を亡くしているから、親の面影とか温もりとか、そういうのは全然わかんないよ……わかんないけど、想像はできるもん！　もう二度とあのおヒゲでジョリジョリして貰えないって思ったら絶対寂しいじゃない！」

「うん……」

「ありすはまだお兄さんやお母さんがいるけれど、それでも……大切な人を失うのって、絶対悲しいよねって……そう思ったら、涙が止まらなくて……」

まこぴーの嗚咽を聞いていたら、私も貰い泣きしてしまった。

私は、ありすの心の支えになれるように……悲しみの波に引きこまれないように……海岸線のテトラポッドみたいに、どっしり構えていようと思っていたんだけど……多分ダメだ。明日のお葬式、ありすの顔を見ただけで、私の涙腺、決壊するかもしれない。

☆　☆　☆

地下鉄の駅から、お寺へと続く人の波。

シトシト降り続く雨の中、私たちが肩を寄せるように並んでいると、弔問客たちの話し声が聞こえてきた。ありすのお父さんの思い出話や、ありすのお母さんに対する労いの言葉は素直に耳を傾けていられたんだけど……やっぱり、それだけじゃないのよね。悪意に塗れた大人の噂話《うわさばなし》も聞こえてきた。

「星児《せいじ》の息子が、四葉重工《よつばじゅうこう》の社長の座を継ぐらしい」

「本当か？　あの御曹司が？」

「タレントもどきの若造に、何ができるっていうんだ」

「何処からリークしたのか知らないが、おかげで四葉の株価はダダ下がりだ。これじゃ、先が思いやられるよ」

　聞き捨てならん、とばかり、まこぴーが喪服のおじさん三人に突っかかった。

「何が株価よ！　ミチさんのこと、何も知らないクセに！」

「ちょっと、まこぴー！」

　私たち、慌ててまこぴーを羽交い締めにして、おじさんたちに平謝り。おじさんたちはかなり驚いた様子だったけど、そのうちの一人が「剣崎真琴だ」と認識してくれたおかげで、その場はとりあえず収まった……ハズだったんだけど……。

「言いたいヤツには言わせておけばいいのよ」

　黒のリボンで葬儀に臨んでいたレジーナが、火に油というか爆竹を投げこむようなことを言う。

「こんなに人が大勢いるところで、わざわざ噂話をするなんて『私は関係者です』ってアピールしたいだけの雑魚じゃない？」

「ざ、雑魚？」

「あら、失礼。雑魚なんて名前の魚はいないわよねえ」

　レジーナは、名前を挙げ始めた。コバンザメやカクレクマノミから始まって、タイノエ、アニサキスが出たあたりで、おじさんたちは居心地が悪そうに列から離れていった。

「今のはスッキリしました」

　グレーのワンピースに、レースのボレロを羽織った亜久里ちゃんが「ふんす！」と鼻を鳴らした。

「あのおじさま連中がお喋《しゃべ》りをやめないようなら、私《わたくし》もガツンとお見舞いするところでしたわ」

拳を握っている亜久里ちゃん。この二人、やっぱり似てるんじゃないかしら。

☆　☆　☆

まあ、そんなことがあったせいで、私たち、泣くような雰囲気には全然ならなくて。順番が回ってきたから、見よう見まねでお焼香をして、ありすのお父さんの遺影に手を合わせて帰ってきた。親族の席にありすとお母さんがいたので挨拶はしたんだけど、本当にお辞儀を交わしただけで、私たちは会話をする暇もなく、トコロテンのように押し出されたのだった。

「ミチさん、いなかったね」

帰り際、マナが葬儀場を振り返って言う。

「いなかったわね」

まこぴーも、後ろ髪を引かれるように会場を見つめている。

「少なくとも、来てないってことはないでしょう。四葉家の長男なんだから。たまたまタイミングが合わなかっただけじゃない？」

私が言っても、まこぴーは一歩も動こうとしない。後ろ髪引かれすぎでしょ。

「そんなにヒロミチのことが気になるなら、真琴はもう一度並んで、見てきなさいよ」

レジーナにからかわれて、まこぴーは頬を赤らめた。

「私、そんなこと一言も……！」

「言わなくたって、顔に書いてあるわよ」

「んもう、レジーナってば！　こら、待ちなさい！」

雨、まだ降ってるのに、まこぴーとレジーナは駐車場で追いかけっこをしている。

「仲良きことは美しき哉《かな》」

「by武者小路実篤《むしゃのこうじさねあつ》」

私たちがカボチャのようにのんびり見守っていると、亜久里ちゃんが痺《しび》れを切らした。

「いつまで遊んでいるのですか。帰りますわよ！」

停めてある車と車の間をすり抜けようとしたそのとき、不意に黒塗りの車のドアが開いた。ぶつかりそうになったレジーナとまこぴーは急ブレーキをかける！

「おっと！」

「んもう、危ないじゃないのよ！」

どっちが？　って話なんだけど……車から降りてきた喪服の男性は、マルーンカラーの瞳で優しく微笑むのだった。

「これは失礼」

「ミチさん！」

すかさず、まこぴーは彼に傘を差しかける。だけど、身長差がありすぎてダメね。まるで様にならない。

「アンタ、長男でしょ。こんなところで何油売ってるのよ？」

まるで親戚のおばさんみたいに、レジーナがミチさんに文句を垂れていると、今度は運転席側のドアが開いてもう一人……痩せぎすの男が降りてきた。櫛《くし》を入れてなさそうなボサボサの髪に、立ち襟のスーツ。丸眼鏡の奥には、ナイフのような冷たい目が光っている。

「それでは、私はお先に」

男は傘も差さずに、駐車場から出ていった。四葉財閥の関係者かしら。少なくとも親戚筋ではなさそうだけど……そんなふうに、男の背中を値踏みしていた私の視線は不意に遮られた。ミチさんが、自分の傘を広げたのだ。

「今日は、こんな雨の中、わざわざ足を運んでくれてありがとう。父さんも、きっと喜んでいると思うよ」

マナは、ミチさんにお悔やみの言葉を返した。もちろん、ありすのお父さんに対する惜別の気持ちは、こんな立ち話じゃ伝えきれそうにないのだけれど。

「ありすの方は大丈夫ですか？　ご飯、ちゃんと食べてますか？　お焼香のときに挨拶はしたんですけど、顔色が良くなかったから心配で……」

マナの言葉を聞いて、ミチさんは冷めた微笑みを浮かべた。

「ありすは幸せだな。君たちみたいな友達がいて……」

「えっ？」

「昨日は、寝ずの番をしていたからね。僕も含めて、家族は全員、寝不足なんだ」

マナは「なるほど」と納得して、相槌《あいづち》を打っている。確かに、葬儀が終わるまで家族は気が休まる暇がないだろう。

でも……気のせいかしら。

今、ミチさんの言葉から一瞬、指先に刺さったガラスの欠片《かけら》のような、チリッとした痛みを感じたんだけど……。

「雨、やむといいですね」

「……？」

「明日の告別式」

「ああ……どうだろうね。天気予報は見てなかったけど……」

寝てないというのは本当なんだろうな。ミチさんは、かなり上の空だ。

「無理はしないでくださいね。私たち、ミチさんのことも心配してますから」

「ありがとう、六花ちゃん」

私たちは、ミチさんに別れを告げて、葬儀場を後にした。

☆　☆　☆

ホームで電車を待つ間、亜久里ちゃんに袖をツンツン引っ張られた。

「寝ずの番ってなんですか？」

「亡くなった人が悪霊に取り憑《つ》かれたりしないように、ロウソクとお線香を一晩中絶やさないように見守る風習よ」

「えっ、悪霊⁉」

「ご臨終かどうか、機械で確認する方法がなかったころの名残よ。亡くなったと思ったのに棺桶《かんおけ》の中で息を吹き返したなんてことが昔はよくあったらしいわ」

亜久里ちゃん、ぶるっと肩を震わせた。

「恐ろしいですわ……私《わたくし》も、生きたまま埋められてしまったらどうしましょう……」

日本は今、99・9パーセントが火葬なんだけど、亜久里ちゃんが夜眠れなくなってしまいそうなので、そのことは黙っておいた。

☆　☆　☆

その後も、体に纏わりつくような、鬱陶《うっとう》しい雨が幾日も続いて……結局、雨がやんだのは、期末テストが終わった後だった。

「久しぶりの青空、気持ちいい〜っ！」

教室の窓から、マナはお日様に向かって伸びをしているけど、私は未だに曇天……国語は魯迅《ろじん》と孔子《こうし》が場外乱闘を始めたおかげでまさかの時間切れ、美術は、運慶《うんけい》と快慶《かいけい》が対消滅を起こし、頼みの綱の数学は、n-1が途中で行方不明になってしまって壊滅状態なのである。

「壊滅状態っていうのは、私みたいに赤点ギリギリのことを言うの。六花の場合は、学年一位が三位に下がったとか、せいぜいそーゆーレベルでしょ？」

確かに、まこぴーの言うとおり、平均を下回るとかって話ではないけれど。それでも、私にとっては痛恨の極みなのだ。「落ち着いて考えれば解けたハズの問題を間違える」。況んや「時間が足りなくて最後の問題までたどり着けない」をや。そのことを説明したら、まこぴーは目玉が飛び出しそうなぐらい驚いていた。

「もしかして、満点取れなかったから落ちこんでいるの？　呆れた！」

言ってから「嫌みに聞こえるかもしれん」と思ったけど、口に出してしまったものはしょうがない。私の周りに沸き立つ黒い雲を吹き払うように、マナがカラッと笑う。

「もう少し、肩の力を抜いたら？　高校受験まで、あと半年もあるじゃない」

「その半年が不安なのよ。まだ習っていないことだってあるし、そこでつまずかないとも限らないわけじゃない？　みんなが本気になって勉強を始めたら、私なんていつ追い抜かれてもおかしくないのよ」

「考えすぎだって。六花なら大丈夫！」

「またそんな、根拠のないことを……」

まこぴーが、目を眇《すが》めて私を見た。

「ていうかさ……そもそも、六花は何のために勉強しているの？」

私、ハッとなった。

なんのため？

決まってるじゃない。お母さんみたいな、立派なお医者さんになるためよ。

それは、夜空に輝く北極星であり、私の心の中に輝く宝石。その輝きをうっとり眺めていると、悪魔みたいな尻尾を生やしたもう一人の私が、耳元で囁くのだ。

「別に満点取れなくたって、お医者さんにはなれるんじゃないの？」

何言ってるのよ。お医者さんは人の命を預かる仕事なのよ。間違いは許されない。常に完璧じゃなきゃいけないのよ。

「本当にそう？　あなたのお母さんも完璧な人だったかしら？」

うっさいわね！

そもそも、富士山《ふじさん》にさえ登れない人が、エベレストに登れないのは当たり前だし、逆にエベレストに登るだけの実力を備えている人なら、どんな山でも簡単に踏破できるはずよ。目標というものは、常に高くあるべきなのよ。

「六花……ねえ、六花ってば！」

マナが、私の目の前でシャカシャカ手を振っている。

「え、何？」

「何じゃないよ」

「目が死んでる」

「ごめん……」

うなだれる私を見て、まこぴーが呆れたような笑みを浮かべた。

「私の方こそ、ごめんね。六花にハッパかけてあげようって思っていたのに、余計なこと言っちゃったよね」

そんな友達の気遣いが、今は嬉しいんだけどね。

「取扱注意。硬度10のダイヤモンドだって、ダイナマイトで割れちゃうんだからね」

「ダイナマイト？」

私の言い方が回りくどかったのか、まこぴーはピンときてないみたい。

「もしかして、ハッパってなんだか判らないで使ってる？」

「うん」

私たち、顔を見合わせて、久しぶりにケラケラ笑った。

「よーし！　試験も終わったことだし、ちょっくら気分転換に行きますか」

「行くって、何処に？」

「交換日記、ありすのところで止まったまんまなんだよね」

「それはしゃーない」

「お父さんのことがあったばかりだもん」

「だからさ、催促のていで様子を見に行くの。四葉先生、進捗どうですか？　って」

「文豪か？」

ありすとは、告別式の日以来会っていない。

あの日……お父さんの遺影を抱いてステーションワゴンに乗りこんだありすは、涙ひとつこぼさず、気丈に前を見つめていた。流石は財閥のお嬢様。立派に務めを果たしているんだなあと思ったけれど……。

「行きますか、ありすのところへ」

私がマナの誘いに乗ったら、まこぴーは「異議なし」と答えた。

「OK。亜久里ちゃんには、現地集合ってメール入れとくね」

そう言って、マナは教室を飛び出していった。

「ちょっと、何処行くの？」

「決まってるでしょ。あれは一年生の教室に行って、レジーナに声をかける流れよ」

「だったら、メールの方は私か六花に頼めばいいのに」

私もそう思うけど。なんでも自分でやりたがるのが私たちの幸せの王子なんだから、これはもう今さら言っても仕方がない。

☆　☆　☆

レジーナは、補習で来られなかった（中間テストのときは満点だったのに？　って、思うでしょ。実は、城戸先生が全く同じ問題を何年も使いまわしていたからなんだけど……それは、また別の話ね）。私たちは、門の前で亜久里ちゃんやアイちゃんと合流して、お屋敷に入った。

「いらっしゃいませ。お嬢様は、あちらのコンサバトリーでお待ちかねです」

セバスチャンのエスコートで、木立の中を突っ切ると、石造りの可愛らしい英国風の離れが見えてきた。

「ごきげんよう」

玄関でお出迎えをしたのは、ローマにある『真実《しんじつ》の口《くち》』のオーナメントのレプリカ……じゃなくて、その後ろに佇んでいたありすだった。

いつもと違うネイビーブルーのワンピース。肩口の部分は透けていて涼しげな印象だ。

「ありす！」

顔を見るなり、マナはありすのことをぎゅっと抱きしめた。「日記の催促のていで」が聞いて呆れちゃう……激甘ヒーリングモード全開じゃない。

「お父さん、大変だったね……」

「はい……でも、大丈夫です。兄が、ずっとそばにいてくれましたから……」

「そっか、良かった」

「あ、あの……立ち話もなんですから。どうぞ、おあがりください」

狭いところですけれど、とありすは言うけれど、この離れ、梁《はり》がむき出しになっていて天井が高いので、十分広さを感じる。居室を抜けると、南側にはガラス張りのサンルームがあって、バラとクレマチスを植えたイングリッシュガーデンが一望できるようになっていた。ジギタリスやカンパニュラの植えこみの陰にウサギやクマやノームのオーナメントが隠れていて、なんとも可愛い。

「素敵なお部屋ですわね」

「こんな離れ、あったっけ？」

それ、あたしも聞こうと思ってた、とマナが乗っかってくる。

「子供のころは、ありすのおうちの中を探検して回ったけど、ここは初めて見るよ」

「お父様が建ててくれたのです」

「建てた⁉」

「なるほど。ハンマーでトントンと……」

なんでやねん、と私がマナにツッコむ前に「違いますよ」と、ありすがやんわり釘を刺した。

「私が、七ツ橋学園に進学が決まったそのお祝いに、お父様はこのコンサバトリーをプレゼントしてくれたのです」

「入学祝いに離れを一軒……」

「スケールでかすぎシャル」

ありすは、私たちに紅茶を淹れてくれた。離れには小さなキッチンと冷蔵庫も備えつけてあって、アイちゃんには林檎ジュースが振る舞われた。アイちゃんは、いつの間にかコップから上手に飲めるようになっていて、私たちは目を瞠った。

「私の小さいころの夢は、お花屋さんになることでした」

ありすのティースプーンが、軽やかな音を立てる。

「お父様は、それを知っていたのです。財閥の跡を継ぐ者である以上、お花屋さんの夢を叶えることはできませんが、せめてここで、こうして好きなことができる場所を……自分が自分でいられる場所を与えてやりたい……お父様は、そう思っていたのではないでしょうか」

今となっては、それも判りませんけれど……。

その最後の一言を、胸の奥底から絞り出した途端、ありすの瞳から、大粒の涙がぽろぽろこぼれ落ちた。

やっぱり、そうか。

ありすは、ずっと我慢していたんだね。

私たちは、ありすに寄り添って、彼女の手をギュッと握りしめた。

「いいよ、好きなだけ泣いてスッキリしちゃいなよ」

ありすは、子供に戻ったように、わあわあ泣き出した。

「もっと、話をすれば良かった……もっともっと、お父様のそばにいたかった。お仕事なんか行かないで、ずっとおうちにいてって縋《すが》りついておけば良かった……」

ありすは、元々物静かでおとなしい方だとは思うのだけれど……普段からガードが固いというか、自分の考えや感情を露にしない。それは四葉家の気高き精神性の賜物《たまもの》でもあるのかもしれないけれど。やっぱりあのイジメの一件が、トゲのように刺さっているからじゃないかって思うのだ。私にできることと言えば、こうして手を繋いであげるぐらいなんだけど……少しは役に立っているのかな。彼女の支えになっているといいのだけれど……。


「なんか光ったケル！」

不意に、ラケルが悲鳴をあげた。

気がつけば、天窓の向こうには、真っ黒な雲が立ちこめている。ゆっくり五秒ぐらい数えたあたりで、お腹の底に響くような雷鳴が轟いた……遠いけど落ちたな、何処かに。

「また雨？　せっかく、青空が広がってたのに！」

「いいんじゃない？　梅雨の雷は本格的な夏が到来する兆しだって言うし……」

なんて、のんきに構えていたら、急に風が吹き始めて、サンルームの窓ガラスがガタガタ揺れ始めた。ゲリラ豪雨の前触れ？　それにしては、何かがおかしい。うまく言葉で言い表せないけれど……嫌な予感がするってヤツよ！

「見て！」

「……！」

まこぴーの指し示す先……窓越しに見える空に、人影が二つ浮かんでいる。私、眼鏡をかけて目を凝らすけど、よく判らん。

マナが庭に飛び出したので、私たちも後に続く。

空に浮かんでいたのは、やっぱり人間だ。浮いてる時点で、普通の人間じゃないのは確定だけど。一人はツーブロック……というよりソフトモヒカンの奇抜な髪型。暑苦しい真っ赤な革の上下のライダースーツを着込んでいる。

もう一人は、辮髪《べんぱつ》のマッチョなオジサン。ミラー加工されたギラギラのサングラス。ラメ入りの紫色のスーツは、筋肉ではち切れんばかりに膨らんでいる。

「あなたたち、何者なの！」

「ギャハハ！ ボクちゃんの名前、知りたい？ どうしよっかなー、教えてあげちゃおっかなー」

うっざ……。

眉間に皺《しわ》を寄せていたら、先にマッチョの方が答えた。

「俺はルスト」

「おいお前、なんでボクちゃんより先に名乗ってるんだよお！」

「眼鏡の娘が好みだったから、俺が先に声をかけた」

は？ 眼鏡って……私!?

「このハゲ、ムカつく～！ あ、ボクちゃんの名前はゴーマ。プリキュアのみんな、ヨロシクね～！」

「何がヨロシクよ！」

「あなたたち、トランプ王国から逃げ出したっていうジコチューの幹部ね!?」

ゴーマとルストは、否定も肯定もせず、ただニヤニヤと笑っている。

マナは、ありすに視線を送る。

「大丈夫？」

目を泣き腫らしていたありすが、気丈に頷いた。

「はい、心配ご無用です！」

「よおし。みんな行くよ！」

「シャルルーン♡」

私たち、ラブリーコミューンを握りしめ、ハートを描く。

「プリキュア・ラブリンク！」

「L・O・V・E！」

亜久里ちゃんも、髪を逆立てて、叫んだ。

「プリキュア・ドレスアップ！」

「きゅぴらっぱー！」

光の奔流の中で、固い蕾《つぼみ》が膨らんで鮮やかに色づき花を開かせるように、私たちは一瞬で姿を変えていく。

「みなぎる愛！　キュアハート！」

「英知の光！　キュアダイヤモンド！」

「陽だまりポカポカ。キュアロゼッタ！」

「勇気の刃！　キュアソード！」

「愛の切り札！　キュアエース！」

「響け、愛の鼓動！　ドキドキプリキュア！」

「愛をなくした悲しいジコチュー幹部さん、このキュアハートが、あなたのドキドキ、取り戻してみせる！」

「ヒュウ！」

マッチョの方が、口笛を吹いた。

「前言撤回……眼鏡がなくても可愛い！」

ぞわっ！

全身に鳥肌が立った。

ルストが、一瞬で間合いを詰めてきたのだ。サングラスに、恐怖に歪《ゆが》んだ私の顔が映りこんでる！

「離れなさい！」

エースが割って入ってくれた。ルストの脇腹のあたりに、弾丸のような鋭いエルボーを叩きこんだのだ。吹っ飛ばされたルストは、枕木のフェンスに叩きつけられた。

「ギャハハハ！　ダッセーぞ、ルスト！」

仲間が痛めつけられているのに、ゴーマは体をクネらせて笑っている。一方のルストは、肋骨《ろっこつ》の二、三本は折れていてもおかしくないハズなのに、涼しい顔で立ちあがった。

「お前も手伝え、ゴーマ」

「ボクちゃんに指図するな！」

ゴーマが全身を震わせている。髪が逆立って、バチバチ言い始めた。

まさか、帯電してるの？

「サンダー・パンチ！」

まさに、落雷だった。

ゴーマの腕から放たれた電撃が、私たちに向かって飛んできた。私は、飛び退いて躱すのがやっとだったけど、ソードは手刀でそれを受け流した。

「今までの幹部とは格が違うみたいですわね」

「そうね、エース……先輩たちがてこずるわけだわ」

「ボクちゃんの攻撃、シビレるだろう？　たっぷり味わえ！」

ゴーマは、右足を小刻みに震わせている。

「サンダー・キック！」

お寺の鐘を突く撞木《しゅもく》のような、稲妻を孕んだ前蹴り……だけど、今度は私、ちょっと余裕がある。このゴーマってジコチュー、カッコつけて叫ぶ分、技の出が遅いし、雷を打つ方向も判りやすい。側転すれば、ほら、躱せた！

でもでも……私はいいけど。庭の真ん中に植えられていたオリーブの木が真っ二つに裂けて、周りに植えてあったバラもメラメラと燃えあがった！

「花壇がメチャクチャになっちゃう！」

「構いません」

ロゼッタが、全身に金色のオーラを纏った。

「戦いが終われば、きっと元に戻ります。戻らなかったとしても、お手入れする喜びが増えるだけです！」

ロゼッタの左胸のハートから、キラリと輝く宝石がこぼれ落ちた。

「それって、まさか……」

「新しいキュアラビーズ⁉」

「ランスちゃん、お願いします」

「ランラン、ランスッスー♪」

クローバーのマークが刻まれたラビーズをランスにセットすると、光とともに新しい武器が生まれた！

「プリキュア・ワンダーワンド！」

ロゼッタが握りしめた二本の棍棒《ワンド》。そもそも、トランプの「クラブ」の図柄は棍棒が変化したものらしいんだけど。ワンダーワンドの先端は、ひな祭りのときに飾るぼんぼりのように大きく膨らんでいる。

「テメェ、それ……鈍器じゃねえか！」

「参ります」

ゴーマの抗議をよそに、ロゼッタは疾風怒濤《どとう》のごとく襲いかかった！

ぼんぼりをドラムスティックのように軽々と振り回し、ビートを刻みこむ。

「はい！　はい！　はい！　はいはいはい！」

「痛ッ！　ちょ、待……あだっ！」

ワンダーワンドの連撃に、ゴーマは目を白黒させている。

「凄い迫力だビィ……」

「あたしたちも負けてられないシャルよ！」

「おうともさ！」

ゴーマはロゼッタ一人に任せ、私たちはルストに集中砲火！　キックやパンチを叩きこむんだけど……コイツ、凄く硬いのよ！　まるでフライパンを殴ってるみたい！

「それで全力？」

まるで効いていないとでも言いたそうに、ルストは首をゴキゴキと鳴らしている。

「もう少し楽しませてくれよ」

言い方がいちいちいやらしい。女を舐《な》め腐ってからに！

「私がアイツの動きを封じる。その間に、みんなは一斉に技を叩きこんで」

「キュアダイヤモンド！」

「何をするつもり⁉」

こんなヤツに、一瞬でも怯んでしまった自分が悔しい。

だから、ちょっとお返しをしてやりたいのよ！

私、ルストの足元に滑りこんで、片足タックルを決める。けど、大木みたいなルストの体はビクともしない。

「熱いハグなら大歓迎だ」

「まさか。私の狙いはコレよ！」

絶対零度……マイナス273・15度では、すべての原子の動きは停まる。

ダイヤモンドブリザードのエネルギーを両腕に集中して、一気に凍結させてやる！

「はあああああああっ！」

狙いどおり、ルストの下半身は完全に凍りついた！

「今よ！」

「ハートダイナマイト！」

「ソードハリケーン！」

「ときめきなさい、エースショット！　ばきゅ〜ん♡」

三人の技が混然一体となって、炸裂！　ルストは、イングリッシュガーデンを突っ切って、木立の方まで吹っ飛ばされた。

「やったあ！」

なんて、私は無邪気に喜んじゃったけど、エースたちは顔面蒼白……。

「え、何？」

みんなの視線の先……自分の手元を見てビックリした。

私がつかんだルストの足が、丸ごと残っているのだ！

「えっ、えええええ！」

マイナス40度の世界では、新鮮なバラも粉々になるっていうけれど……もしかして、私が凍らせたせいでモゲちゃったってこと⁉　たたた、大変！

「これ、どうすればいいの？」

「あたしに訊かないで！」

私とソードで、ルストの足を押しつけあっていると、

「待って」

「その足をよくご覧なさい！」

ハートとエースに促されて、おっかなびっくり。もう一度、足を確かめてみる。

あれ？　なんか……断面から、コードとか金属の部品が見えてる？

「これ、義足だわ」

「もしかして、あいつサイボーグだったの？」

「サイボーグ？　ジコチューなのに？」

生き別れになった方の上半身は、木立の向こうで燻《くすぶ》っている。

「てめえら……よくもルストをやりやがったなッ！」

ゴーマは、右手に稲妻をつかみ、飛びかかってきた！

「サンダー・チョップ！」

至近距離で、私の首筋目掛けて雷を落とす……つもりだったんだと思うのよ、多分……だけど、ゴーマが「チョップ」の「プ」を言う前に、ロゼッタが体を翻しながら、ゴーマ

の後頭部目掛けてワンダーワンドを振り下ろした！

「はいいいいーっ！」

「むぎゃあああッ！」

ほとんど交通事故だ。

ゴーマは、コマのようにグルグル回転しながら、ノイバラの茂みに突っこんだ。

「あらま」

ノイバラのトゲは、バラより遥かに鋭い。私たちは、ゴーマに憐憫《れんびん》を垂れた。

「畜生、こんなもの……！」

絡みついたノイバラを、ゴーマは力任せに引きちぎり、投げ捨てた（いやいや、見ているこっちの方が痛いから！）。

ロゼッタは、静かに息を吐いた。

「私、花壇はどうなっても構わないと言いましたが……それは、好き勝手に踏みにじっていいという意味ではありません」

棍棒の首が、椿《つばき》の花のようにぽとりと落ちた。

ジャラララッと、金属音が響く。棍棒とぼんぼりは、鎖で繋がっているのだ！

「あなたも感じてください……お父様がこの庭とともに遺《のこ》してくれた、私への愛を！」

ロゼッタは、ワンダーワンドをヌンチャクのように振り回し始めた。ぼんぼりがギュンギュン唸《うな》りをあげるたびに、キラキラと星屑が煌《きら》めく！

「プリキュア・モーニングスター・ドライヴ！」

モーニングスターって、可愛らしい名前だけど、威力は全然可愛くない。ぼんぼりは燃え盛る隕石《いんせき》と化して、ゴーマ目掛けて降り注いだ！

「う、うぎゃあああっ！」

光の柱が立ち昇った。

私たちは勝利を確信していた。あの閃光《せんこう》の中で、ゴーマは塵《ちり》ひとつ残さず浄化されたものだと思っていた。

だけど……ロゼッタの渾身《こんしん》の一撃は、ゴーマには届いていなかった。

白銀の鎧を纏った謎の騎士が、ワンダーワンドを片手で受け止めていたのだ！

「ああっ！」

ロゼッタが悲鳴をあげたのとほぼ同時。ぼんぼりが、バラバラに砕け散った。

こいつ……只者《ただもの》じゃない！

封印されていたジコチューは、ゴーマとルストの二人。だとしたら、この白銀の騎士は何者なのかしら。兜《かぶと》を被っているから、素顔は全く見えないんだけど……少なくとも、味方じゃないことだけは確かだ！

「閃け！　ホーリーソード！」

先手必勝とばかり、キュアソードが手刀を飛ばす……だけど、技を放つ前にその動きは封じられた。白銀の騎士は、ガントレットから蜘蛛《くも》の糸のようなものを放って、ソードを雁字搦《がんじがら》めにしたのだ。

「あっ！」

「キュアソード！」

助けに入ろうとした私たちも、容赦なく糸で搦めとられた。

「何よ、これ！」

両手で糸を剝ぎ取ろうとするんだけど、もがけばもがくほど、体の力が抜けていく。

ポシェットの中のラケルが、子犬みたいに鼻を鳴らしている。

「なんか目の前が暗くなってきたケル……」

「えっ？」

「ごめん、六花。ちょっと休ませて」

体を包んでいたドレスが解けた。拘束されていた腕を伸ばして、落っこちかけたラケルを必死につかまえる。

「大丈夫なの、ラケル⁉ 返事して！」

私の手の中で、ラケルは静かに寝息を立てている。とりあえずホッとしたけれど、変身が解けたのは私だけじゃない。マナもまこぴーも、ありすも元の姿に戻ってしまっている。

「ゴーマ、ルスト。キュアエースからロイヤルクリスタルを奪い取れ」

「えっ、ロイヤルクリスタル？」

急に言われてビックリした……ロイヤルクリスタルっていうのは、トランプ王国の王族だけが持つことを許される伝説の秘宝で、それが五つ揃うと、奇跡を呼び起こすと言われている。私たちは、アン王女の手がかりをつかむために、必死にロイヤルクリスタルを集めていたわけだけど……雪山で、氷漬けになった王女様を見つけた後、どうなったんだっけ……？

「やれやれ、人使いが荒いヤツだぜ」

ゴーマがぼやくと、ルストのお腹のあたりがシャッターのように開いて（え、えぇっ？）中から空飛ぶ揺りかごが飛び出した。乗っていたのは、サングラスをかけた赤ん坊だ。

「そういう契約だ。仕方があるまい」

おしゃぶりを咥《くわ》えたこの赤ちゃん、声は渋いオジサン……ということは、もしかして、こっちがルストの本体で、筋肉マッチョボディは作り物だったってこと？　ダメだ、情報が玉突き事故を起こしてる……！

ルストとゴーマは、ゆっくりとエースの方に近づいて、彼女の腰に手を伸ばした。

「やめなさい、あなたたち！　その汚らしい手を離しなさいッ！」

ゴーマは、キュアエースのスカートからキャリーケースごとラブアイズパレットを毟《むし》り取った。パレットの蓋を開くと、そこには確かに、五色のロイヤルクリスタルが輝いている。ゴーマが触れると、クリスタルはバチバチとスパークを発した。

「チッ、ボクちゃんたちには触らせないってか！」

ゴーマはパレットを真っ二つに叩き割った。クリスタルは、レンガ敷きのアプローチの上にカランと音を立てて落ちた。

「いやあああっ！」

エースの変身が完全に解けた。亜久里ちゃんの悲鳴が、庭に響き渡る。

「これでいいか？」

ゴーマが白銀の騎士にロイヤルクリスタルを拾おうとした、そのとき！

「きゅぴらっぱー！」

アイちゃんの声が高らかに響き渡った。

イングリッシュガーデンの片隅に飾られていたウサギやクマやノームのオーナメントが動き出して、ロイヤルクリスタルを奪い取った。

「うわあああっ！」

玄関においてあった『真実の口』が転がってきて、ルストを轢《ひ》き殺《ころ》そうとしている。

「なんなんだ、コイツら！」

「アイちゃん、ナイス！」

蜘蛛の糸を振りほどいたマナが、ラブリーパッドを取り出した。

「ここは一時撤退あるのみ！」

マナが画面をスワイプするよりも早く、バチイッ！　という破裂音が鳴り響いた。

ムチだ！

革紐《かわひも》の先端が音速を超え、空気を切り裂いたのだ。可愛らしかったオーナメントたちは、無残にも破壊され、土くれに還《かえ》った。

「甘いのよ、アンタたち」

耳の裏をくすぐるような、甘くて、それでいて毒がありそうな大人の女性の声。

マニキュアで彩った指先が、ロイヤルクリスタルを拾いあげた。

「私、忠告したハズよ。きゅぴらっぱーには気をつけろって」

「マーモ！」

「あなた、まだそんなヤツらと悪巧みをしているの⁉」

「あらやだ……私がキングジコチュー様がいなくなった途端に、心を入れ替えるとでも思ったの？」

本当におめでたいのね、とマーモはまこぴーを鼻で笑い、ロイヤルクリスタルを白銀の騎士に手渡した。

「目的は果たした。行くぞ」

踵《きびす》を返した白銀の騎士を、ありすが呼び止めた。

「待ってください、お兄様！」

……。

え……？

今、なんて言ったの、ありす⁉

「顔を隠していても、その紅茶のフレグランスで判ります。あなたは、ヒロミチお兄様でしょう⁉」

白銀の騎士は、兜を脱いで、こちらを振り返った。

ウエーブのかかったオレンジベージュの髪。

その下から覗くマルーンカラーの瞳。

間違いない。

ありすのお兄さん、ミチさんだ……。

「どうして……」

まこぴーの声は、震えていた。

「どうしてなんですか……ありすのお兄さんであるあなたが、どうしてジコチューと手を組むんですか！」

「説明したところで、君には分からないだろう」

「バカにして！」

沸騰寸前のまこぴーを押し留めたマナが、代わりに問いただす。

「ロイヤルクリスタルを返してください。それは王女様が遺した大切なものなんです」

ミチさんの答えは、淡々としていた。

「トランプ王国は、既に存在しない。ジコチューによって滅ぼされた。つまり、このロイヤルクリスタルは、もはや誰のものでもないんだ」な……何を言ってるの？まるで心が通っていないような……今目の前で、亜久里ちゃんからクリスタルを強奪したことさえなかったような口ぶりだ。

「王国の民は生きています！」

亜久里ちゃんが、胸に手を当てながら叫んだ。

「アン王女の魂も、私《わたくし》の中に確かに息衝《いきづ》いています！　だから、返してください！」

「果たしてそうかな？」

「えっ？」

「マリー・アンジュ王女が、自分のプシュケーを二つに割って、君とレジーナに転生したのは僕も知っている。でもそれは、君とアン王女が同一人物であることの証明にはならない。現に、指紋、血液型、ＤＮＡを調べたが、同じものは何一つなかった」

いつの間に……？

自分のプライバシーを勝手に暴かれたショックはいかばかりのものだろう。唇を震わせている亜久里ちゃんに、ミチさんは更に追い打ちをかける。

「君は、自分の中にアン王女が息衝いていると言ったけど、それは単なる思いこみじゃないのかい？　前世の記憶というのは、実はエターナルゴールデンクラウンから得た知識にすぎなかったという可能性は？」

辛辣な言葉の雨に耐えきれず、亜久里ちゃんは泣き出した。私は、亜久里ちゃんの肩を抱き寄せ、慰める。

「ひどい！」

「僕は、ロジックでモノを言っているだけだよ、菱川さん」

わざわざ苗字で呼ぶ。ビジネスライクな大人の物言いで、お前たち子供は無力なんだと植えつけようとする！

「円亜久里が、マリー・アンジュとは全く別の人格である以上、このロイヤルクリスタルを持つ資格はない……違うかい？」

「仮にそうだとしても、お兄様の好きにしていいという理由にはならないはずです！」

「そうだね、ありす。じゃあ、代わりの案を出してくれないか？　トランプ王国の博物館でも作って飾っておくかい？　三種の神器と一緒に！」

もったいない、とマーモたちが口々に訴えた。

「博物館？　そんなカビくさい場所、誰が見に行く？」

「亡国の王女《プリンセス》に、墓場まで持っていかれたら堪《たま》ンないわ」

「力ってのは、使ってこそ価値があるんだよ！」

「僕も同じ意見だ」

ミチさんの瞳に、五色の輝きがギラギラと映りこんでいる。

「ロイヤルクリスタルは、僕が有効に使わせてもらう。新しい世界の秩序を築きあげるために！」

「どうして、そんなことを言うんですか！」

マナが、ミチさんに詰め寄った。

マーモたち三人が邪魔しようとするが、ミチさんはそれを「待て」と手で制した。

「ミチさんは、そんな人じゃなかったはずです。もっと優しくて、あたしたちが知らないようなことを何でも知ってる素敵な人だった。こんなふうに、大切なものを無理やり奪ったり、踏みにじるような人じゃなかった！」

「今度は、情に訴えるつもりかい？」

ミチさんは、口の端を歪めてみせた。

「もっと理屈で動かないと、この世界は変えられない……」

雷鳴が轟いた。

「さようなら、相田マナ」

ゴーマの電撃を受けたマナは、その場に倒れこんだ。

「マナ！」

私たち、慌ててマナに駆け寄る。

「マナ、しっかりして！　マナ！」

雨が降り始めた。荒れ果てた庭の花びらが濡れそぼっていく。

ミチさんは、マーモたちと一緒に、その雨の帳《とばり》の向こうへと消え去った。

72

深まる謎と運命の再会

「んもう！　アンタたちがついていながら何やってるのよ！」

四葉《よつば》総合病院の病室に、金切り声が響き渡った。

キュアエースのロイヤルクリスタルがジコチューに奪われ、おまけにマナが病院に担ぎこまれたと聞いて、レジーナがすっ飛んできたのだ。

「大丈夫。ちょっと気を失っただけだし、検査してもらったけど、異常なしだって」

ケロッとしているけど。私が診たとき、マナの瞳孔は完全に開いていたのよ。無事だったのは、本当に奇跡としか言いようがない。

「念のため、一晩様子を見て、何もなかったら退院していいって、先生が言ってた」

「良かったわね」

「丈夫に産んでくれたお母さんに感謝しないとね」

そのお母さんの方は、私たちに深々と頭を下げた。

「ごめんなさいね、うちの子が心配かけちゃって……」

「いえいえ、もう慣れてますから」

面会時間終了のアナウンスが流れた。外はとっぷり暗くなっている。

「私たち、これで失礼します」

マナは、自分がピンピンしてるってところをアピールするかのように、エレベーターホールまで私たちを見送りに来た。

「このこと、みんなには内緒にしてね」

「当たり前でしょ。マナが入院したなんて知れたら、学校中、大パニックよ」

☆　☆　☆

「だから言ったのよ。ヒロミチはジコチューだって！」

エレベーターの中。レジーナが口を尖らせている。

「爽やかな顔してるけど、何処となく胡散《うさん》くさいっていうか、信用できないっていうかさ！」

「レジーナ」

少しは気を使いなさいよ、とまこぴーが視線を送る。ありすはエレベーターのいちばん奥で気まずそうに肩を竦めているけれど、レジーナは容赦しない。

「ヒロミチに連絡はしたの？」

「電話は繋がりません。LINKも既読がつかなくて……」

「なら、警察に連絡して！」

「ちょっと！」

「何を言っているのよ」

「ロイヤルクリスタルが奪われたのよ！　指名手配されて当然でしょ」

指名手配って……ジコチューが罪を犯した場合でも、警察は動くんだろうか。人間がジコチューを利用した場合は？　そんなことを頭の中でグルグル考えていたら、レジーナはその沈黙を否定と受け取ったようで、

「アンタたちがしないなら、あたしがする！」

ポシェットから、水谷警部に貰ったガラケーを取り出した。

「困ります！」

「なんでよ！」

「お兄様がジコチューと手を結ぶなんて、私には到底思えないのです。もしかしたら、彼らに操られているという可能性も……」

「身内には甘いのね！」

「レジーナ！」

まこぴーが、レジーナに顔を近づけた。鼻と鼻の頭がすれあうぐらいに。

「覚えてる？　あなたが敵に回ったときも、マナはあなたを庇《かば》ってた。あれは本当のレジーナじゃない。きっと、ジャネジーに操られているだけなんだって……」

まこぴーに気圧《けお》されないように、レジーナは瞼《まぶた》を大きく見開いているけれど、そのサファイアの瞳は小刻みに揺れている。

「人を信じるって、大切なことよ」

「………」

ドアが開いた。

エレベーターを降りると、セバスチャンが待っていた。家まで車で送ってくれると言うので私たちは甘えることにした。

☆　☆　☆

いつもなら一人で先に帰ると言い出しかねないレジーナが、珍しくリムジンの後部座席に潜りこんだ。誰かと一緒にいないと不安なんだ。これだけ波が大きくうねっていると、何処で振り落とされるか判らないもの。

窓の外を、街の明かりが流れていく。車内の空気は重く、誰一人として口を開こうとしなかった。

仕方がないので、私が口火を切る。

「みんな、お腹空いてない？　バニーズでカレーフェアやってるんだけど、ガドガドカレーがメチャうまだって……」

完全にスベッた。

賛同は、誰からも得られなかった。

「ロイヤルクリスタルのことを考えたら、食事なんて喉を通りそうにありません」

亜久里ちゃんは、窓ガラスにおでこを預けながら、夜の街を眺めている。

「ねえ、ちょっと聞いてもいい？」

まこぴーが、亜久里ちゃんに訊ねた。

「亜久里ちゃんは、どうしてロイヤルクリスタルを持っていたの？」

「どうして、と言われましても……」

「ロイヤルクリスタルは、トランプ王国の王族だけが持つことを許される秘宝。そのクリスタルが五つ揃ったときに、奇跡が起こるって王女様から聞いてたの。私たちは、行方不明になった王女様を捜すために、ロイヤルクリスタルを集めていたんだけど……」

「それ、私も気になってたのよ！　クリスタルに導かれて、雪山で氷漬けになったアン王女を見つけたじゃない？　あの後、クリスタルはどうしたっけ？」

「氷漬けの王女様……あれって結局、ニセモノだったけど……一度、ベールたちに奪われたじゃない？　レジーナと一緒に……」

「それを取り戻すために、ロイヤルクリスタルが王国への道を開いてくれたのですわ」

ああ、はいはい……まこぴーとありすのおかげで、ようやく思い出した。

王女様とレジーナを奪回した後、ジョナサンはジコチューの目を逃れるために、王女様とアイちゃんを連れて行方をくらました。そのとき、確かアイちゃんが持っていた巾着袋に、五つのロイヤルクリスタルが入っていたハズ……思い出したって言っておきながら、曖昧じゃないかって自分でも思うけど。ひとつ言い訳させてもらうなら、あのときは状況がいろいろ目まぐるしく動きすぎていたのよ。レジーナがマナの家でお世話になることになったり、ジャネジーを注入されておかしくなっちゃったりで……。

「その直後に、キュアエース……あなたが現れたのよ」

私《わたくし》ですか、って、亜久里ちゃん。まるで他人事《ひとごと》のようにまこぴーに聞き返す。

「キュアエースは、ロイヤルクリスタルが起こした奇跡なんだって勝手に思ってた」

まこぴーの誘い水に乗って、亜久里ちゃんは一年前のことを話し始めた。

「あのとき……私《わたくし》は不思議な声に導かれて、海辺に佇んでいました」

「不思議な声って……アイちゃん？」

「いいえ、大人の女性の声です。時が来ました。最後の切り札よ、今こそ目覚めなさい、と……」

「王女様だ」

まこぴーは、チャイルドシートで眠っているアイちゃんの頬を、愛《いと》おしむように撫でた。

「その後、私《わたくし》の目の前に五つのクリスタルが飛んできて、光の中から現れたラブアイズパレットにぴたりと収まったのです」

痛恨！

私たちは、人のものを勝手に触ったり覗いたりしてはいけませんって親から言われて育ってきた。まこぴーは早くにご両親を亡くしているけれど、少なくとも王室に仕える身であれば、王女様からそういう教育を受けているに違いない。だから、キュアエースがラブアイズパレットを使って変身していることは知っていたけれど、その中身を覗いたりはしなかったのだ。

「私たちが確認しておけば、亜久里ちゃんが王女様の生まれ変わりだって、もっと早く気がついたかもしれないわよね……」

今さら、たらればの話をしても仕方がないけれど……。

「そのことなのですが……私《わたくし》は、本当にアン王女の片割れなのでしょうか」

ぽつりと呟いた。

これは、相当気にしているわね。ミチさんに言われたこと……。

亜久里ちゃんは、撚《よ》れていたシートベルトを引っ張って、座り直した。

「磁石って、あるじゃないですか」

「ええ、理科で使う棒磁石とかU磁石とか……」

「あれって、割れたら元に戻らなくなるのは知ってますか」

「それぞれがSとNの磁極を持つから、反発しちゃうのよ。それがどうしたの?」

「あれと同じじゃないかと思うんです。私《わたくし》とレジーナは、二つに割れてしまったから、元のアン王女には戻れないんじゃないかと……」

いや……なんか理屈がスッ飛んでる気がするなあ。どうしてそう思うんだろう。私が亜久里ちゃんの真意を汲《く》みきれずにいると、まこぴーが亜久里ちゃんに水を向けた。

「王女様と亜久里ちゃんで、ここは違うって感じるのは何処なの?」

亜久里ちゃんは、胸の奥につかえていた林檎を吐き出した。

「ジョナサンのことです……」

「はい?」

「ジョナサンは、マリー・アンジュと婚約をしていました。ですが、この私《わたくし》……円亜久里は、ジョナサンの顔を見ても、何も感じないのです。胸がときめくとか、キュンキュンするとか……前世の恋って、もっとこう……月の光に導かれて巡りあうような、運命的な出会いを感じる何かがあって然《しか》るべきではありませんか？」

ありませんかと言われても、前世どころか、今生の恋もしたことがない私には答えようがない。

「好きって気持ちは、全部レジーナの方に沈殿していたとか……」

沈殿て……好きって気持ちはワインの澱《おり》か何かなのか。レジーナの方が下なのか。そもそもアン王女がプシュケーを割ったときは縦に割ってたぞ。まこぴーの推理はツッコミどころ満載だったけど、レジーナはそれを軽く一蹴した。

「あたしがオカダと？　ないない！　ありえないって！」

少し、ジョナサンが不憫《ふびん》に思えてきた。

更に、レジーナは続ける。

「ヒロミチに何を言われたのか知らないけれど。亜久里は亜久里じゃない。王女と違うのは当たり前だし。気にすることなんて何一つないわ」

「そうかもしれませんが……」

「そもそも、指紋だのDNAだのって何処で調べたのよ。もっともらしい言葉を並べ立ててケムに巻こうとしてるだけじゃないの？」

「いや、調べようと思ったら調べられると思う」

私が反論したら、レジーナは「はあ？」と、露骨に嫌な顔をした。

「アンタはどっちの味方なのよ」

「ありすのお誕生会で、指紋や唾液は採取できたハズだし。パーティ会場になったあのオカダ城は、元々は自分の別荘だったって王様が言ってたから、王女様のドレッサーでも残っていれば、毛髪からＤＮＡ鑑定は可能よ」

レジーナは頭を抱えた。

「あたし、ありすのパーティをやる前に、打ち合わせしたのよ。オカダとヒロミチとパパの四人で！　あの場所を借りたらどうかってパパに提案したのはヒロミチだし、後片付けを引き受けたのもヒロミチよ。アイツ、最初からあたしたちの秘密を暴く気マンマンだったんだわ！　絶対許せない！」

「ごめんなさい……！」

ありすが、両手で顔を覆った。

「本当にごめんなさい。私も以前、真琴さんの個人情報を調べたことがあります……」

「えっ？」

まこぴーの顔色がサッと変わった。

「それ、どういうこと？」

私、慌てて弁護する。

「違うの！　あのとき、私たちはキュアソードの正体を確かめたくて必死だったのよ！　ジコチューが私たちの世界に現れた理由もよく判っていない時期だったから！」

「私の正体を暴けば、自分たちの世界の平和も守れるんじゃないかって？」

「そこまで短絡的じゃないってば！」

私とまこぴーが言い争っている間に、ありすは地球の裏側……ブラジルまで貫通しそうな勢いで頭《こうべ》を垂れている。

「結局、私もお兄様と同じ。答えを急いで求めるあまり、相手の気持ちを置き去りにしてしまったんです……」

「そんなこと言っちゃダメだよ、ありす！」

「ギャハハハ‼　感じるぞ、お前たちのプシュケーが濁っていくのを……」

「……！」

古典で言えばまさに「あなや」であろう。悲鳴をあげて、セバスチャンが急ブレーキを踏んだ。私たちを乗せたリムジンは、濡れた路面でスリップして、ガードレールに激突した。

「痛たたた……」

「だ、大丈夫ですか」

「え、ええ、なんとか……」

「一体何が？」

見ると、あの体クネらせ男が中空からリムジンを見下ろしていた。

「ゴーマ！」

私たち、歪んだドアをなんとかこじ開けて、車の外に出た。

「何しに来たの！」

「決まってるだろう。テメエらを嗤いにだ」

「このジコチュー！　ロイヤルクリスタルを返しなさい！」

レジーナは、ミラクルドラゴングレイブを取り出して突いた。槍の先端から迸《ほとばし》った衝撃は、龍のシルエットを描きながらゴーマ目掛けて飛んだ！

「おおっと！」

ゴーマは体をクネらせて、槍の一撃を躱した。

「ははん……さてはテメエだな。キングジコチュー様の娘を名乗ってたっていうのは？」

「だったら何よ。文句があるなら降りてらっしゃい！」

私とまこぴー、ありすの三人は、プリキュアに変身して、レジーナの隣に並び立った。

「ギャハハハ！　誰がテメエらの相手なんかするかよ！」

バーカバーカ！　と、舌を突き出しておちょくってくる。小学生かしら！

「ボクちゃんが直接手を下す必要もない。お前たちは、互いの愛だとか友情だとか信頼だとか、そういうものを全部失って、自滅していくんだ。その日が来るのを楽しみにしているぜ。じゃあな！」

捨て台詞を残して、ゴーマはバシュッ！　と消え去った。

「いやはや、恐ろしい相手ですな」

亜久里ちゃんとアイちゃんを保護していたセバスチャンが、リムジンの後ろから出てきた。

「プリキュアを直接攻撃してきたパターンは、これが初めてではないでしょうか」

確かに、イーラたちがイヤイヤ期のアイちゃんを勾引《かどわ》かしたことはあったけど、こんなふうに帰宅途中に襲われたりしたことはなかったと思う。

「ていうかアイツ、何しに来たのよ？」

レジーナは、ミラクルドラゴングレイブをヒュンと振り回してから、消した。その横で、ロゼッタは親指の腹を噛んでいる。

「セバスチャンが急ブレーキを踏む直前に、ゴーマの声が聞こえました。お前たちのプシュケーが濁っていくのを感じるぞって……」

確かに私も聞いたけど、それってもしかして……。

「私たち、プシュケーを闇の力で染められそうになっていたってこと？」

ソードが苦虫を噛み潰したような顔をしている。

「ごめん。私、なんかひどいこと言っちゃった気がする……」

「気にしちゃダメだビィ。そうやって自分でしたことを恥じたり悔やんだりしている様を、アイツらは覗き見て、喜んでいるに違いないビィ！」

私たち、ゾッとして周りを見回した。幸い、敵の気配はなかったけれど。今度の敵は、今までよりも相当厄介で恐ろしいのは間違いない。

「あっ！」

レジーナが、声にならない悲鳴をあげた。

「ねえ、本当にアイツらがあたしたちを監視しているんだとしたら、マナは！」

「……！」

血の気が引いた。

マナは今、病院で一人きりだ。一応シャルルがいるし、お母さんもつき添いで残っている可能性はあるけれど、ジコチューが相手ではまるで役に立たないだろう。

「あたし、先に行くから。アンタたちも後から来なさい！」

バシュッ、とレジーナは虚空に消えた。

「私たちはどうしましょう」

「このまま飛んで行く？」

「いや、そうしたら今度は亜久里ちゃんが一人になっちゃうもの。アレを使おう！」

緊急事態なんだし、これぐらい許されるハズよ。私は、マジカルラブリーパッドを取り出して叫んだ。

「四葉総合病院へ！」

☆　☆　☆

私たちが駆けつけると同時に、病室から悲鳴が聞こえた。

「マナ、大丈夫なの⁉」

慌てて病室に飛びこむと、マナとシャルルが、アップルリングに一心不乱に齧《かぶ》りついているところだった。

「ありゃ、みんなまでどしたの？」

「こっちが訊きたいわ」

「ええと……マナは何してるわけ？」

「あたし、晩御飯ヌキだったから、お腹が空いちゃって……」

「マナのお母さんが置いていってくれたアップルリングを二人で分けあっていたところシャル……」

一足先に来ていたレジーナは、ベッドの上で朽ち果てている。

「慌てて来て損しちゃった……」

だよね……と、苦笑していると、廊下から部屋の中を覗いている松葉杖の女の子と目があった。私、にっこりと会釈を返すと、女の子は目を爛々《らんらん》と輝かせて叫んだ。

「プリキュアだ！」

まずい、ここ小児病棟だ！

子供たちが、ワクワク顔で次から次へと押し寄せてくる！　騒ぎを聞きつけた看護師さんが、血相を変えて飛んできた。

「ちょっと、あなたたち何考えてるの！　面会時間はとっくに過ぎてるのよ！」

「ごめんなさい、ごめんなさい！」

私たちは、ひたすら頭を下げながら、ナースステーションの前を通り抜けて、エレベーターに乗りこんだ。マナに事情を説明する暇はなかったけど、あの様子ならとりあえず平気だろうということで、その場でお開きになった。そもそも、抜き取られたプシュケーだけでも戦えるような鋼のメンタルの持ち主なんだし。心配するだけ無駄だったかもしれない……。

☆　☆　☆

マナの方はそれでいいとして。

家に帰ってからも、私は不安で仕方がなかった。お風呂に一人で入るのも怖かったから、ラケルに脱衣所の扉のすぐ外で待っていてもらった。今、こうしてベッドに入っても、まんじりともせず部屋の天井を見つめ続けている。

あのとき、帰りの車の中で、ありすやまこぴーや亜久里ちゃんのプシュケーが完全に闇に染められてしまっていたら、私は一人で対処できたのだろうか。

いや、そもそも私のプシュケーは？　誰かに対して攻撃的になっていたり、批判的になっていたり、あるいは必要以上に自分を責めたりしていなかったと言えるだろうか。

「ああ、ダメだ！」

眠れないので私、ラケルを起こさないようにそっとベッドを抜け出して、パソコンを立ちあげた。ヘアターバンで前髪をあげて、準備完了。

最初に気になるのは、ミチさんのこと。渋谷ヒロミで検索しても、新しい情報は何も入ってこない。SNSも、更新が停まっている状態みたい。

次に調べたのは、ゴーマとルストのこと。こっちは望み薄だけど、ちょっとその語感が気になるのよ。ゴーマの方は、RPGのモンスターと漫画しか引っかからない。ルストは、英語で言うと錆《rust》、オーストリアの地名、あるいはドイツ人の姓ときて……ん、待って。ｌｕｓｔの方だと「強い欲望、切望、渇望、色情、肉欲」っていうのがあるわ。何か、あの筋肉サングラスのジコチューにぴったり……いや、でもアイツ、外側は機械で中身は赤ん坊だったわよね。色欲とは程遠いのかしら?

更にリンクを辿《たど》ると「七つの大罪」の項目に繋がっていた。

七つの大罪っていうのは、元々はキリスト教の用語で、人間を罪に導く感情を七つに分類したものらしい。「ｌｕｓｔ」は、色欲の英語読み。ラテン語の場合は「ｌｕｘｕｒｉａ」。

「あっ!」

私の悲鳴で目を覚ましたのか、ラケルがのそのそとベッドから起きあがった。

「どうしたケル……?」

「ごめんねラケル。何でもないの、寝てていいからね……」

いいからね、なんて冷静を装ってはいるものの、胸の奥がチリチリしている。

なんか私、とんでもないものを見つけてしまったのかもしれない……!

七つの大罪は、色欲、暴食、憤怒《ふんぬ》、嫉妬、怠惰、強欲、傲慢の七つに分類されているんだけど、暴食のラテン語読みが「ｇｕｌａ」、憤怒が「ｉｒａ」なのだ。

更に検索していくと、七つの大罪は、悪魔の名前に対応している。

嫉妬の悪魔はリヴァイアサン、強欲の悪魔はマモン、怠惰の悪魔はベルフェゴール。

リーヴァ、マーモ、ベール……偶然じゃないわよね、これ？　傲慢だけちょっと判らないけれど。ジコチューっていうのは、私たちの世界でもずっと昔から邪悪な存在として認識されていたってことは間違いなさそう……。

カコン！

窓の外で、何かがぶつかる音がした。

「……！」

鳥？　そんなわけないわよね。まだ夜明けには程遠いもの。息を潜めて、様子を窺っていると、もう一度、窓に何かがぶつかる音がした。

マナは病院にいるはずだし。誰よ？

私、恐る恐る窓の外を覗いてみた。

そしたら、いたの。

コンクリートブロックの欠片を振りかざしていた男の子が。

「イーラ⁉」

「やッべえ！」

彼は、慌ててブロックを投げ捨てた。

「ち、違うんだって。ペットボトルの蓋じゃ、全然顔出さねえから。気がつかないのかと思ってさあ……」

投げ入れられる前に気がついて良かったたって胸を撫でおろしたら、なんだか無性に腹が立ってきた。

「何考えてるの！」

「はあ？」

「もう半年よ！　今の今まで、何処で何をしていたのよ！」

「お前には関係ねえだろ！」

コンクリよりも硬い言葉で殴られて、目の前に火花が散ったと思ったら、今度は水がだばだば流れ出した。イーラは二階の高さまで飛びあがって、私の顔をしげしげと覗きこんでくる。

「泣いてンのか？」

「泣いてないわよ、怒ってるの！」

私、感情をおもてに出すのは、格好悪いことだと思っていて……本当は人前でこんなふうに怒ったり泣いたりしたくないんだけど。嵐の中に投げ出された捨て犬みたいに、顔じゅうグショグショにして泣き喚いている。

ワケ分かんねえよ、と吐き捨てるように言ってから、イーラは改めて言葉を繋いだ。

「お前のところにも来ただろ、ゴーマとルストが……」

「来たわよ！　何なの、あの二人？」

「トランプ王国に封印されてたヤツらだ。誰かがその封印を解いて、甦ったんだ」

「誰かって？」

「そこまでは知らねえよ……だけど、そいつはプリキュアを倒す秘策を持っているから、お前も仲間になれって言うんだ」

私は質問してばかりだけど、そこまで言われちゃ気になって仕方がない。

「何よ、秘策って」

「トランプ王国の洞窟に、妖精をエサにする蜘蛛が棲《す》んでいるんだってさ。そいつが吐き出す糸が、プリキュアの力を無効化するんだってよ」

「あ……ッ！」

昼間の光景が、脳裏に甦る。白銀の騎士が使っていた蜘蛛の糸。あれが絡みついた途端、ラケルは気を失って、私は変身が解けてしまった。

それに……前に新聞で読んだことがある。蜘蛛の遺伝子を蚕に組みこむことで、ナイロンの二倍の伸縮度と鋼鉄の十倍の強度を併せ持つハイパーカーボンシルクを生み出すことに成功したって記事を。四葉財閥はヨツボウっていう紡績会社も持っている。プリキュアの力を消し去るような蜘蛛の糸を、遺伝子操作で量産できるとしたら？

滴ったインクが、雪原を黒く染めあげていくような、この感じはなんだ？

そもそもゴーマとルストの封印を解いた誰かっていうのは、やっぱりミチさんなんじゃなかったみたいだけどさ」

「アイツもゴーマたちに誘われたんだ。ベールはネズミになっちまってるから相手にされ
「一緒に、マーモもいたわ」

イーラからクレームがついたので、私、適当にごまかす。

「何ゴチャゴチャ言ってるんだよ」

ないの……？


ネズミって……気にはなったけど聞き流す。他にもっと聞きたいことがあったから。

「イーラは、仲間にならなかったの？」

「なるわきゃねーだろ。断ったよ。キングジコチュー様もいなくなっちまったし、今さら誰かの命令で動くのもバカバカしいからな……」

安堵《あんど》の溜め息をついたら、徐々に腹の虫も収まってきた。

「情報提供、ご苦労様！　でも、どうせならもっと早く教えてほしかったわね。前もって判っていたら、対処の仕様もあったハズだし……」

「なんだよ、その言い方！　わざわざ来てやったのに、可愛くねえヤツだな！」

「可愛くなくて悪かったわね」

「このブス！」

「ブスで結構……あらっ？」

よく見ると……イーラの手首のあたりに、血が滲《にじ》んだような痕がある。

「どうしたの、その傷？」

「なんでもねえよ」

イーラは、傷を隠すようにポケットに両手を突っこんだ。

「見せなさい」

「いいってば！」

「良くない！」

彼の二の腕を無理やりつかもうとして、私、バランスを崩した。

窓から落ちかけて、悲鳴をあげた私を、イーラが慌てて押し戻してくれた。

「バカか、お前！　落ちたら死ぬぞ」

「あ、ありがと……」

心臓がものすごい勢いでバクバクいってる……これは恐らく、転落しそうになったショックで、交感神経が高まっているんだ。そうよ、きっとそうに違いない！

なんて自分に言い聞かせて、改めて深呼吸して……私、気づいちゃったのよね。

もしかして、アイツらの仲間になるのを断ったせいで、痛めつけられたり、閉じこめられたりしてたんじゃないかって。

私が、イーラの顔を見つめていたら、またしても「なんだよ」とクレームがついた。

「とにかく、手当てはさせて。傷ついた人を、放っておくわけにはいかないから！」

「いいよ。どうせこの後、一万年眠るんだから……」

えっ？

何それ……一万年て？

「どういうこと？」

「お前らみたいなのがいたんじゃ、好き勝手に暴れられないから、おサラバするのさ。まあ、お前もせいぜい頑張れよ。じゃあな！」

「ちょっと、待っ……!?」

イーラは風のように消え去った。

何よ。

勝手に言いたいことだけ言ってさっさといなくなるなんて。

本当に、自分勝手でワガママで……ジコチューなんだから！

「六花、大丈夫ケル？」

後ろの方で、ずっと様子を見ていたラケルが、心配して声をかけてくれる。私は「平気だよ、大丈夫」なんて言いながら、ヘアターバンで顔を拭った。

73

ニュー・ワールド・オーダー

次の日。

マナが無事に退院したので、私たちはぶたのしっぽ亭に集まった。

「敵は、いつ現れてもおかしくありません」

亜久里ちゃんが、テーブル席のいちばん奥で司会進行役を務めている。

「できる限り、単独での行動は避け、グループで行動するようにしましょう。幸いにして、明日から夏休みですし！　みんなで合宿に出かける、というのはいかがでしょうか」

図書館の貸出袋から、ガイドブックを取り出して並べてみせた。

「『関東近郊オススメ温泉宿ベスト100』、『魅惑の女子旅・ソウル』、『伊豆《いず》・箱根《はこね》ペンションガイド』、『都内穴場のシティホテル』、『避暑地・定番スポット18選』……」

見かねた様子で、マナがやんわり伝える。

「夏休みだからねえ。予約は、一ヵ月ぐらい前からじゃないとキビシーと思うなあ……」

去年が人生二度目の夏休みだった亜久里ちゃん。予約のことまでは知りようがない。

「でしたら、去年のように、メランの島で合宿というのは……」

「うちはキャンプ場じゃないぞって怒られるんじゃない？」

亜久里ちゃん、プスプスとおでこから煙をあげて轟沈《ごうちん》した。

変身できない亜久里ちゃんは、どうしたっておみそ状態だ。合宿というのは、みんなに置いてけぼりにされないように、彼女なりに考え抜いた作戦だったのだろう。

「だったら、この六人の家に、順繰りにお泊まりしていけばいいんじゃない？」

なんて、マナがのんきなことを言い出す。

「あたし、無理よ。夏は、全国ツアーだってあるし……」

まこぴーの申告を、レジーナが鼻で嗤う。

「何ネボケたこと言ってるのよ。コンサートやってる最中に、ジコチューが襲ってきたらどうするのよ。何万人ものお客さんを、アンタ一人で守れるわけ？」

「大丈夫だって、なんとかなるなる！」

マナは、まこぴーの背中をグイグイ押す。

「いつだったかな……まこぴーのコンサートに、ジコチューが現れたことがあったんだけどね。あのときだって、無事に最後までコンサートはやり遂げたんだし！　全国ツアーだって、マジカルラブリーパッドを駆使すれば、楽勝だよ」

「甘いわね、マナ。今度のジコチューは、ジャネジーを集めるためにテキトーに暴れてるわけじゃない。プリキュアの心をへし折りに来てンのよ。どんな汚い手を使ってくるか、判ったもんじゃないわ」

「だからこそ、全国ツアーはやるべきなんだって！　ここでやめたら、ジコチューの思《おも》う壺《つぼ》だよ。あたしたちはいつもどおりに振る舞って、こんなのなんでもないよって見せつけてやればいいのよ」

珍しく、マナとレジーナの議論が白熱している。

いつもだったら「まあまあ……」なんて、なだめにまわるところだけど、ご存じのとおり、私は昨夜のことが胸につかえていて、何も話す気になれない。すると、私の十年来の友人は、私の様子がいつもと違うって悟ったらしく「なんかあった？」とダイレクトに訊ねてきた。私も嘘は苦手なので、イーラから聞いたことをみんなに洗いざらい話した。

「妖精を食べる蜘蛛……⁉」

シャルルはガタガタ震え、ダビィは白目をむき、ランスは卒倒した。

「その話、本当なのですか？」

「ミチさんが、ジコチューの封印を解いた真犯人ってこと？」

亜久里ちゃんとまこぴーは、今にも降り出しそうな鈍色《にびいろ》の雲を頂いている。

「かもしれないぐらいの話よ、今のところはね……」

誰がゴーマとルストを甦らせたかは知らないってイーラも言ってたし、それ以外のことも、状況証拠でしかない。

それはそうと……さっきからニヨニヨした視線が、私の背中をくすぐっているんだけど？

「なあに、レジーナ」

「六花とイーラって、どういう関係なの？」

ああ……レジーナは知らないんだ。キングジコチューに連れ戻されていた時期だもんね。でも、なんて言えば？ 私が説明しあぐねていたら、亜久里ちゃんがいとも簡潔に解説してくれた。

「記憶を失ったイーラを、六花が自宅でお世話したことがあるのです」

「んま！　若い男女がひとつ屋根の下で？　いやらしい！」

「何を想像しているか知りませんけど、私たちはそんな関係じゃありません！」

「私たちぃ⁉」

「お話の腰を折って申し訳ありませんが……」

ありすが、控えめに手を挙げた。はい、どうぞ折っちゃってください、遠慮なく。

「皆さんにご報告したいことがあります」

ありすが促すと、セバスチャンがテーブルの上にトランクを載せた。

「こちら、ありすお嬢様の誕生パーティで皆様がお召しになった衣装の一部です」

トランクの中には、例のＲＰＧっぽいコスチュームが入っていた。

「これに、ゴライアスピクシーイーターの糸が織りこまれていることが判りました」

「ゴライアスピクシーイーターって……もしかして、イーラが言ってたあの……？」

「はい、トランプ共和国原産の、妖精を主食とする毒蜘蛛でございます」

悲鳴がこだました。

妖精たちの悲鳴は、生理的嫌悪感と恐怖。

私たちは、衝撃の事実に対する悲鳴だ。ありすの誕生パーティのとき、変身できなかったのは、このコスチュームのせいだったんだ。言われてみれば、確かに亜久里ちゃんは忍者の衣装を脱ぎ捨ててから変身していた。

「レジーナ、この衣装は何処で手に入れたの？」

「ヒロミチよ」

レジーナの声、震えてる。人に裏切られた悔しさと怒りで。

「あたしがこういう余興をやりたいって提案したら、映画の衣装や小道具を手がけてる人が知り合いにいるから、僕が全部用意してあげるよって……アイツ、妹の誕生パーティを利用して、プリキュアの実験をしていたのよ！」

「それだけではありません」

両膝の上で拳を固く握りしめながら、ありすがひとつひとつ言葉を紡ぐ。

「ヒロミチお兄様が装着していた白銀の鎧ですが、あれはセバスチャンの人工コミューンに改良を加えたものでした。お兄様の部屋の壁に、その設計図が残されていたので間違いありません」

データは僕が物理的に消去した。残っているのは、僕の頭の中だけだ。

ミチさんが言ったあれは、全部嘘だったたってことか。

ということは……。

「ジコチューの闇の鼓動を打ち消していたっていう、あの機械も？」

「はい。四葉グループ傘下の半導体メーカーの部品が使われていました」

やっぱり……。

「私、このことを水谷警部に相談してみようと思います」

ありすの一言で、店の中は水を打ったように静まり返った。

「日本の警察は優秀ですから。恐らく、自特捜の方でも何らかの情報はつかんでいると思います。それに、人の幸せを奪うような行いは、決して許されるものではありません。たとえ、自分の兄であろうとも……」

その瞳に、迷いはなかった。むしろ、切ってはいけない大切な糸まで切ってしまいそうな、そんな危うさも滲んでいるのが気になるところだけれど。

「だったら先手必勝よ。ラブリーパッドがあれば、ヒロミチの居場所も判るんでしょう？　一気に乗りこんで、叩き潰しちゃえばいいわ！」

レジーナが、過激なことを口走る。

「プリキュアの力は、みんなを守るためにあるものでランス！」

「王女様も、そう言ってたシャルよ！」

「そんな甘っちょろいこと言ってるから、ロイヤルクリスタルも取られちゃうんじゃないのよ！」

まあまあ、とマナが割って入る。

「あたしたち、ミチさんに周回遅れにされちゃってるのは間違いないんだし。その蜘蛛の糸の対策をしておかないと、昨日の二の舞になっちゃうよ」

確かにそうね、と眉間に皺を寄せていると、私たちの携帯が一斉に鳴った。思わずビクッとしちゃったけど、緊急地震速報の類いではなさそうだ。

「はい、キュアハートです」

マナが出ると、私たちの電話は鳴りやんだ。

「自特捜の水谷です」

ホットライン、かかってきて初めて判ったけど、どうやら私たちの電話番号は六人で共有されているらしい。マナは、音声をスピーカーに切り替えた。

「ども、お久しぶりです。何か事件ですか？　あたしたち、全員揃ってるんですけど」

「それは良かった。今すぐヨツバテレビをつけてください。四葉財閥の代表が、緊急記者会見を開くそうなのです」

「なんですと！」

マナは、お店のテレビをつけた。

「緊急記者会見！　四葉ホールディングス新代表就任」のテロップが画面に躍っている。

映っているのは、何処かのコンベンションホールのようなコンクリート打ちっぱなしの円形の場所。大学の教室のように、机がすり鉢状に並んでいる。正面のステージには、巨大なスクリーンが設置されていた。

テレビを凝視しながら、ありすが訊ねる。

「セバスチャン、何か聞いていますか？」

「いいえ、私は何も……」

やがてステージに現れた痩せぎすの男が話し始めた。

この人、見覚えがある。ありすのお父さんの葬儀のときに、ミチさんと一緒に車から降りてきた、髪がボサボサで、冷たく仄暗《ほのぐら》い目をしていたあの人だ……。

「皆様。本日は、四葉ホールディングス新代表就任の記者会見にお集まりいただき、ありがとうございます」

ご丁寧に、テロップが出た。

「四葉重工専務・倉田明宏《くらたあきひろ》」

四葉ホールディングス、通称・四葉財閥。戦後、GHQによって解体されたが、その後再統合し、グループ企業が形成された。金融業の四葉銀行、天然ガスや鉄鋼などの資源開発や商材取引を行う四葉商事、造船から発電、宇宙開発までも担う四葉重工と、その事業は多岐にわたっている。亡くなったありすのお父さんは、四葉商事の代表取締役社長《だいひょうとりしまりやくしゃちょう》と四葉ホールディングスのCEOを兼任していた。倉田氏は、そんな会社の概要と、亡くなったありすのお父さんの遺業を称えつつ、その後継者を呼びこんだ。

「ご紹介しましょう。四葉ホールディングスのニューリーダー・四葉ヒロミチです！」

報道のフラッシュが、絶え間なく焚かれている。その光の洪水の中で、白のスーツに身を包んだミチさんが挨拶を始めた。

「はじめまして、四葉ヒロミチです。これまで自分は、スポーツ冒険家・渋谷ヒロミとして、エベレスト登頂、七大陸自転車横断、ヨットでの単独世界一周など、様々な活動をしてまいりました。その活動を通して、自分は何物にも代えがたい、多くの経験を積んできたつもりです。そしてそれらの経験は、周りにいた多くの仲間たちの理解と協力、そして、今は亡き父・四葉星児《せいじ》の多大な支援があってこそ得られたものであると感謝しています。その経験を生かして、自分は四葉ホールディングスを、新たなステージへと導こうと考えています」

画面が薄暗くなった。会場の照明が落とされたのだ。

「今、世界は激動の時代を迎えています」

背後のスクリーンに、衝撃的な映像が映し出された。

キングジコチューが、東京クローバータワーを破壊するシーンだ。

「それは、異世界からの侵略です。ジコチューと呼ばれる怪物が、我々人類の平和を脅かしているのです！」

無数のハゲタカジコチューが空を埋め尽くし、大量のゴリラやイカのジコチューたちが街を蹂躙《じゅうりん》している。

「ジコチューには、通常の武器は通用しません。立ち向かうことができるのは、伝説の戦士・プリキュアだけなのです」

胸を張るキュアハートが画面いっぱいに映し出されたところで映像はフリーズして、ミチさんにスポットライトが当たった。

「ですが……こんな年端も行かない少女たちに、地球の平和を委ねていて本当にいいのでしょうか？　日本の接続水域に、異世界への扉が開いてしまった以上、我が国の大人たちこそが、この侵略に立ち向かうための力を持つべきではないでしょうか？」

　話の雲行きが怪しくなってきた。

「四葉ホールディングスは、ここに『新たな時代の幕開け』を提案いたします！」

　ステージの奈落から、古い郵便ポストのような円筒形のロボットが迫《せ》りあがってきた。

笠《かさ》の部分は大きく張り出していて、どちらかというとエリンギに似ているのかもしれない。塗装はされておらず、金属の地金がむき出しになっている。

「四葉重工が開発したジコチュー殲滅《せんめつ》用ドローン。その名もニュー・ワールド・オーダーです！」

「にゅーわーるどおーだあ？」

　私たちは、その言葉をもう一度口にして確かめてみた。

　新世界秩序。第一次大戦後からある、政治、経済、果ては思想に至るまでを統制、管理することを目指す言葉だけど……現実味がなさすぎる。

　ミチさんからマイクを引き継いだ倉田氏が、プレゼンを続けた。

「このドローン・ＮＷＯ《ニュー・ワールド・オーダー》は、監視カメラと人工知能の組み合わせにより、ジコチューが出現する場所をいち早く探知し、駆除する画期的なシステムなのです。監視カメラ自体は、既に幹線道路などに設置されているＮシステムなどのデータを転用できるので、非常に低コストに、そしてスピーディーに導入することが可能です」

「何得意げに説明しちゃってンのよ！」

げえっ！

テレビ画面を見て、私たち全員、アゴが外れそうになった。

いつの間にか、レジーナが記者会見場に乗りこんじゃってるわ！

「何かね、君は！」

宙に浮かんでいるレジーナに向かって、倉田氏が叫んでいる。

「うっさい、このナメクジメガネ！」

「な、ナメ……？」

「ジコチューと裏で手を結んでいるクセに、よくもそんなことが言えたものね！　今すぐロイヤルクリスタルを返しなさい！」

ミラクルドラゴングレイブを取り出したレジーナは、その切っ先をミチさんに向ける。

会場に、緊張のどよめきが走った。

「何をしているんだ！　セキュリティ！」

倉田氏が叫ぶと、警備員がドッとなだれこんできた。

「まずい！」

私が言うよりも早く、マナはマジカルラブリーパッドをスワイプしていた。

「レジーナがいる場所へ、あたしたちを連れていって！」

☆　☆　☆

光の壁を突き抜けると、私たちは記者会見の会場にいた。

既にレジーナは、警備員がスプレーガンから発射した蜘蛛の糸で雁字搦め……っていうか、寝袋から顔だけ出しているみたいな感じで転がされていた。

「レジーナ！」

「マナ、ごめん。つかまっちゃった……」

「おやおや……全員お揃いのようだね」

ミチさんの困ったような薄ら笑いが、マナの逆鱗《げきりん》に触れた。

「レジーナを返して！」

「そうしたいのは山々だけど……下がってくれるかな。危ないから……」

「……？」

バキバキッ！

コンクリートの壁を突き破って、黒い小山のような巨体が現れた！

ゴリラ型のジコチューだ。分厚い胸をドラムのように叩いて、私たちを威嚇している。

記者会見に集まっていた人たちはほとんど逃げ出したけど、中にはカメラの前で実況を始めるアナウンサーもいた。いやそれ、見上げたプロ根性だとは思うけど、危険だから！

「早く逃げてください！」

「みんな、行くよ！」

私たちがラブリーコミューンを握ると、背後から倉田氏の慇懃《いんぎん》無礼《ぶれい》な声が響いた。

「余計な手出しは無用です。ここはおとなしく見ていてもらいましょうか」

倉田氏は、自分の腕時計に向かって叫んだ。

「ニュー・ワールド・オーダー、起動！」

円筒形のポストの投函口《とうかんぐち》のあたりにあるスリットが、ギラリと赤く光った。

「N・W・O！」

「ポストが喋ったケル！」

「れんじ1にじこちゅーヲ検知。排除シマス」

NWOの背中から、漏斗《じょうご》のようなものが四つ突き出した。

「まさか……飛ぶつもり⁉」

青白い炎を噴き出して、NWOはゴリラジコチュー目掛けて体当たり！

「ジコオッ！」

組みつかれたゴリラジコチューは、その丸太のような太い腕でエリンギの笠の部分を殴っているけれど、NWOはビクともしない。ゴリラジコチューを抱えたまま、天井をブチ破った。瓦礫《がれき》が、降り注いでくる！

「きゃあああっ！」

「レジーナ！」

身動きが取れないレジーナを、マナが抱えあげて避けた。おかげで、瓦礫の下敷きにはならなかったみたいだけど、凄い埃《ほこり》！私は、咳《せ》きこんでいるラケルをブラウスの中に押しこみ、自分もハンカチを口に当てて凌《しの》いだ。

「皆さん、こちらをご覧ください！」

ステージのスクリーンに、外の様子が映し出されている。恐らく、この建物の屋上から捉えた望遠カメラの映像だと思うんだけど、ゴリラジコチューを抱えたＮＷＯが、大都会の空へと上昇して……手放した⁉

真っ逆さまに墜落していくジコチューに向かって、ＮＷＯは、ボディから五色の光条を発射した！　ゴリラジコチューは紅蓮の火球に包まれて、見えなくなった。

「今の……ロイヤルクリスタルの輝きではありませんか？」

青ざめた顔で、亜久里ちゃんが呟く。まさか、そんな……キュアエースから奪い取ったロイヤルクリスタルの力を応用して、ジコチューを浄化したっていうの？

「皆さん、ご覧いただけたでしょうか。これがニュー・ワールド・オーダーの実力です。これさえあれば、もうジコチューは怖くありません！」

まるでデパートの実演販売の人みたいに、倉田氏が熱弁をふるっていると、搬入口からＮＷＯが歩いて戻ってきた。

「我々は、このドローンを全国四十七都道府県に無償で配備していく予定です！　あなたの町の平和は、四葉ホールディングスがお守りします」

机の下に隠れていた記者たちから、拍手が起きた。最初は疎《まば》らだったそれは、次第に大きくなり、最後は会場全体を包みこんでいった。

「いい加減に、これ剝がしなさいよおっ！」

マナに担がれていたレジーナを床に下ろすと、私たちは総がかりで彼女の体を覆っていた蜘蛛の糸を剝がしにかかった。粘着力は前よりも強力で、触るとベタベタくっつくし、髪の毛に絡みついた部分はがっつり食いこんじゃっていて、剝がしようがない。

「これ、切らないとダメじゃない？」

「やだやだ！　切っちゃダメーッ！」

「待って。今楽にしてあげる」

ミチさんの命令で、警備員たちはスプレーをレジーナに吹きかけた。仄かにメントールの匂い。これ多分、スポーツのときとかに使う冷却スプレーね。凍りついた蜘蛛の糸は、ぺろりと剝がれ落ちた。

「お兄様、お話があります。人払いを」

ありすが毅然《きぜん》とした態度でミチさんに詰め寄ると、ワインカラーのスーツに身を包んだ女秘書がスッと間に割って入った。

「あらあら、何を勘違いしちゃってるのかしら？」

「……！」

よく見たら、この人マーモだわ。四葉の警備員とは別に、黒服のシークレットサービスが何人かいるけれど、その中にゴーマとルストの姿もあった。

「こちらにいらっしゃるのは、四葉ホールディングスの総帥・四葉ヒロミチ様よ。実の妹さんだからって、馴《な》れ馴《な》れしく話しかけないでほしいわね」

「構わないさ……とはいえ、ここが空気が悪い。場所を変えよう」

☆　☆　☆

私たちがいたのは汐留《しおどめ》にある四葉重工の本社ビルだったみたい。最上階にある会議室の窓からは、立ち並ぶ高層ビルと夏の日差しを浴びてきらめく群青の海が見えた。

会議室の中央には大きなテーブルが設えられていて、窓側に私たちが、壁側に四葉ホールディングスの関係者とジコチューの幹部たちが座った。

「世界一厳重と言われていた我が社の警備が、こうもたやすく突破されるとは……セキュリティシステムの見直しが必要なようですなあ」

私たちの顔を順繰りに見つめていた倉田氏が、誰に言うでもなくがなり立てた。

「やな感じ……」

私の独り言を、倉田氏は聞き逃さなかった。ナメクジメガネにギロリと睨みつけられたけど、レジーナがつけたそのあだ名を呼ぶのは我慢した。

「それじゃ始めようか。言いたいことがあれば、遠慮なくどうぞ」

ミチさんに促されて、ありすが立ちあがった。

大きく息を吸い、おへその下のあたりに溜めこむ……これ、またしても彼女の受け売りだけど、空手の「息吹」だわ。心を落ち着かせ、研ぎ澄ますための呼吸法……。

「私には、お兄様の考えていることが全然理解できませんでした」

うんうん、妹のありすでさえ分からないことが、他人の私たちに分かるはずがない。人エコミューンの設計図を盗み出して自分専用の強化服を作ったり、ジコチューと結託してロイヤルクリスタルを強奪したり、ましてやあんなロボットを作ってジコチューと戦わせるなんて、ホントありえないんですけど！

なんて、心の中でミチさんにブーイングを飛ばしていたらよ。急に、

「ですが！」

と、きた！（んもう、早押しクイズの引っかけ問題じゃないんだから！）

「それは、ここに来るまでの話。あのドローンを目にした瞬間、私は、お兄様の考えていることが、まるっと手に取るように分かってしまいました」

「は……えっ？」

お嬢様ご乱心か？　私たちがあっけに取られていると、ありすは滔々《とうとう》と語り出した。

「ジコチュー殲滅用ドローン、ニュー・ワールド・オーダー……なるほど、人目を惹く素敵なネーミングだと思いますわ。ジコチューは危険なものだから、ドローンで駆除するしかない。そういうイメージを植えつけてしまえば、あの武骨なロボットが街を徘徊《はいかい》していても、普通の人たちはそのうち『ああ、パトカーが走っているんだな』ぐらいにしか思わなくなるでしょう。ですが、それこそがまさにお兄様の狙い……四葉重工はますますあのドローンを増産して日本全国津々浦々に配備していくでしょう。駆除するべき怪物は、そこにいる幹部の方たちが無限に生み出せるのですから、まさにマッチポンプの関係というわけですね」

倉田氏は、眉間に皺を寄せて反論した。

「NWOは、無償で提供すると言ったでしょう」

「はい、つまり四葉重工はジコチューの駆除作業で収益は見込んでいないということですよね。欲しいのは、NWOの活動データなのではありませんか」

図星なのだろう。倉田氏は色を失った。

「NWOは、ジコチュー殲滅用ドローンと謳《うた》っていますが、それはおもて向き。最終的な目標は軍事転用でしょう。人工知能を搭載したドローンを運用するためには、膨大なデータの蓄積が必要になります。コンピューター上のシミュレーションには限度があるし、かと言って訓練場を使った模擬戦は時間も予算もかかりすぎます。その点、ジコチューが相手であれば、本物の市街地を使ってデータが集められるし、街の人たちの理解も得られるし、四葉ホールディングスの宣伝にもなる。まさに一石三鳥ですわね♪」

まるでアンダーソンの「タイプライター」だ。ありすの発する言葉のひとつひとつが、猛烈なスピードで打刻されていく。最後にリターンキーを押したときに「チン」と涼やかなベルの音が鳴り響くところまで、彼女のペース。完璧だわ。私はただ、口を開けて聞いているしかない。

「お兄様、答えてください……四葉財閥の四つの綱領を」

「幸福、奉仕、誠実、立志だ」

「四葉財閥の人間は、誰かの幸せのために働くこと。それ即《すなわ》ち、社会に対する奉仕の精神。日々、常に襟を正して誠実に生きること。志は高く、世界を見据え励むべし……お父様が、折に触れ伝えてくれた言葉ですわね……」

亡き父に想いを馳《は》せていたのだろう。その長い睫毛《まつげ》を伏せていたありすは、ミチさんの姿を……兄の姿を焼きつけるように大きく目を瞠った。

「お兄様は今、そのお父様の教えに背こうとしています。四葉家の人間ならば、よそ様を不幸に陥れるような行いをしてはいけないのです。今ならまだ間に合います。ジコチューとは手を切ってください。お願いします」

ありすは、深々と頭を下げた。

チェックメイトだ。

後はもう、素直に負けを認めるか、チェス盤を（ちゃぶ台みたいに）ひっくり返すぐらいしか手はないハズだから……私は、マーモたちを注視してたんだけど。彼女たちは薄ら笑いを浮かべているだけでピクリとも動かない。

何を考えているの、一体……？

ミチさんは、逆に問いかけてきた。

「ありす……トランプ王国はなぜ滅んだと思う？」

虚を衝《つ》かれた。

戸惑い、言葉を失ったありすに、まこぴーが援護射撃する。

「キングジコチューが甦ったからです！」

それを聞いたマーモが、真っ赤な唇を尖らせている。

「あら？　どうして甦ったのかは言わないつもり？」

「トランプ王国の王様が、王女様を救うために、エターナルゴールデンクラウンを使ったせいよ！　それが何？　王様は退位して罪を償ったし、国民もみんな納得したうえでジョナサンを新しいリーダーに選んだんだから！」

「果たしてそうかな？」

ルストのサングラスが、ギラリと光った。

「こうして平和が戻ったのに、アンジュ王女は戻らない。お前はそれで本当に納得しているのか？」

「……！」

まこぴーが左の胸を押さえている。まずい！

「まこぴー、しっかりして！」

「大丈夫……私はもう、王女様のことはとっくに乗り越えてるんだから……！」

精神攻撃だ。

プシュケーを弄ばれたまこぴーは、強がってはいるものの、額に脂汗を浮かべている。

「あなたたちは卑怯です！」

亜久里ちゃんがルストを罵る。

「封印されたジャネジーがアン王女の体を蝕《むしば》んでいなければ、お父様がエターナルゴール

「デンクラウンの力に頼ることもなかったはずです！　それを棚にあげて、お父様一人を悪者にしないでください！」

「そうね……悪いのは王様だけじゃない。父親と運命をともにする勇気もなく、プシュケーを二つに割って逃げたその娘も同罪。あなたたちのせいで、トランプ王国の国民は多大な迷惑を被ったんだから、きっちり償うべきよ……」

さあ、その命を差し出しなさい。

マーモの囁きに、今度は亜久里ちゃんが胸を押さえ、俯いた。

「亜久里、亜久里！」

隣に座っていたレジーナが、亜久里ちゃんの肩を揺する。

「アンタ、亜久里に何をしたの！」

「あらあら、あなたは心が痛まないのね……」

目を丸くしているマーモを、ゴーマが嗤う。

「そいつは、オヤジを思う気持ちから生まれた方なんだろ？　痛むわけねえよ」

そう言えば、昨夜ゴーマが言っていた。お前たちのプシュケーが濁っていくのを感じるぞって。恐らくだけど、ジコチュー幹部は人の心が読めるまではいかないけれど、闇に染まっているかどうかは判別できるんだわ。力としては限定的だし、自分が標的にされたこともなかったから脅威に感じなかったけれど、こんな議論の場では、強力なカードになり得る。

でも……なんだろう、胸の奥がチリチリ焼けつくようなこの感じは。

ミチさんの質問は「トランプ王国はなぜ滅んだか」だ。まこぴーや亜久里ちゃんの心の傷を抉《えぐ》って、プシュケーを黒く染めるのが目的ではなかったハズだ。

それじゃあ、一体？

仄暗い水の底に、何か得体の知れないものが潜んでいるような気がする……。

「アンタって、本当にバカね……あたしは、キングジコチューの娘よ？」

サファイアの瞳がぐりんと動いて、ミチさんを捕らえた。

「トランプ王国が滅んだのはジコチューのせいだし！　それを知りながら手を組んでるヒロミチ、アンタも同罪で決定よ！」

「本当にそうかな」

「すっトボケるんじゃないわよ」

「インカ帝国が滅んだのは、スペインに侵略されたからだけど、実際はヨーロッパから持ちこまれた疫病で人口が激減したからだとも言われている。トランプ王国も同じさ。ジコチューの侵攻はきっかけにすぎない。滅びの最大の原因は、国民の心の弱さにある」

「何を言っているの！」

まこぴーは激怒した。

当たり前だ。彼女は、トランプ王国を守るために命がけで戦い抜いたのだ。それを……

それを、踏みにじるような口ぶりは、絶対に許せない！

「ねえ、聞いて」

ミチさんは、淡々と言葉を紡ぎ続けた。

「僕は、トランプ王国の歴史について調べてみたんだ。初代王ユリウス・フォーチュンは、闇の勢力を討伐して、かの地に王国を築いた。フォーチュン家は、代々優れた為政者を輩出していた。飢えもなく、病や戦もない時代が一万年近く続いたそうだ……だけど、その長い平和な時の流れの中で代償もあった。彼らは、欲望や憎悪、嫉妬といった人間の負の感情に対する免疫を失ってしまったんだ」

「免疫？」

「そう、免疫です！」

倉田氏が、その細い目を大きく見開いた。

「彼らトランプ共和国民のプシュケーは非常に脆《もろ》い。目の前に恐怖や絶望があるだけで、勝手に怪物化してしまうんですよ」

「そう。こんなふうにしなくてもね」

マーモがパチン、と指を弾いてみせた。

「嘘よ！」

まこぴーは、顔を手で覆った。

「あたし、この目で確かに見たわ……あなたたちジコチューが、みんなのプシュケーを黒く染めていくところを……！」

「ギャハハハ！　いいことを教えてやるよ」

ゴーマが下卑た笑い声をあげた。

「キングジコチュー様が復活した段階で、王国の連中は震えあがっていた。完全に浮き足立っちまっていたのさ！　そんなプシュケーを闇に突き落とすのは実に簡単だ！　一度指を鳴らしちまえば、あとはドミノ倒しみたいに恐怖が感染していく！」

エターナルゴールデンクラウンが見せた、あの地獄のような光景が瞼の裏に甦る。

「力が欲しい！　ヤツらに抗《あらが》うだけの力が！」と願う者はゴリラジコチューに。

「私一人じゃ手が回らない！　誰か助けて！」と祈る者はイカジコチューに。

「ドサクサに紛れて全部掻《か》っ攫《さら》え！」と企《たくら》む者はハゲタカジコチューに姿を変えた。

その怪物を見て、おびえる者、先を争って逃げ出す者、絶望する者、疑心暗鬼に駆られる者たちが、次々とジコチューに姿を変えていった。

「その後、君たちがキングジコチューを浄化してくれたおかげで、負の感情の感染は収まり、王国は甦った……だけど、問題はそこで終わってなかったんだ」

「えっ？」

「どういうことですか」

倉田氏は、レジーナをアゴでしゃくってみせた。

「彼女が、ミラクルドラゴングレイブで次元の壁を破壊したでしょう？　二つの世界が繋がったおかげで、人の流れが生まれた……人間界にも、負の感情がウイルスのように蔓延《はびこ》り始めているのですよ」

「あたしのせいだって言うの？」

倉田氏は、レジーナを無視して話を続けた。

「ウイルスであれば、ワクチンで感染を抑えることができますが、ジコチューになりにくくするような薬は、開発が難しい。プシュケーが闇に染まる原理は、脳科学では説明できませんからねえ」

つまり……と、ミチさんは倉田氏の言葉を引き取った。

「ジコチューの発生が防ぎきれないというのであれば、ジコチューを発見次第駆除できるシステムを構築するしかない。だから僕は、トランプ王国に封印されていたゴーマとルストの力を借りて、ＮＷＯの開発に乗り出したんだ」

認めた。

ゴーマとルストの封印を解いたのは、やっぱりミチさんだったんだ。

「でも、変よ」

私、思っていたことがつい口からはみ出してしまう。

「ジコチューからしてみれば、こっちの世界で感染が拡大するのはむしろ喜ばしいことでしょう？　ジコチュー殲滅用ドローンの開発に手を貸したりするかしら」

イーラから情報の提供を受けている分、かなり強めに鎌をかけたつもりだったんだけど、マーモたちは私のことを「分かってないわね」と鼻で嗤った。

「俺たちは、トランプ王国のときのような一方的な勝利は望んでいない」

「キングジコチュー様ももういないんだし、あくせく働くのもバカみたいじゃない？」

「だったら、人間どもがのたうち回る姿を見ている方が面白いってことで、ボクちゃんたちはヒロミチと手を組んだってわけ！」

「こんなやり方しかないんですか？」

マナは、ミチさんに問いかけた。

「ジコチューって、なりたくてなってるわけじゃないですよ。姿形は怪物でも、心の何処かで助けを求めてた……だから、あたしたちは『愛』の力で救っていたつもりです。だけど、あのドローンは害虫でも退治するみたいな感じでジコチューを倒してた。あれって、本当に浄化できてましたか？　ジコチューなんてなる方が悪いんだって……自己責任だからって……駆除してないですよね？」

マナは、また情に訴えかけようとしている。あれだけひどい裏切り方をされたにもかかわらず、ミチさんのことを信じて、もう一度語りかけている。

その呼びかけに、ミチさんはこう返した。

「大いなる力には、大いなる責任が伴う」

「……？」

「なに、アメコミの台詞じゃない。昔からの格言のようなものだよ……」

ミチさんはそう言って、寂しげに微笑んだ。

「君は、運命に導かれるようにキュアラビーズを受け取り、プリキュアになった。そして、トランプ王国と人間界、二つの世界に平和をもたらした。しかし、その後も君はずっとプリキュアを続けている。何のために？」

「それは……困っている人を助けたいから……」

ミチさんは嗤った。

「助ける？　僕に言わせれば、君は何もしていないじゃないか！」

「えっ？」

「日本の南では、自分たちの故郷の島が沈みかけて途方に暮れている人たちがいる。遥か西の砂漠では、飲み水さえなくて喘いでいる人たちがいる。北の果てでは、今も戦火に晒されている子供たちがいる……知らないなんて言わせないよ。ニュースでは散々報じられているし……何より僕は、この目で見てきたんだから！」

「……！」

マナが左胸を押さえて、体をくの字に折り曲げた。私、マナを支えたまま、叫ぶ。

「無茶を言わないでください！　いくらプリキュアだからって、世界中の人たちを救えるわけがないじゃないですか！」

「僕だって、幸せの王子の話は読んだことがあるよ、菱川さん……」

「……！」

「確かに、世界中の期待を背負うのは、荷が重いだろう。でもね、彼らは見てしまったんだ。君たちが起こした奇跡を。どんなに苦しくても、いつかきっと、プリキュアが助けてくれるに違いないって、君たちが来るのを待ち続けているんだ。それなのに、君は……大いなる力を得た君は、何をしているんだ？」

支えきれなかった。膝の力が抜けて、マナは床の上にドッと倒れこんだ。

「マナ！」

「マナちゃん！」

プシュケーは抜けてはいないけど、息は浅く、指先は氷のように冷たい。

「社長、参りましょう。次の打ち合わせのお時間です」

マーモに促され、ミチさんは席を立った。

「ミチさん……！」

カーペットにツメを突き立てて、マナはミチさんを呼び止めた。

「あたし、諦めない。絶対に、この世界を……救ってみせる！」

ゴーマが、マナに向かって人差し指をググッと撓《たわ》ませている。まさか、プシュケーを抜くつもり？　私がマナを庇うと、ありすもまこぴーも亜久里ちゃんもレジーナも、全員がゴーマの前に立ち塞がった。

「へっ、冗談だよ」

興醒《きょうざ》めしたように、ゴーマは手を引いた。

ミチさんは、私たちに背中を向けたまま、こう言った。

「君はいつも辛い方の道を選ぶんだな……その言葉に偽りはないか、見せてもらうよ」

会議室には、空調の音だけが静かに鳴り響いていた。

76

マナのいない八月

今年の担任の山下《やました》先生は、ゴマシオ頭の丸刈りで、極太眉毛がトレードマーク。見た目はちょっといかついけれど、こっちの話を親身になって聞いてくれるから、生徒の評判は上々……だけど、それが今日は裏目に出た。私が職員室に入ってから、かれこれ五分以上沈黙が続いている。

原因は、七月末に受けた全国模試。春までA判定、つまり合格確実と言われていた国立の磯大《いそだい》付属高校が、ボーダーラインのCまで落ちこんだのだ。で、私は登校日に職員室への出頭を命じられ、こうして進路指導を受けているってわけ。

「名前を書き忘れたとか、マークシートが一個ズレたとかじゃないな?」

「はい」

「風邪とか、腹が痛かったとかは……」

「そういうのじゃないです」

んー……と、唸って、そこからまた沈黙が始まった。冷えた汗が、背中を伝う。

「悩みごとでもあるのか? 家庭のこと、人間関係のこと、なんでも聞くぞ……あ、男の私に言えないことなら、保健の沢井《さわい》先生にカウンセリングを頼んでもいい」

他の子たちからウケがいいの、頷ける。でも、成績不振の原因は自分でも痛いほど分かっていて、更にその原因を解決するのは不可能だってことも理解できているので、私はただ、曖昧に微笑んで「大丈夫です」と返すことしかできない。

「あー、涼しい。万歳《ビバ》エアコン!」

真夏の空気を白衣に孕んできた城戸先生が、私の顔を見るなり絡んできた。

「聞いたぞ、菱川！　C判定だって？　お前ならイソダイ狙えると思ったのに……」

まだ受けてないし、落ちたわけでもないんですけど。

「今まで何してたんだ。プリキュアの活動の方は、少しは楽になったんだろ？　その分、勉強に集中しろよ。お前が国立に入ったら、ウチの学校の評判もあがる。みんなの期待に応えるために頑張れ」

「なぜ、他人の期待に応えるべく勉強しなきゃならんのですかね」

あ、ダメだ。

深海から釣りあげられた魚みたいに、腹に溜めたものが全部口から飛び出してしまう。

「どの学校を受けるかなんて、個人の自由でしょう。去年の担任だったからって、私の人生に、勝手に口出ししないでほしいんですけど！」

「な……なんだ、先生に向かってその口の利き方はアッ！」

口答えされるなんて思ってもいなかったんでしょう。城戸先生、声が裏返っている。

「城戸先生、教頭先生が捜していましたよ」なんて、後ろにいた梅澤《うめざわ》先生が見え見えの嘘で城戸先生を追い払ってくれた。山下先生は、梅澤先生を片手で拝むと、自分の頭をタワシのように擦ってこう言った。

「まあ、人間何をやってもダメなときはある。菱川は、基礎は十分できているわけだから、今は焦らず、本番に向けてしっかり頑張りなさい……ああ、それから！」

「口は禍《わざわい》の元という言葉もあります。世の中に送り出す前に、ちゃんと検品する癖をつけましょう。いいですね？」

「はい？」

私は、先生に深々と頭を下げて、職員室から出た。

「グッジョブ、菱川」

廊下ですれ違いざま、二階堂君にサムズアップされた。

「見てたの？」

「あんだけ派手にやってりゃあ、誰だって見るわ」

恥ずかしいところを見られたもんだわ。私、溜め息をつく。

「内申まで引かれたら、国立は諦めないとダメかもね……」

「贅沢《ぜいたく》言うなよ。俺なんか墨若《すみわか》商業だって危ないって言われてるんだぞ」

「頑張りなさいよ」

「お前もな！」

元クラスメイトと心ばかりのエールの交換をして、私は家路についた。

☆　☆　☆

光に重さはない。

だけど、この強烈な午後の日差しは、頭の上に圧しかかり、確実に私の足取りを重くしている……！

「六花〜！」

陽炎《かげろう》の向こうから、麦わら帽子を被った男の子が私に向かって大きく手を振っている。

「迎えに来たケル！」

ラケルは、自転車のベルを得意げに鳴らしている。エアコンかけておいてあげるから、部屋にいなさいって言ったのに。

「一緒に帰るケル！」

夏休み中の登校日とはいえ、自転車通学は校則で禁止されているんだけど。乗ってきたのは私じゃないし……。

「別にいっか」

私、ラケルから自転車のハンドルを受け取った。

「乗ってラケル。飛ばすわよ！」

「おうともさ！」

ラケルを後ろの荷台に座らせて、私はペダルを漕《こ》ぎ出した。サドルからお尻を浮かせてがむしゃらに漕ぐ。ラケルはキャアキャア言いながら、背中にしがみついてくる。

「ねえ、このまま海まで行っちゃおうか！」

「行っちゃうケル。六花と一緒なら何処までも！」

水着なんか当然持ってきてないわけだけど。何もかも忘れて、海に飛びこんだら気持ちいいだろうな……そんな浮ついた気持ちをかき消すように、サイレンが鳴り続いた。

「ソコノ自転車ノ運転手サン、停マッテクダサイ」

白と黒のツートンカラーに塗装された警察仕様のNWOが、私たちの進路を塞ぐ。

「自転車ノ二人乗リハ道路交通法第五十七条二項違反デアルト同時ニ、じこちゅー係数70ノ危険ナ行為デス。じこちゅー係数ガ119ヲ超エルト、怪物化ノ恐レアリト見做《みな》シ保護スル場合ガアリマス。同乗者モ同罪デス」

NWOは、女性の声でとても流暢《りゅうちょう》に話すけれど、心は籠もっていない。所詮は人工知能、AIだもんね。そのAIが、明らかに戸惑ったような挙動を見せているのはちょっと面白いかな。

「同乗者ノ方ハ、ドチラニ行カレマシタカ」

「それ、私に訊く？　そもそも二人乗りをしていたって言うけど、それは本当？　あなたのカメラが故障していた可能性はないの？」

「アリマセン」

「だったら教えて。あなたはなぜ、私を呼び止めたの？」

「………………」

フリーズした。

間髪容れず、お巡りさんが自転車ですっ飛んできた。私、事情を説明すると、お巡りさんは愛想笑いを浮かべて平身低頭。

「すみません。こいつ、ジコチュー対策で導入されたんですが、いきなりだったもんですから、我々も判らないことだらけなんです。いろいろとご迷惑をかけることもあるかと思いますが、ひとつよろしくお願いします」

よろしくって何が？

喉元まで出かけたその言葉を、今度は呑みこむことができた（山下先生、ありがとう）。

二人乗りの件については、不問になった。そりゃそうよ、自転車の荷台に座ってた男の子が学生カバンの中に隠れているなんて考えも及ばないだろうし。そもそも、異世界からやってきた妖精を日本の法律で裁くなんて、できるはずがないのだ。

「帰ろっか、ラケル」

「うん……」

☆　☆　☆

あの日から、世界は激変した。

ＮＷＯは、全国の警察署・千百五十ヵ所に配備された。水谷警部も知らなかったみたいだけど、導入の準備は水面下で進んでいたのだ。今や、駅前の交番ごとに、ＮＷＯが当たり前のように鎮座している。

私は、実際にドローンが出動している場面……つまり、ジコチューと戦っているところを見たことはないんだけど、報道各社は連日「ＮＷＯ、目覚ましい戦果」などと書き立てているし、ネットには誰かがあげた動画がいくらでも転がっている。おかげで自特捜からプリキュアに出動要請がかかることはなくなったし、私は勉強に集中できるようになったんだけど……。

「六花、ごめんケル」

自転車の前カゴに収まったラケルが、尻尾を丸めている。

「僕が自転車で迎えに来なければ、六花はジコチュー扱いされなくて済んだケル……」

どうやら、ＮＷＯに呼び止められて、ジコチュー係数がどうのこうのと言われたのが相当気になっているらしい。

ジコチュー係数っていうのは、プシュケーが黒く染まった割合のこと。１１９まで上昇すると（マーモたちが指をパチンと鳴らすまでもなく）プシュケーが勝手に弾けて怪物化する危険性が高まるんですって。でも、どうして百分率じゃないのかしらとか、誰が決めたんだろうとか、いろいろモヤッとはするんだけどね……。

「少なくとも、私はジコチューになってないし。運転免許証みたいに、違反が何点超えたらダメとか、そういうんじゃないから、気にしなくていいわよ」

「でも、二人乗りしてたの、ごまかしたケル……」

「ふふっ、そういう意味じゃ私もジコチューになっちゃったのかもね」

私、自転車を停めて、ワシワシッとラケルの脇腹をもみしだく。

「ぎゃー、やめるケルー！」

「あはは、ごめんごめん」

街角のデジタルサイネージが、こんなＣＭを流している。

「心のケア、ちゃんとできてる？」

イラッとしたときやクサクサしたときに、スプレーを喉にシュシュッとすれば、プシュケーの染みが消えて、清浄な状態に保つというなんとか製薬の『プシュケア』。

他にも、メンタルケアを謳うサプリや乳酸菌飲料が次々に発売されている。

どうしてこんな商品が売れてしまうのかというと……やっぱりみんな、怖いのだ。

もちろん、自分がジコチューになるのも怖いけど、それ以上に……隣にいる誰かが、ある日突然、怪物化するのが何より怖い。

ジコチューが生まれる仕組みが周知されたおかげで、交通違反は減った。スリや万引き、痴漢の類いも激減したらしい。

それはそれで良いことだと思う。

だけど、互いが互いを監視するような息苦しい世の中になった感じがして、私は嫌だ。

☆　☆　☆

「六花ちゃんラケルちゃん、お帰りなさい」

ぶたのしっぽ亭の前で、マナのお母さんが植えこみに水やりをしていた。暑いですねなんて、他愛のない会話をして、様子を窺う。

「あの……今日ってマナの誕生日ですよね。何か連絡ありました？」

マナのお母さんは、申し訳なさそうに首を横に振る。

「それが全く……便りがないのは良い便りなんて言うけど、手紙ぐらいよこしたっていいわよね」

えっ？

一体、何があったんだって？

それはこっちが訊きたいわよ。

夏休みに入ったその直後……七月二十一日に、マナはシャルルと一緒に出奔したのだ。

私の家の郵便受けに投げこまれていた交換日記には、こう記されていた。

あたしね、プロトジコチューをやっつけたとき、

「凄いことをしてしまった✧(*„Ò⅄Ó„)≡3」って思ってた。

ある意味、プリキュアの「道」を極めたんじゃないかなって
(　-`ω-)✧ﾄﾞﾔｧ

でも、全然足りてなかった。

ミチさんの言うとおり、自分の周りのことしか見えてなかった orz

だから……あたし修行の旅に出てきます！(≧∇≦)ﾉﾞ

もっとグレートに！
もっともお〜っとビッグになって戻ってくるから！

みんなも、それぞれの道を突き進んで、悔いのない中学生最後の夏を！

亜久里ちゃんは小5の！　レジーナは中1の夏を過ごしてね！

相田　愛♡

修行の旅って何？　私に何も言わずに、何処に行こうってのよ？

私の家では、毎朝、新聞を取るのは私の仕事で、郵便受けに入ってた交換日記を見つけたのもそのタイミングだったんだけど。何かちょっと嫌な予感がしたので、真っ先に読んだのよ……読んで、それで完全にパニックを起こして、ぶたのしっぽ亭のドアを壊れんばかりに叩いて、朝の六時からご両親を問い詰めたのだ。

「どういうことですか、これは！」

「流石、六花ちゃん。気づくのが早いねえ……」

マナのお父さんは、苦笑しながら教えてくれた。

あの子、昨日の朝、こう言ったんだ。あたしがこれまで預けていたお年玉とこれから成人するまでにくれる予定のお小遣い、全部くださいって。何も聞かずに、お金をポンと渡せるほど、ウチは裕福じゃないってことぐらいはよく知ってるよね？　って、前置きをしてね。まずはなぜお金が必要なのか話してみなさいって訊いたんだ。そしたら、マナはこう言った。

あたし、何も知らないって。

本を読んだり、テレビのドキュメンタリーを見たりしてるだけじゃ全然判らない。

世界で今、何が起きているのかを知りたいんです、って。

つまり、海外旅行ってことか？　って訊いたら、違うと……もっと、風を肌で感じたいんだと。一人の人間として、この星のために何ができるのかを探りたいんだって熱弁されちゃってね……自分は町の洋食屋の料理人で、そんなこと考えたこともなかったから、グッときちゃったんだ。鳶《とんび》が鷹《たか》を生むなんて言うけれど、ウチの子って、もしかして鳳凰《ほうおう》か何かの生まれ変わりなんじゃないかって……まあ、プリキュアになっちゃうぐらいだから、普通の子とは何か違うのかもしれないよね……。

私、ご両親にマナが何処に行ったかを聞いてみた。マナのお母さんは「誰にも言わないでって言われているけれど」と前置きしつつ、教えてくれた。羽田《はねだ》からシンガポール経由でヨハネスブルグへ飛び、そこから渋谷ヒロミの手記に従って世界中を回るというのだ。出発は九時十五分。

「まだ間に合うケル！」

時計を見たラケルが叫ぶ。私は、マナのご両親にお礼を言って、とぼとぼと店を出た。

「何してるケル！　六花、走って！」

「走って、どうするのよ」

「ケル？」

「急げばまだ間に合うかもしれない。けど、会ってどうするの？　頑張ってねって、お見送りする？　それとも行かないでって縋りついて止める？」

「行かないケルか？」

「さっき、マナのお父さんが言ってたよね。うちの子は普通の子とは違うって。あれ、地味にショックだったよ。私、普通の子じゃん……マナに誘われて、プリキュアになったけど。私は、世の中のために何ができるかなんて考えたこともないし……地球規模で物事を見ようとするマナとは住む世界が違いすぎるんだよ」

自宅に至る階段の道で、視界が滲んで、歩けなくなった。

「だから私、置いていかれたのかな……一緒にいても役に立たないから、連れていってもらえなかったのかな……」

そんなことないよって、ラケルは優しく励まし続けてくれたけど、日差しはどんどん強くなり、蟬《せみ》の声がワーワーと鳴り響く。目の前は紫色に染まって……ああ、これ貧血だ。朝礼でなったヤツだ。もう駄目だ、と思ってその場で踞《うずくま》っていたら、ふっと体が軽くなった。私、誰かは知らないけど大人の人に抱っこされてるんだわ……。

「しっかりつかまって」

誰……？

「ポッケから鍵出せる？　今僕、両手塞がってるから」

え……ラケル？

いつもの年下の男の子感はまるでない。腕は逞《たくま》しいし、胸板も厚い。そっか、妖精って思いの力で変身するんだっけ……私を助けるために大人に……そんなことをうつらうつらと考えているうちに、私は意識を手放していた。

☆　☆　☆

その日のうちに、ありすが訊ねてきた。ラケルが、ランスに直接連絡したのだ。

「交換日記は、私が預かります。真琴さん、亜久里ちゃん、レジーナさんには私からお知らせしておきますね」

私はありすに礼を言って、ランスのアゴを指先でコリコリする。

「ねえ、どうしたらいいと思う？　マナがいない世界で、私は何をすればいいの？」

ありすは、そっと目を閉じて私に言った。

「覚えていますか、去年のクリスマスの日のことを……」

クリスマスって、あれか。生徒会長スピーチコンテスト。

キングオブ生徒会長を決める大会だなんてジコチューたちに唆されて、私たちとマナが分断されたあの事件……。

「あのとき、六花ちゃんはとても素敵なことを言ったんですよ」

離れていても、離れはしない。

私たちの心は、いつも繋がっている。

「あの言葉を聞いて、私、感動したんです。マナちゃんと六花ちゃんは、山よりも高く、海よりも深い愛の絆《きずな》で結ばれているんだって……」

「いやいやいや！　『私たち』の中には、ありすやまこぴーや亜久里ちゃんも含まれていたでしょう。だからこそ、レジーナもマナのことが好きなんでしょって話になったわけだし！」

「ごまかしてはいけません」

ありすは、弥勒菩薩《みろくぼさつ》のような笑顔を私に向けた。

「愛していますよね？　マナちゃんのこと」

愛？　愛って何よ？

そりゃあ私、マナのことは好きよ。

マナと一緒にいると、いつも驚かされるし、何より楽しいもの。

だけど、男女の恋愛的な「好き」とは何か違う気がする。そりゃあ、私は異性の人とそういう経験をしたことがないから、何が違うかなんてハッキリと言えないけどさ……。

誰かが言ってたわ。恋は落ちるもの。愛は育むものだって。

私は、大貝町に引っ越してきてから、ずっとマナと一緒に過ごしてきた。マナとは、ほとんど家族同然のつきあいをしてきた。一緒に遊んだり、ご飯を食べたり、お泊まりしたりなんてのは、私たちの日常だった。その日常を「愛」と呼ぶなら、私たちは間違いなく愛を育んできたんだと思う。

でも、その愛は今日で終わったの。

進学、就職、結婚と、人生を積み重ねていく中で、徐々に道は分かれていくものだと思っていたけれど。菜切り包丁で大根の葉を落とすみたいに、バッサリ断絶されたのよ。

離れていても、離れはしない？

そんなの嘘よ。

私がどんなにマナのことを想っていても、マナが「じゃあね」と言えば、それでおしまい。私の想いは相手に届かず、海に漂うことになるのよ。

「届かないから、想うのをやめるんですか？」

ありすは、私の言葉をひとつも聞き逃さない天才レシーバーだ。

「やめられないですよね。それが『愛』です」

それでいて、こうやって確実にスパイクを決めてくる。

「二人の愛は特別なのです。六花ちゃんは、あのときの気持ちを持ち続けるべきです。そもそも、マナちゃんは必ず帰ってくると、ここに書いてあるじゃないですか」

ぺしぺし、とありすはマナのページを指した。

「六花ちゃんはそのときに備えて、しっかりと準備を整えておくべきなのです」

準備って何よ、と問いかけたけれど、答えは貰えず、ありすはランスを連れて帰っていった。

☆　☆　☆

以上、ここまでが私の成績が急降下した理由。

ラブリーコミューンの通話は海外には繋がらないらしく、シャルルが今何処にいるかはラケルにも判らないという。私、参考書を開いても全くやる気スイッチが入らず。今夜も机の前で悶々《もんもん》としている。

マナは今、何をしているんだろう。

ちゃんとご飯は食べているのかしら。寝るときは何処で寝てるんだろう。野宿とかして、危険な日に遭ったりしてないかしら。

「そんなに気になるなら、覗いてみればいいじゃん」

「んなああああっ⁉」

振り返ると、私のベッドの上で、レジーナが胡坐《あぐら》をかいている。

「何処から湧いた！」

「だから、いきなり押しかけてはダメだと言ったのですわ」

見ると、ドアにもたれるように亜久里ちゃんが立っていた。私は思わず、椅子から転げ落ちた。

「あ、亜久里ちゃん、あなたもなの……？」

「マナのことは、ありすから聞きました。これはきっと、六花は精神的に計り知れないダメージを受けているに違いないと心配になりまして……」

「だったら、見にいけばいいじゃんって、あたしが連れてきたってわけ！」

階段の下から、ママの声がする。

「六花、今の何？」

いけない。今日は夜勤明けでママがいるんだ。

「なんでもない。椅子が倒れちゃっただけ！」

私、レジーナと亜久里ちゃんをベッドの上に並んで座らせる。

「二人とも、読んだのよね？　交換日記……」

もちろん、と二人はけろりと頷いた。

「レジーナは平気なの？　マナがいなくなったのよ？」

「別に。あたしは会おうと思えばいつでも会えるし！」

ああ……便利よね、あなたって……。

「六花だって、マジカルラブリーパッドがあるんだから、いつだって会えるじゃない」

そうか。この二人にも改めて言っておかないとダメだ。

「王様が、アン王女の病気を治すためにエターナルゴールデンクラウンを使った結果どうなったか、あなたたちも見たでしょう？　マジカルラブリーパッドも同じ！　自分の欲望を満たすために使ったら必ずしっぺ返しを食う。ジコチューにつけこまれて、プシュケーを闇で染められちゃうのよ。分かる？」

「だったら、あたしがマナのところまで連れていってあげるわよ。それならセーフでしょ？」

せ、セーフって何が？

戸惑う私に、レジーナが腕を絡ませてきた。

「ほら、行くわよ。しっかりつかまって！」

「だめえええええーッ！」

私、レジーナを突き飛ばしていた。

「あにすんのよ！」

「私たち、まだ逢《あ》っちゃいけないの！　お互い、ひとつ上のステージに立つまで逢わないって決めたの！」

「はあ？　何それ！」

「修行ですわね！」

亜久里ちゃんが目を爛々と輝かせて言う。

「私《わたくし》、おばあさまに聞いたことがあります。俗世の煩悩をすべて断ち切り、禁欲生活を経て、初めて悟りが開けるのだと……」

それ、お坊さんの話じゃないの？

ドアがノックされた。

部屋に入った途端、ママはギョッと目を見開いた。そりゃそうよ。お友達が二人、音も立てずに入りこんでるんですもの。

「あ……あら、いらっしゃい」

「お邪魔してます」

「おばさん、六花があたしのこと突き飛ばした！」

ママは小児科医だ。子供の扱いには慣れている。痛みを訴えるレジーナを一瞥《いちべつ》して「痛み止めの注射を打ちましょう。お尻でいいかしら？」と、眼鏡の奥で笑った。効果はテキメンだ。レジーナは、慌ててスカートを引っ張ってお尻を隠していた。

「ところで……もうこんな時間よ。お家《うち》の方には連絡してあるの？」

枕元の蛙の目覚まし時計。時刻は午後八時を回ったところだ。

「私、この二人を家まで送ってくるね」

一人で帰れるとぐずるレジーナの背中を押して、家を出る。二人とも裸足《はだし》だったのでレジーナにはビニールサンダルを、亜久里ちゃんには下駄を貸した。

☆　☆　☆

夜の住宅街に、カランコロンと下駄の音が鳴り響く。私のだから踵《かかと》が余っているのだ。

レジーナをソリティアに送り届けた後、亜久里ちゃんは私にそっと打ち明けてくれた。

「実は私《わたくし》、ジョナサンに会ってきました」

「えっ、なんで」

「ジコチューにロイヤルクリスタルを奪われてしまったこと、まだ報告していなかったからです。ジョナサンは、あれは既にキュアエースのものなんだから、王国のことは気にしなくていいと言ってくれました。ただ……」

「ただ、何？」

「ロイヤルクリスタルがジコチューに利用されているのは面白くないと言っていました。もし本当に、ロイヤルクリスタルの力がＮＷＯに転用されているのであれば、四葉財閥と日本政府にも何らかのアクションを起こさざるを得ないと……」

トランプ共和国と日本の貿易は、四葉商事が一手に引き受けている。遺憾の意を示そうにも、その効力はいかほどのものか。むしろ、逆に首根っこをつかまれて言いなりにさせられてしまうんじゃないかしら……。

「ジョナサンも気苦労が絶えないわね……」

「はい、顔色もあまり優れませんでした。国連加盟のためのお仕事も忙しいみたいで、このところ、ゆっくり寝ている暇もないそうです」

そうか……トランプ共和国が国連の百九十四番目の加盟国になるかもしれないって、以前から聞いてはいたけれど、交渉は本当に進んでいたのね……。

「世の中、どんどん変わっていくのね。私だけ置いていかれちゃいそう……」

「六花なら大丈夫です。私《わたくし》が保証します！」

「ありがと。そう言ってくれるだけで嬉しいわ」

「あ、国連のことはナイミツにしてくださいね。おやすみなさい」

亜久里ちゃんの家の前で、私たちは手を振って別れた。

内密か……五年生なのに、難しい言葉を知ってるのね……。

☆　☆　☆

しばらくして……私は、悲しい夢を見た。

焦土と化した街の中で、マナが一人で瓦礫を掘り起こしていた。

それがハッキリ夢だと判ったのは、彼女の背中に翼が生えていたから。

でも、その羽は折れ曲がり、指先は黒く汚れている……。

キュアハート！　って、私が何度呼びかけても、聞こえないみたい。そもそも、夢の中では声がうまく出せないのだ。それでも私は、必死に、叫んでみた。

「マーナーッ！」

彼女は、やっと私の方を振り向いて、微笑んだ。

「六花、やっぱり来てくれたんだね……！」

その瞳にはまだ微かな光が宿っているけれど、目は窪《くぼ》み、頬骨のラインが浮き出てしまっている。ええ、来たわよ。私のこと待っててくれたの？　だったら、もっと早く来れば良かった……私がマナを抱きしめたその瞬間、世界は闇に包まれた。マナの体は灰のように崩れ去って、腕の中には一片の羽根だけが残った。

「そんな……！」

「お前、自分の欲望を満たすために、マジカルラブリーパッドを使ったな」

暗闇が、見覚えのある男の姿を模《かたど》った。

「ベール⁉」

「フフフ……ジコチューなヤツめ。さあ、お前の心の闇を解き放て！」

ベールは、私に向かってパチンと指を鳴らした。

☆　☆　☆

自分の悲鳴で目が覚めるなんて、そうそうあるもんじゃない。

ところがこれが三日連続ともなると、予知夢とか虫の知らせとか、そういうオカルト関係を完全否定してきた私でも、不安になってくるもので。四日目に、ありすから「会えませんか」と、メールが届いた。

午前中の夏期講習が終わった後、私は、久しぶりにありすの家を訪れた。

ジコチューとの戦いでズタズタにされたイングリッシュガーデンは、まだ修復が終わっておらず、古い枕木が積みあげられたままになっていた。

「いらっしゃい、六花ちゃん」

庭の手入れをしていたありすが出迎えてくれた。刺しゅうが入った麻のブラウスの上にオーバーオール、麦わら帽子のカントリーファッションだ。私たちは、抱擁を交わした。

「元気だった？」

「はい。六花ちゃんは前よりは顔色が良いみたいですが、お変わりありませんか」

私、苦笑い。前回、ありすに交換日記を渡したときは、メンタルどん底だったからね。どんなに夢見が悪くても、今の方がましってことだわ。

ありすは、コンサバトリーでミントティーを振る舞ってくれた。爽やかな香りが口の中に広がって、汗が一気に引いた。

「六花ちゃんは、先日、龍南省《りゅうなんしょう》で地震があったのはご存じですか。マグニチュード六・五、死者が四百人近く出た大きな地震です」

「いつ？」

「八月三日の……日本時間で十七時三十分ごろです」

今日は八月九日。人命救助のタイムリミットと言われている七十二時間はとっくに過ぎている。

「今から行っても間に合わないか……」

「既に、日本の国際緊急援助隊が現地入りしています。その隊員の方が、こんなものを送ってくれたのですが……」

ありすが、タブレットで写真を見せてくれた。

脆く崩れ去った瓦礫の山。所々からまだ白い煙が立ち昇っている。

そのモノトーンの世界で、ひときわ目を引くピンク色のミニドレスを纏った女性が一人。

「キュアハート……！」

「ええ、間違いありません」

ああ……何処にいたのか知らないけれど、災害を知って、いても立ってもいられず駆けつけたんでしょうね。マナってば、本当に信じられないんだから……気づけば私、滂沱《ぼうだ》の涙。でも、夢で見たよりもずっと元気そうで、安心する。

「実は今、これが問題になってまして……」

「え、なんで？」

「入国の手続き関係をもろもろすっ飛ばしてしまったからです」

もしかして、マジカルラブリーパッドを使って、災害現場までひとっ飛びしたってことか？

「でも……人命救助のためでしょ？　スピードが最優先じゃないの？」

「はい。被災者の方たちも『天使的美少女』と歓迎しているようですし、日本の外務省も、問題解決のために動き出したようです」

ここから先は、大人同士の話し合いってヤツか……。

「だったら、私は帰ってイソダイの過去問を解くことにするわ」

マナが頑張ってるんですもの。私も頑張らなきゃね。

私は、ありすに礼を言って、腰をあげた。

77

青い鳥

そんな感じで、今年の夏休みはあっという間に過ぎ去った。

二学期が始まっても、マナは戻ってこなかった。もっとザワザワするかと思っていたけれど、おもて向きには短期海外留学という扱いになっていて、大貝第一中学の生徒たちは落ち着き払っていた。

私の方は、全県模試で辛うじてA判定が出た。足を引っ張ってるのは現代文。問題を読んで「これだ」と思っても、その答えは絶対に選択肢の中にないのだ。私はマークシート方式を採用した人間を呪いながら、答えを黒く塗り潰している。

「そういうときは、これは違うなという答えを消していって、残ったものを答えなさい」

山下先生は、笑いながら模試の成績表を返してくれた。

「消去法で答えるというのは、不本意かもしれません。でも、世の中そんなもんなんですよ。これは正しいと思いこみで突っ走るより、これは違うなというルートを塞いでいった方が人生うまく渡っていけますから」

そんなものか……と、納得しかけた私。その日の放課後に、衝撃を受けることになる。

「私、高校には行かないと思う」

帰りの道すがら、まこぴーがそんなことを言い出したのだ。

正直、ぶったまげたね。

中卒って選択肢、私にはなかったもん。でも……よくよく考えたら、まこぴーは既に「社会」どころか「世界」に進出しているわけだから。同い年の子たちと青春するのはまどろっこしいのかもしれない。

「なに、その顔……高校ぐらい通えばいいのにって思ったでしょ？」

「違う。同じ十四歳なのに、こうも差がつくものなのかって、圧倒的敗北感を味わっているところ」

「人生に勝った負けたなんてないでしょ。進む道なんて、人それぞれよ」

そっか……まこぴーとこうして無駄話していられるのもあと少しなんだなって思ったら、急にしみじみしてきた。

「秋来ぬと目にはさやかに見えねども風の音にぞおどろかれぬるってヤツだ」

「出た、インテリ！」

「言い方！」

なんてケラケラ笑っていたら、向こうから段ボール箱を抱えた亜久里ちゃんとエルちゃんがやってきた。彼女の家は、大貝第一中学とは反対方向だ。だから、こんなところでバッタリ会うなんてことはまず、ない。

私たちの顔を見るなり、亜久里ちゃんは、子犬みたいに鼻を鳴らし始めた。

「どうしたの？」

「これを見てください」

亜久里ちゃんは、抱えていた段ボール箱を見せた。箱の中には、一羽の鳥が入っていた。羽は目の覚めるようなブルーで、胸のあたりは白。大きなトサカが目を引く。何処か怪我をしているのか、目を閉じてぐったりしている。

「ジョナサンが飼っている鳥です。名前は……」

「クオレ！　クオレじゃない！」

箱を覗きこんだまこぴーが悲鳴をあげた。そっか、トランプ共和国の鳥なのか。道理でこの辺じゃ見たことがないと思ったけれど……。

「何処で見つけたの？」

「学校です。エルちゃんが、校舎裏の植えこみで倒れているのを見つけてくれたのです」

飛んできたってこと？　トランプ共和国から亜久里ちゃんのところまで？　いろいろ疑問符が浮かぶけど、とりあえず考えるのは後回し。

「動物病院に連れていって、先生に診てもらおう」

「無理よ」

まこぴーは、ドライに言い放った。

「クオレは鳥じゃない……ジョナサンの使い魔なの。お医者さんじゃ治せない……」

「使い魔？」

トランプ共和国では、木や草花や石、かまどや井戸やスプーンに至るまで、ありとあらゆるものに精霊が宿ると言われている。人間は、精霊と契約を結ぶことで、自分の『使い魔』として使役できるようになる。契約の代償は様々で、毎朝コップ一杯の水を台所に置くとか、毎晩本のページの角を折って枕元に置くとか……これを怠ると、その使い魔は二度と現れなくなるだけでなく、契約者に災いをもたらすこともあるという（後で聞いた話なんだけど、ありすが目をつけていた『王国式全自動クリーナー』も、この使い魔の一種だったことが判明して、輸入を断念したのだそうだ）。

「マジカルラブリーパッド！」

光とともに、水晶の鏡が出現した。

「使うケルか？」

「亜久里ちゃんのところに使い魔をよこすってことは、つまりジョナサンの身に何かあったってことでしょう？　怪我をしている理由も気になるわ。この傷は、猛禽《もうきん》類に襲われたものじゃなさそうだし……」

でも……と、亜久里ちゃんは上目遣いに私の顔を覗きこんできた。

「三種の神器は、無闇に使ってはいけないのでしょう？」

そのことなら大丈夫。私にも一応、考えはあるのよ。

「クオレの姿を見せて」

盤面に、段ボール箱の中に収められたクオレの姿が映し出された。今私たちが見ている状況と同じ画面だ。

「そこから時間を巻き戻して。倍速で」

暗くなった。段ボールの箱が閉じられたのだ。

「なるほど。これなら、ドライブレコーダーみたいに使えるわね……」

「流石、六花。インテリケル」

「静かに」

画面は、大貝小の校舎裏に移った。速度を通常に戻して確認したけれど、墜落した瞬間は、何かに襲われた様子はなかった。怪我をしたのは、それよりも前のようだ。

更に、時間を巻き戻す。

クオレは、大貝町上空から都心方面に移動を始めた（逆再生なので、本当は大貝町に向かって飛んでいるわけだけど）。

武蔵小杉《むさしこすぎ》の高層マンション群が見えてきた。

多摩川《たまがわ》を渡る手前で、衝撃が走った。火線がクオレの体を掠《かす》めたのだ。

「止めて！　画面、ズームアウトして」

画角が広く取られると、人が浮かんでいるのが見えた。左腕……義手に備えつけられたマシンガンが火を噴いている。

「ルストだビィ」

「あの腕の武器は見たことがないケル」

「修理のついでに、改造してもらったのかもしれませんわね」

四葉重工は、ロボット工学の分野の研究も盛んにしているみたいだし、その技術をジコチュー側に提供していたとしても不思議ではない。

「見て」

ルストの後方から、ゴーマが飛来するのが見えた。二人で何か話しているようだ。

「十秒巻き戻して。カメラ、ゴーマとルストに寄って」

望遠《ズーム》だと聞こえなかった声が、今度はハッキリ聞こえる。

「どうした？　大統領の使い魔は？」

「かたづけた」

「確かめたのかよ」

「確かめようがない。木っ端《こっぱ》微塵《みじん》に吹き飛んだ」

「残念でした！　吹き飛んでいないケル！」

ラケルが、ラブリーパッドに向かって悪態をついている。

その横で、エルちゃんはクオレの頭を愛おしむように撫でている。

「この子、撃たれたのに、頑張って亜久里ちゃんのところまで飛んできたのね」

「ありがとう、クオレ……」

亜久里ちゃんがお礼を言うと、クオレの体は青い光の粒になって消えていった。

「あ……っ！」

「死んじゃったの？」

「精霊は死んだりしないわ。ジョナサンが呼べば、また姿を現してくれるはず……」

残光が風に舞い、ホタルのように飛んで行く。私が手を合わせて見送ったら「だから、死んでないってば！」って、まこぴーに怒られた。でもね、敬意とか感謝の気持ちを表すときにも、こうして手を合わせるものなのよ。

「六花、ラブリーパッドがつけっぱなしになってるケル」

ありゃ……ホントだ。

ラブリーパッドは、ゴーマとルストを追いかけながら再生を続けていた。

今二人がいるのは、見覚えのある場所。窓から東京湾が一望できる高層ビルの最上階……間違いない、四葉重工の会議室だ。

「使い魔は始末できたんでしょうね？」

部屋の中央に設えられたマホガニーの大テーブルに、女王様のように腰かけていたマーモが訊ねる。ルストが頷くと、マーモは満足そうに笑った。

「ですって！　残念だったわね、大統領」

真紅のマニキュアを塗った指先で、マーモは椅子に縛りあげられた男のアゴをクイッと持ちあげた。間違いない、ジョナサンだ！　髪は乱れ、口の端には血が滲んでいるけれど、彼の瞳にはまだ命の光が宿っている。

「安心するのはまだ早いと思うな……昔から言うだろう。悪の栄えた例《ため》しはないってね」

「ギャハハハ！　それ、ボクちゃんたちに言っちゃう？」

ゴーマが、ジョナサンを嘲笑《あざわら》った。

「いいか？　ジコチューってのは、人間の欲望と同時に生まれたんだぜ。マーモなんか、こう見えて十万と五十一歳……！」

マーモは、机の上で金メダル級のトーマス旋回を決め、ゴーマを蹴り飛ばした。

「女《ひと》のトシをイジって、何が面白いわけ？　少しはアップデートしなさいよ」

「なんだと、このクソババア！」

「言っても分からないなら、体に教えこむしかないかしら！」

「止めて！　止めてください！」

バシイッ！　と、マーモがムチを振り下ろしたところで、再生は止まった。

「これ……ジョナサンが、ジコチューにつかまっているということですよね⁉」

亜久里ちゃん、手が小刻みに震えている。傷ついたクオレを見つけた段階で、嫌な予感はしていたけれど、この状況は最悪に近い。

「ジョナサンが監禁されていた場所、四葉重工の本社ビルでしたよね……ラケル！」

「は、はいケル！」

「今すぐランスに連絡してください。ありすなら、何か情報をつかんでいるかもしれません」

「分かったケル！」

ラケルは、ラブリーコミューンに姿を変え、ランスを呼び出した。電話じゃないから呼び出し音が鳴るわけじゃないけれど、ゆっくり十数えても反応はなかった。念のため、ダビィも試してみたんだけど、やっぱり応答なし。

「どうして出ないんですか。ありすは一体何をしているんですか！」

キラッ……て、私の目の端で何かが光ったような気がしたけれど……今のはなんだ？

「落ち着いて、亜久里ちゃん」

まこぴーが差し伸べた手を、亜久里ちゃんはスッと避けた。

「落ち着いてなんていられません！　本当なら、すぐにでもジョナサンを助けに行きたいのに、ロイヤルクリスタルを失った今の私《わたくし》には何もできない……このもどかしさが、口惜しさが！　真琴には分かりますか⁉」

「そんな言い方ないでしょ。まこぴーは心配してるんだよ。ジョナサンのことも、亜久里ちゃんのことも……」

私が窘めると、亜久里ちゃんは顔をグシャグシャにして泣き出した。

「ジョナサンは、トランプ共和国と人間界の平和の架け橋となるべく、身を粉にして働いていたのですよ。それなのに、どうしてこんなひどい目に遭わなければならないのですか。理由があるのなら、私《わたくし》に教えてください！」

そのとき、マジカルラブリーパッドが眩《まばゆ》い光を放った。

悲鳴をあげる暇もない。私たちは、その光の奔流に呑みこまれた！

万華鏡を覗いてるような、何処までも続く、光の破片のフラクタル。

その欠片のひとつに、ジョナサンの姿が映し出されていた。

「まさか、君とこんな形で話をすることになるなんて、思ってもみなかったよ……」

ホテルのラウンジかしら。それとも、大統領官邸？　豪奢《ごうしゃ》なバーカウンターで、ジョナサンは、マティーニで乾杯していた。

隣に座っているのはミチさん。モヒートで喉を潤すと、

「早速、本題に入りましょう」

と、ポケットからベルベット張りの小箱を取り出した。まさか、指輪じゃないわよね？一瞬、ドキッとしたけど流石に違った。箱の中には、真紅のロイヤルクリスタルが鎮座していた。

「我々四葉ホールディングスは、これからもトランプ共和国とWin－Winの関係を続けていきたいのです。これは、その誠意の証です」

「ダメですよ、社長」

ジョナサンは、乾いた笑いを洗い流すように、マティーニを飲み干した。

「君がジコチューと手を結んでいるという話は聞いている。妹さんから直接ね」

と、小箱を突き返した。

「それに……交渉するなら本物の社長を連れてきたまえ。悪いが、君はドブネズミのニオイがする！」

「……！」

ウエイターが、ジョナサンを取り囲んだ。ジョナサンは、マティーニのグラスをウエイターの顔に叩きつけると、カウンターを飛び越えて、パントリーに向かって走り出した。

「逃がすな、追え！」

銃声が響いた。棚に並べられたボトルが次々に割れていくと、鏡が割れるように、今度は別の光景が私たちの目の前に広がった。

何処かの地下駐車場……古ぼけた蛍光灯が明滅する中を、ジョナサンが必死に走っている。すると、乾いた銃声が轟き、ジョナサンが倒れこんだ。

「何処まで逃げるつもりだ、大統領」

まるで狩りを楽しむかのように、ゆっくりと追いかけてきたのはルスト。左腕の機関銃から硝煙が立ち昇っている。ジョナサンは、足を引きずりながら必死に走った。

暗闇の先に、光が射しこんでいるところがある。

空だ。換気口の隙間から、青空が見える。

ジョナサンは、素早く印を結び、クオレを呼び出した。

「頼む、クオレ。どうかあの子に伝えてほしい。このままでは、人間界とトランプ共和国は……！」

雷鳴が轟いた。

稲妻に貫かれたジョナサンは、その場に倒れこんだ。

「鬼ごっこは終わりだぜ」

下卑た笑いを浮かべながら、ゴーマがやってきた。

「行け、クオレ……行くんだ！」

逡巡《しゅんじゅん》していたクオレは、促され、空へと羽ばたいていった。

「はあ……なんだ、今の？」

目を細めて天井を見上げてるけど、眩しくて何も見えないみたい。

「まあいいか。まずはコイツを始末して……！」

右手でピストルの形を作ると、人差し指をジョナサンの胸に押し当てた。雷のエネルギーを、直接流しこむつもりだ！

「あばよ、大統領」

ゴーマがトリガーを引こうとしたそのとき、ルストがその腕をつかんで止めた。

「邪魔すんなよ、ルスト！」

「コイツには、まだ仕事が残っている。償いという仕事がな」

「ケッ……そういう筋書きかよ」

ルストは、ジョナサンを担ぎあげ、ゴーマと一緒に暗闇の中へと消えていった。

すると、今度はその暗闇の中から、ありすの叫び声が聞こえてきた。

「プリキュア・モーニングスター・ドライヴ！」

明かりが消えた真夜中の四葉重工の本社ビル。吹き抜けになっている玄関フロアに、天窓のガラスが雨のように降り注いだ。

隕石が落ちてきたのだ。

火の玉と化した隕石は、玄関フロアを貫通して、地下のイベントホールに墜落した。クレーターの底には、ぺしゃんこにされたゴーマが無残に横たわっていた。

玄関フロアに穿《うが》たれた穴の端に、キュアロゼッタがすっくと降り立った。ワンダーワンドのチェーンが巻き取られ、ぼんぼりが柄の部分と合体した。

「次は、どなたですか！」

ロゼッタの瞳は、怒りに燃えている。ルストとマーモは縮こまって、柱の陰に隠れた。

雲が流れ、冷たく輝く月が出た。

その月の光の下に、白銀の騎士のシルエットが浮かびあがった。

「お兄様……！」

ジャリッ……降り注いだ天窓のガラスの破片を踏み締めて、白銀の騎士はゆっくりとロゼッタに歩み寄っていく。

「来ないでください！」

ロゼッタは、ワンダーワンドの先を白銀の騎士に向けた。

「愛する者を守りたい……だからこそ、お兄様のやり方は許せないのです……少なくとも私は、今ある幸せを……みんなと一緒に暮らせるこの世界を守りたいだけです」

真珠のような大粒の涙が、ロゼッタの頰を伝って落ちていく。白銀の騎士は、指先でその涙を優しく拭った。ロゼッタの耳元に顔を寄せ、白銀の騎士は何かを囁いているように見えるけれど、兜が邪魔で、何を言ってるかまでは判らない。

「……！」

バシュッ、と乾いた音が響いた。

白銀の騎士が、至近距離から蜘蛛の糸を放ち、ロゼッタを拘束したのだ。

「お兄……様……ッ！」

更に、白銀の騎士は穿たれた穴の円周に沿って網の目のように無数の糸を撃ちこむと、自分の妹を……キュアロゼッタを、その穴の中に突き落とした。まるで、蜘蛛の巣に搦めとられたアゲハチョウのように、ロゼッタは磔《はりつけ》にされてしまった！

「ありす、しっかりするでランス！」

腰のポシェットに収まっていたランスも、糸で口を塞がれた。

冷たい満月の光を浴びて、白銀の騎士の兜が静かに輝いていた。その光の欠片は、川面《かわも》を泳ぐ魚の群れのように遠ざかって、やがて消えていった……。

私たちは、夕暮れの道の真ん中で、呆然と立ち尽くしていた。

「なんだったの、今の……？」

「マジカルラブリーパッドだビィ！　水晶の鏡が、私たちに幻を見せたんだビィ！」

どうやら、この場にいた全員が同じイリュージョンを見ていたらしい。でも……。

「本当に幻だったのかしら……」

頭の中、完全に取っ散らかってるけど……、クロスワードパズルを解くようなつもりで整理してみる。

「ねえ、私たちが光に呑みこまれる直前、亜久里ちゃんはなんて言った？」

亜久里ちゃんは、目を白黒させながら、ゆっくりと記憶を辿り始めた。

「どうしてジョナサンが、こんなひどい目に遭わなければならないのですか……えっ！」

「そう！　それから……私、眼鏡してなかったからよく判らなかったんだけど……その前も、一瞬だけラブリーパッドが反応した気がするのよ」

「その前って……」

「ラブリーコミューンで呼び出しても、ランスが出なかったときよ！」

「ありすは一体何をしているのですか……あっ！」

「つまり、私たちが今見た幻影は、すべて亜久里ちゃんの問いかけに、マジカルラブリーパッドが反応して見せた現実じゃないのかしら……」

打ち寄せる不安の波が、私たちの足元を掬《すく》おうとしている。

「あれが現実なのだとしたら、どれぐらい前の出来事なんでしょうか……」

何かピンときたみたいに、エルちゃんが口を挟んだ。

「ビルの玄関から、大きな丸い月が見えました」

月？　と、眉間に皺を寄せたラケルに、エルちゃんが丁寧に説明する。

「テレビで言ってたの。今年はスーパームーンが三回見られるって。昨夜《ゆうべ》は、その三回目！」

「おとといの中秋の名月は朝からひどい雨で、お月見どころではありませんでした。エルちゃんの言っている事に間違いはないと思います」

「ああーっ！」

まこぴーが、その場でぐるぐる回り始めた。一体、なにごと？

「思い出したの！　あたしたち、昨日の夕方、ヨツバテレビでありすとすれ違った！」

「ということは、恐らく、昨日の夜中過ぎ……」

「半日以上は過ぎてるビィ」

「早く助けに行かないと！」

「でも、罠《わな》かもしれないケルよ！」

そうね、罠に決まってる……でも私、知ってるの。勇気が湧き出す魔法の言葉。

「こんなとき、マナならどうする？」

まこぴーの瞳に、ぎゅるんと火花が散った。

「何がなんでも助けに行く！」

「決まりね」

私とまこぴーは、ラブリーコミューンを握りしめた。

「プリキュア・ラブリンク！」

「L・O・V・E！」

青と紫のヴェールを纏って、私たちは舞い躍る。

「英知の光！　キュアダイヤモンド！」

「勇気の刃！　キュアソード！」

気合、入った。

私、亜久里ちゃんの前にひざまずいて、心のバトンを託す。

「亜久里ちゃんは、水谷警部に連絡して、事情を説明してくれる？」

本当なら、私たちと一緒に……ううん、自分が真っ先にジョナサンを助けに行きたいはずよね。だけど、その気持ちを押し殺して、亜久里ちゃんは「分かりました」と、バトンを受け取ってくれた。

「それと……もし万が一、私たちが帰ってこなかったら、そのときは……」

「嫌なことは言わないでください！」

亜久里ちゃんは、鼻の頭を真っ赤にして怒った。

「約束してください。必ず帰ってくるって！」

ふふっ……こんなとき、マナならなんて言うと思う？　私がソードに目配せしたら、思った以上に綺麗にハモッた。

「モチのロン！」

私たちは、マジカルラブリーパッドに叫んだ。

「お願い、私たちをありすのところまで連れていって！」

マジカルラブリーパッドは宙に浮かびあがり、一番星のように輝き始めた。

ぎゅむっ！

ソードが私の手を握ってきた。

「行こう、キュアダイヤモンド！　ありすとジョナサンを助け出すために！」

私も、指を絡めて握り返す。

「行きましょう、キュアソード。二人で力を合わせれば、恐れるものは何もないわ！」

私たちは、青と紫の流星となって、夕闇迫る空へ飛んだ。

78

宣戦布告

空気が流れる音が、低く静かに響いていた。

四葉重工の地下ホール……前に、NWOの発表会が開かれた場所。大学の教室のようにすり鉢状に机が並んでいた場所は、モーニングスター・ドライヴの一撃でクレーターができあがっていた。ステージと、後方の座席だけが辛うじて生き残っている。

天井に穿たれた穴を塞ぐように張り巡らされた、巨大な蜘蛛の巣。その中央に、ありすが磔にされていた。

「ありす！」

気を失っているみたい。うつ伏せの状態でぐったりと目を閉じている。

「蜘蛛の糸に触らないで。プリキュアの力が抜けちゃうから」

「触れなきゃいいんでしょう！」

ホーリーソードで糸を断ち切ろうとしたそのとき、声が聞こえた。

「ようこそ、プリキュア諸君！」

ステージがライトで照らされた。ミチさんだ。洗いざらしのリネンのシャツに、デニムのボトム。いつものナチュラルなコーディネートだけど……。

「僕は、君たちが来るのを待っていたんだ。なんなら亜久里ちゃんとレジーナ君も呼んだらどうだい？」

私もソードも、溜め息をついた。

「よく言うわ。ニセモノの分際で！」

「ふはっ！　嫌だなあ二人とも。何を言ってるんだか、僕にはサッパリ……」

「いいから、そういうの。面倒くさいし！」

「本物のミチさんは、紅茶と柑橘系が入り混じった香りが仄かに漂ってる。あなたみたいに、この距離で判るようなドギツいニオイはしないのよ」

「ドギツい……」

「ええ、まるでトイレのやっすい芳香剤みたい！」

「マジで？」

彼は、慌てて自分の匂いを嗅いだ……ベールだ。気が緩んだのか、変身が解けている。

「やっぱり……」

「あなた、ネズミになったから仲間に入れてもらえなかったって聞いたけど？」

「ふん、イーラだな。お喋りなヤツめ」

バサッとコートを羽織って、ベールは本来の姿に戻った。

「確かに俺は、ジャネジーを使い果たし、みすぼらしいドブネズミになってしまった。だが、俺の頼もしい仲間たちがジャネジーを集めてくれたおかげで、思っていたよりもずっと早く復活することができたのだ」

「ちょっと……今、仲間とか言った？」

「やめてくれ、虫唾《むしず》が走る」

「ボクちゃんたちが集めたジャネジーを、お前が勝手にチョロまかしたんじゃねえか」

マーモとルストとゴーマの三人が、ステージの上にゾロゾロと現れた。

「出たわね、ジコチュー」

「ジョナサンは何処!?」

私たちが、ラブリーパッドで大統領の誘拐現場を目撃していることを、彼らは知らない。すっトボケられたら面倒くさいなと思ったけど、ベールはあっさりとジョナサンの所在を明かした。

「このビルの最上階……大会議室だ」

「行って、キュアソード。ロゼッタは、私が助ける」

「……分かった」

ソードは、ホールから出ていった。分厚い扉は少し傾いていたみたいで、押し開けたときにギギッと嫌な音がした。

残った私を見て、マーモがケラケラと嗤った。

「私たち四人を相手に、あなた一人で戦おうっていうの？」

「ラブハートアロー！」

舞い降りた一張の弓を掲げて、足を踏み鳴らす。

「戦うなんて言ってない。アンタたち全員、私と一緒に『凍結』してもらうわ！」

「はあっ!?」

「お前、まさか……自らを犠牲にして、俺たちを氷漬けにするつもりか!?」

私、満面の笑みを湛《たた》えたつもりだけど、まこぴーみたいなスマイルはできないから、「にっこり」じゃなくて「ニヤリ」になってたんじゃないかしらね？　ほら、ベールたちが慌て出した。

「よせ！　そんなことをしたら、キュアロゼッタも巻き添えになるぞ！」

「冷たい空気は低いところに流れる。ロゼッタのあの位置なら問題ないわ」

もちろん、確証はないわけだけど……ダメだったら、後で謝ろう。ありすならきっと赦《ゆる》してくれるはず。

「おい、やめろ～！」

私がダイヤモンドブリザードを放とうとしたその瞬間、ラブハートアローが引っ張られた。糸だ！　蜘蛛の糸がアローに絡みついて……くっ、取りあげられた！

天井に張り巡らされた蜘蛛の巣から、白銀の騎士が逆さまにぶら下がっていた。

「ミチさん！」

白銀の騎士は、ラブハートアローを投げ捨てると、スイングしてステージの上に降り立った。どうやら今度は本物らしいけど……あの陽だまりのような暖かさはまるで感じない。冷たい鎧で心を閉ざしてしまっているみたいだ……。

「だから、やめろと言ったんだ」

ベールが、ククク と喉の奥で嗤った。

こういうとき、いつも思う。私って、本当に危機管理能力が低いっていうか、頭の回転が遅いっていうか……ホールの扉がバーン！　と破れて、キュアソードがドーン！　て吹っ飛んできたのよ！

「キュアソード！」

駆け寄って、彼女を抱き起こす。一体、何があったの？

「最上階に行けば、大統領を取り戻せるって思ったの？　甘いわね」

「甘いのは大好きだぜ。特にホイップクリームと蜂蜜をいっぱいかけたパンケーキとか……」

扉の向こうから、シルクハットを被った青ヒゲの男と、お腹がでっぷりと突き出した巨漢が入ってきた。見覚えのあるその二人の顔に、私は思わず息を呑んだ。

「リーヴァ、グーラ⁉」

「あ～ら。久しぶりね、キュアダイヤモンド」

「アイツのかき氷はあんまり好きじゃない。頭が痛くなるからな……」

グーラは、ぎゅるるる～と鳴った自分の腹を擦った。

「いや、そこ頭じゃないし！　ていうか、どうして生きてるの！　アンタたちはラブリーストレートフラッシュで浄化したはずなのに！」

「やあね、死んでないわよ」

「あんときだって、アジトまではギリギリ帰れたんだ」

「それなのに、ベールちゃんがアタシたちを使い捨ての道具みたいにして！」

「だから、その呼び方はやめろ、リーヴァ！」

　この時点で、敵の数は最初の想定よりも倍近い。更に、ミチさんまで頭数に入れたら七対二で圧倒的に不利！　どうしよう……こんなとき、マナならどうする？　こんなのピンチでもなんでもないよって笑い飛ばしているかな……。

「皆さん、お喋りはその辺にしてもらいましょうか」

　ホールの後方……PA席の奥の暗がりに、黒のマオカラースーツに身を包んだ男が佇んでいるのが見えた。倉田氏だ。丸眼鏡がステージの照明を反射して、ギラギラ光っている。

「ヒロミチ君、マジックスレッドでプリキュアを拘束してあげなさい」

　白銀の騎士は、ガントレットを向けた。

「危ないッ！」

　キュアソードが、私を突き飛ばした。身代わりになったのだ！　ガントレットから発射された蜘蛛の糸に搦めとられたソードは、その場にドッと倒れこんだ。

「キュアソード！」

「逃げて、ダイヤモンド。あなただけでも！」

　大丈夫よ。私、まだ諦めない。

　だって、見たもの。レジーナが糸で搦めとられたとき、警備員たちが冷却スプレーで糸を凍らせて剝がしていたのを……だからきっと、私の技でも糸は剝がせるはず！

「きらめきなさい！　トゥインクルダイヤモンド！」

「六花！」

ポシェットのラケルが叫んだのとほぼ同時……雷鳴が轟いて、私はその場に倒れこんだ。ゴーマのサンダー……ええと、何？　後ろから攻撃されたからよく判んないけど……とにかく、雷の直撃を食らったのだ。目の前が真っ白になって、意識が飛んだ。

それは多分、ほんの一瞬の出来事なんだと思うんだけど……気がついたら私は、蜘蛛の糸で簀《す》巻《ま》きにされて転がされていた。

「だ、大丈夫ケルか？」

お尻の下から、声がする。ごめんね、ラケル。苦しいかもしれないけど、ちょっと我慢して！　私、なんとか体を捩《よじ》ってうつ伏せになると、ステージの上でゴーマが白銀の騎士にメンチを切っているのが見えた。

「倉田さんよお！　ヒロミチのヤツ、妹を助けたくて、わざとチンタラやってるンじゃねえだろうなあ？」

「まあまあ、ゴーマ君。そんなに怒らないでください。我々は、同じ旗の下に集まったひとつのチームじゃないですか」

歯の浮くようなことを言ってなだめているのは倉田氏……新社長の腰巾着かと思ったけれど、ジコチューたちと同等か、もしくは配下に治めている感じなの？　社長のミチさんに「プリキュアを拘束しろ」って命令していたのも、なんだかおかしい……。

「ミチさん、教えてください！　昨日の夜、何があったんですか？」

問いかけたけれど、何も答えず。白銀の騎士は、虚空をジッと見つめている。

「ありすが怒っていたのは、ジョナサンを誘拐したからでしょう？　でも、あれは普通の怒り方じゃなかった。彼女があそこまで怒るのは……！」

そう……あれは小学四年生のとき。イジメられていたマナの机には、極太の油性ペンで人の尊厳を踏みにじる卑劣な言葉が書かれていた。

「死ね」と。

ありすは激怒した。

誰かが誰かに命を絶てと命じる権利なんて何処にもない。ましてや、それを自分の大切な友達に言うなんて、絶対に許せない。

つまり、あのときと同じような事件が、恐らく昨日も起きていたのだ。

でも……何がそんなにありすを怒らせたの？

死、ジョナサン、アン王女、ロイヤルクリスタル……いろんな言葉が頭の中をよぎるけれど、ちっともうまく結びつかない。他に何か……？

そういえば、亜久里ちゃんが言ってたっけ。ジョナサンは、トランプ共和国が国連に加盟できるように、身を粉にして働いているって。ヒトツクニヲまとめる国際連盟。イク、サッサと国際連盟脱退だ？　いや、違う！　そうじゃなくて……その前の満州事変は、イクサイこうで三十一年……あれ、ちょっと待って……？

「ミチさん……いいえ、倉田さん！　あなたは一体、何を企んでいるの？」

倉田氏は、鬱陶しそうな目つきで私を見た。

「マーモは、あくせく働くなんてバカみたいだって言ってたけど、実際はジコチューを生み出して、ジャネジーを集めてた。それって、ベールたちを復活させるためよね。なぜ？もう一度、人間界に攻めこむためなら話は分かるけど、それじゃ倉田さんにうまみがないわ。何か、別の目的があるんでしょう？」

ソードが、モゾモゾと体を動かして、私に近寄ってきた。

「別の目的って？」

「例えば、ベールじゃないとできないことよ」

「変装とか……？」

以前、ベールはジョナサンに化けたことがあった（恐らく、大統領を誘拐するときに現れたニセモノのミチさんも、ベールの変装だと思われる）。ジョナサンに化けたときは、フィアンセであるはずの王女様の呼び方を間違えたり、服装が微妙に違っていたりしたから看破できたけど、少なくともあの顔と声は、完全にジョナサンそのものだった。

「ベールが一国の大統領と入れ替わったりしたら、その国の行政、立法、外交は、すべてベールの思うがままに動かせるようになる。場合によっては、戦争を仕掛けることだって……！」

「おやおや……気がついちゃいましたか？」

倉田氏が目配せをすると、リーヴァとグーラがステージの上に演台を運んできた。

何？　何を始めるつもりなの？

「あなたがたがどうやって情報を得たのか、非常に興味深いところではありますが……これから本番が始まります。ご静粛にお願いしますよ」

ステージの袖で、マーモが大統領の髪を梳《と》かし、ネクタイを整えている。もちろん、ベールが変装したニセモノ。だけど、そんなことはおくびにも出さず、威風堂々と演説を始めた。そして……これは後で知ったことなんだけど……その映像は、世界中の空に生中継で映し出されていたのだ。そう、キュアハートとレジーナが蜘蛛の糸にぶら下がっている様を空中に投影したときみたいに！

「人間界で暮らす愚民どもに伝える！」

ま、まさか……これって……？

「私はジョナサン・クロンダイク。トランプ共和国の大統領である！　我が国の秘宝であるロイヤルクリスタルが日本のとある企業によって奪われた。今から二十四時間の猶予を与える。それまでにロイヤルクリスタルを渡せ！　さもなければ、我々は人間界に対して、報復を開始する！」

そこで、中継は終わった。

私は青ざめた。

これってあれだ、宣戦布告の合図。

報復っていうのは、つまり、人間界とトランプ共和国の間で戦争が始まるってこと。

「どうしてこんなことをするの！」

キュアソードが悲鳴をあげた。

「トランプ共和国は平和を愛する国よ！　国を守る軍隊だって、持っているのは剣と弓ぐらいなものよ。人間界に攻めこむなんてありえない！」

「真実はそれほど重要ではありません」

倉田氏は、丸眼鏡のブリッジをクイッと持ちあげた。

「要は、人間界の住人が、異世界からの侵略の脅威に晒されているのだと思いこんでくれれば、それでいいのです」

「なんですって⁉」

「どういうことよ！」

死肉を漁《あさ》るハイエナのように、倉田氏は、興奮しきった顔を私たちに向けた。

「知りたいですか？　よろしい！　それでは順を追ってご説明しましょう」

☆　☆　☆

四葉重工は、四半世紀以上前から、人工知能を搭載した自律型戦闘歩兵の開発を進めていました。努力を積み重ねた結果、防衛省が要求するスペックはクリアできたものの、開発費用が嵩《かさ》んだため、制式採用は見送られてしまいました。

そこで、降って湧いたのが、あの「東京クローバータワー事変」です。

異世界から現れた巨大不明生物・キングジコチューとバケモノの群れを見て、私は閃いたのです。お蔵入り寸前だった自律型戦闘歩兵が、ジコチュー殲滅用ドローン・NWOとして日の目を見るときが来たのだと！

ところが、あなたがたプリキュアの活躍で、キングジコチューはあっけなく倒されました。結局、NWOは実戦に投入されないまま終了したのです。

私は、どうにも諦めきれませんでした。

次元の扉の向こうに別の世界があるのなら、きっとそこにはまだキングジコチューのような恐ろしいバケモノが生き残っているのではないかと期待したのです。すると……灯台下暗しとはまさにこのことですね。我が四葉ホールディングスの社長・四葉星児のご子息であるヒロミチ君が、トランプ共和国の識者たちを交え、ジコチューの研究をしていたことが判ったのです。

我々は手を結びました。そして、ジコチューの生き残りがトランプ共和国の敷地内に封印されていたことを突き止めていたのです。ヒロミチ君は反対しましたが、私は、人類とジコチューの歴史を紐解くためには、封印を解いて直接話を聞いてみるべきではないかと説得しました。ヒロミチ君は、自分が名代を務めるのであれば、ジコチューの封印を解いてもいいと言ったのです。

「ミョーダイ？」

怪訝な顔をしているソードに、ルストがご丁寧にも補足説明してくれた。

「キングジコチュー様は、トランプ王国の最後の王、ビッグ・フォーチュンを依《よ》り代《しろ》として復活した。ヒロミチはその代理人として、俺とゴーマの封印を解いたのだ」

倉田氏は、ステージの端にドカッと腰を下ろして、話を続けた。

「ゴーマ君とルスト君が協力してくれたおかげで、我々の計画は一気に加速しました。闇の鼓動キャンセラーと、人工ロイヤルクリスタルの開発。NWOを量産化して、全国の各都道府県警に配備することにも成功した。ですが、このままではジリ貧です。この国に武器輸出三原則がある限り、NWOは輸出ができないのです」

なるほど……ありすが激怒するわけね。

「ニセモノの大統領に嘘の宣戦布告をさせて、戦争を起こしてお金儲《かねもう》けしようってわけ？　あなた、最低よ！　史上最低のジコチューじゃない！」

「本当にそう思いますか？」

倉田氏は、自分の携帯を取り出すと、SNSの画面を空間に投影《キャスト》した。

「宣戦布告直後から現在に至るまでの世間の反応を、AIがまとめてくれました」

無数の発言が、ミラーボールのようにホールを埋め尽くしていく。

「宣戦布告ｷﾀ━━━━（ﾟ∀ﾟ）━━━━!!」「急にJアラート鳴ったからコーヒー吹いた」「新宿駅、ホームから人が溢《あふ》れてる！　帰れない！」「トランプ王国が攻めてきたぞ！」「王国じゃないし、共和国だし」「水買っとこ」「明日のコンサート中止だって。最悪！」「コンビニ、凄い行列！　物売るってレベルじゃねえぞ！」「首都高閉鎖ってマ

ジ？」「またあのでっかいバケモノが攻めてくるの？」「キングジコチューな！」「様をつけろ」「自衛隊は何をしてるの？」「とっととミサイル撃ちこんで終わらせちゃえばいいのに」「戦争反対！」「先に宣戦布告してきたのは向こうだろ？」「トランプ共和国民乙！」「ジコチューは出ていってくれないかな」「お前が出ていけ！」「オマエモナー！」

「人間なんて、こんなものです。どいつもこいつも正常性バイアスが働いて、自分の頭の上にだけは爆弾が落ちてこないと思っている。無限軌道《キャタピラ》の音がそこまで迫っているにもかかわらず、互いに罵り合い、いがみ合いを続ける有り様だ」

倉田氏は、その頬骨に冷たい笑みを浮かべながら、立ちあがった。

「皆さん、舞台は整いました！　今や人間たちのプシュケーはグラグラと沸き立った状態だ。あなたたちがパチンと指を鳴らすだけで、たちまち怪物に姿を変えるでしょう！　さあ、人間界を地獄の底に突き落としてください！」

「ギャハハハ！　待ってたぜ、このときを！」と、ゴーマが！

「プシュケー抜き放題……いい響きだ」と、ルストが！

「俺はもう、ヨダレが止まらねえぜ」と、グーラが！

「人間界のジャネジーは全部、私のものよ！」と、マーモが！

「あら、何でも独り占めしようとするのは、あなたの悪い癖よ」と、リーヴァが！

「さあ、フィーバータイムの始まりだ」と、ベールが！

瞬間移動で次々に飛び立っていった。

まずい……このままじゃ本当にトランプ王国の二の舞になっちゃう！

私は、ステージに残された白銀の騎士に向かって叫んだ。

「どうして何もしないんですか！　あなたには、ジコチューの封印を解いた責任があるはずでしょう！　お願い……答えて、ミチさん！」

「無駄ですよ、いくら呼んでも」

倉田氏は、私に自分の腕時計を見せつけた。

「彼が装着している人工コミューンは、私がハッキングしちゃいました」

待って……ハッキングって……？

「今のヒロミチ君は、魂はここにありながら肉体は自由に動かせない、白銀の監獄に囚われた、哀れな鳥のようなものです」

「それじゃ……ありすを磔にしろって命令したのは……⁉」

「ええ、私です」

倉田氏はこともなげに認めた。

まさか、そんな……どうして？　いつの間にそんなことになっていたの？

最初に、私たちの前に白銀の騎士が姿を現したとき、あのときはまだありすの言葉は通じていた。自分から鎧を取り、素顔を晒してくれた。

それが、昨日の夜の段階では、ロゼッタの呼びかけには何も答えず、まるで冷たい機械のように、彼女を蜘蛛の巣に突き落とした。ミチさんを自由に操れるようになったからこそ、倉田氏はクロンダイク大統領誘拐という凶悪犯罪に足を踏みこんだんだ。

ホールに投影されたSNSは、人々の悲鳴で埋め尽くされていた。

写真や動画で、暴れているジコチューの姿を撮影している人……それも、一人や二人じゃない。渋谷《しぶや》のスクランブル交差点、横転した車の横でハサミを振りあげているカニジコチュー。中野《なかの》駅のホームで、電車にへばりついている無数のカエルジコチュー。歌舞伎《かぶき》町《ちょう》の入り口のアーチの上で、胸を叩いて威嚇しているゴリラジコチュー……。

「甲州街道《こうしゅうかいどう》でガソリンスタンドが燃えてる！」「電車停まってるんだけど！　ヤバい！」「警察仕事しろ！　NWOは何やってるんだ？」「でっかいハゲタカに荷物盗《と》られた！」「もう戦争が始まってるってこと？」「エレベーター止まっちゃった。誰か助けて！」「吉《きち》祥寺《じょうじ》のカエルジコチューは猛毒注意！　すぐに逃げて」「119繋がらねえよ！」

人々の悲痛な叫びを、倉田氏は嗤いながら眺めている。

「いいぞ、もっと暴れろ！　ジコチューの脅威が知れ渡れば、世界中の国々がNWOを買い求めるだろう。だが、簡単には売らないぞ。もう限界だ、というそのときにいちばん高く売り捌《さば》くのだ」

ひどい……なんてひどいの……？

自分の目的のためには、どれだけ人が傷つこうがおかまいなし。

ベールたちの何倍もひどい人間がこんな近くにいるのに……私は何もできない……！

悔しい……私、プリキュアなのに……みんなが苦しんでいる様を、ただ見ていることしかできないなんて！

見上げる天井。蜘蛛の巣に磔にされたままのロゼッタの姿が、涙で滲む。

ごめんね、ありす……私、あなたのこと助けてあげられなかった……。

ごめんね、ラケル。私のこと、パートナーに乞うてくれたのにね。

ごめんね、まこぴー。一緒に乗りこんだのに、こんな役立たずで本当に申し訳ない。

ごめんね、亜久里ちゃん。無事に帰るって約束、守れなかった。

そして、最後に……。

ごめんね、マナ。私じゃ、あなたの穴は埋められなかった……。

やっぱり、あなたがいないとダメなんだよ。

私だけじゃない。きっと、私の周りの人たち……ううん、この国のみんなが、あなたのことを必要としている……だからお願い……助けて……！

「マナアアアアアアアアア――――――――――――ッ！」

キラリ……。

ホールに投影されていた無数のＳＮＳの画像の中に、ひときわ輝く一番星が見えた。

これも、後で聞いた話なんだけど……その日、横浜《よこはま》スタジアムで行われていたプロ野球のナイター。現れたタコジコチューの大群に、照明は破壊され、一万四千人の観客は暗闇の中で逃げ出すこともできず、パニック状態に陥っていたそうだ。

そこへ、輝く超新星。スタジアムにいた人たちは、一斉にカメラを向けた。

写すカメラが増えた分、光量はグングンあがって……私たちがいた四葉重工の地下ホールは、昼間のように明るく照らされた！

「な、なんだ、この光はあっ⁉」

慄《おのの》いた倉田氏の丸眼鏡に、ひとつの輪郭が映りこんでいる。

「お待たせーッ！」

ピンクのドレスに、金色に輝くロングポニーテール。背中の純白の羽が、夜の海風に靡《なび》いている。間違いない、あれは、私が待ち焦がれていた幸せの王子！

「キュアハート！」

「みんな、遅くなってごめん！　大貝第一中学前生徒会長・相田マナが来たからには、もう大丈夫だよ！」

全身から迸る自信とみなぎる愛！　マナってば、海外修行で完全復活……ううん、前より何倍もパワーアップしている感じ！

「なにコラタココラ！」

「何がプリキュアだタココラ！」

「デカいツラしてんじゃねえぞタココラ！」

タコジコチューたちが、一斉にキュアハートに突っかかっていった。いけない、いくら何でも数が多すぎる！

「ラブハートアロー！」

舞い降りた一張の弓をキュアハートは引き絞る。

「プリキュア・ハートシュート！」

彼女は、天空に向かって矢を放った。矢は天頂で拡散し、無数の光の雨となって地上に降り注いだ！

「ラーブラーブラアアアアブ！」

全滅した。

数百匹はいたであろうタコジコチューたちが、一撃で浄化されたのだ。

その様子は、瞬く間にSNSで拡散していった。

「キュアハートｷﾀ━━(ﾟ∀ﾟ)━━!!」「まじで？　どこに？」「横浜スタジアムだって」「ジコチューの大群を一撃でクリア！」「プリキュア？」「キュアハートしか勝たん！」「待ってました！」「初めて見た！　強い‼　凄い‼　カッコイイ！」「生徒会長って…」「これで勝つる！」「ハート様素敵！」「プリキュアがんばれ！」「プリキュアがんばれ！」

携帯電話のライトが、スタジアムに広がっていった。

「ふん……情弱乙、と！」

倉田氏は、自らSNSに書きこみを始めた。

「プリキュアは、トランプ王国から来た。キュアソード・剣崎真琴は共和国民。プリキュアがトランプ共和国の大統領とお友達なのはもはや常識、と！」

倉田氏が言ってることは何一つ間違いではない。けれど、煽動《せんどう》された人たちが**「騙《だま》され**

るな、プリキュアは我々の敵」「プリキュアはトランプ王国に帰れ」と、ド直球のヘイトを叫び出した！

「私には十三万人のフォロワーがいるのですよ。世論を操作するぐらい朝飯前……」

「あなた……あなたねえ！」

怒りが抑えられない。

倉田氏の目的は、戦争やお金儲けじゃない。ただひたすら自分を大きく見せたいだけなんだ！　自我肥大化生物とはよく言ったものよ。こんなちっぽけなジコチュー男に、世界が引っ掻き回されるなんて！

「絶対に許せない！」

「そんな格好で言われても、説得力ゼロでしょうが？」

倉田氏は、床に転がされた私を鼻で嗤うと、耳元のワイヤレスマイクで通話を始めた。

「ルスト君、あなたがいちばん近いようです。キュアハートを排除しなさい」

サイボーグのルストだから通信機が備わってるのか、それともジコチュー全員に携帯電話が配られているのかは判らないけれど……とにかく、キュアハートの目の前に、ルストが瞬間移動してきた！

「コイツは、俺からのプレゼントだ」

ルストの左腕のマシンガンが火を噴いた。

私は、思わず目を閉じた。

いくらプリキュアでも、あんなもので撃たれたらタダじゃ済まない！

だけど、だけど……キュアハートは無傷だった。

一分間に六百発発射できる機関銃の弾丸を、キュアハートはすべて手のひらで叩き落としていたのだ！

「こいつ……！」

青ざめたルストは、左腕の銃口を観客席に向けた。

「変身を解け。さもなきゃここにいるヤツら全員ブッちらばるぞ！」

観客は悲鳴をあげた。

それでも、キュアハートは落ち着き払っていた。

「あたしね、ミチさんに言われて、世界中いろんなところに行ったんだ。悲惨な状況もこの目で見てきたし、私一人の力じゃどうにもならないようなこともいっぱいあった……」

キュアハートは、こぼれ落ちた涙を拭った。

「こんなふうに、怒りの矛先を向けられたこともあった。そのとき分かったんだ。私も怖いけど、相手も怖いんだってこと……」

「……！」

透明で、プニプニで、ツヤツヤの……巨大なハートの形のゼリーのようなものが、ルストの体を覆っていた。

「な、なんだこれは……」

涙だ。

キュアハートが拭った涙が、ルストを包みこんでいたのだ。

「大丈夫、あなたのことは、あたしが受け止めてあげる」

ムギュッ！

キュアハートは、そのプニプニごとルストを抱きしめ、耳元で囁いた。

「あなたに届け、マイスイートハート」

「ラブラブラーブ♡」

昇天した。

ルストは、キュアハートの腕の中で、完全に浄化されたのだ。

「ば……バケモノか……」

眼鏡がずり落ちたまま、倉田氏は立ち尽くしていた。

「君にはそう見えるのかい？」

白銀の騎士が、倉田氏を見つめていた。

「彼女は、試練を乗り越えて、大いなる力を手に入れた。キュアハートこそが、この混沌《こんとん》とした世界を救う希望の天使だよ」

そう言って、彼は兜を脱ぎ捨てた。

倉田氏は、口をあんぐり開けながら、自分の腕時計のボタンを何度も押して確かめた。

「な……なぜだ！　なぜ動ける！」

「僕の人工コミューンをハッキングした四葉重工のエンジニアは、クアラルンプールで逮捕されたそうだ」

「そんな……まさか……！」

「四葉家には、世界一優秀な執事がいるんだよ」

ステージの後ろから、燕尾服《えんびふく》を身に纏ったカイゼルヒゲの男が現れた。

「せ……セバスチャン⁉」

セバスチャンは、懐からＩＣレコーダーを取り出した。

「倉田様、あなたの発言はすべて録音させていただきました。今後の裁判において、重要な証拠となるでしょう」

「貴様……使用人の分際で何を言ってるんだ！」

「まだ分からないのですか、倉田さん」

キュアロゼッタが、天井に張り巡らされた蜘蛛の巣からするり……と、抜け出した。

「あなたの負けです」

え……ええっ？

「バカな……プリキュアの力は妖精殺しの蜘蛛の糸で封じたハズなのに、なぜ？」

ロゼッタのポシェットから、ランスがひょっこり顔を出した。

「騙されたでランス」

「僕のマジックスレッドは、ただの合成繊維と入れ替えてある。さあ立ちあがって、キュアソード、キュアダイヤモンド！」

言われてみれば確かに、私たちの変身は解けていないし、ラケルもまだまだ元気そうだ。力任せに引っ張ると、蜘蛛の糸はあっけなくちぎれた。

「君の悪事を暴くために、一芝居打ったんだ……倉田君、君は今日限りクビだ」

「な、なにいいいっ！」

警官隊がホールの中になだれこんできた。

やってきた水谷警部が、逮捕状を読みあげた。

「倉田明宏、大統領誘拐及び内乱首謀の容疑であなたを逮捕します！」

ガチャリ。倉田氏の腕に手錠がかけられた。

79
最後の切り札！　キュアジョーカー

「ずっと前から計画していたことなんだ。僕と父さんの二人でね……」

パトカーの回転灯が、四葉重工のエントランスに波のように押し寄せている。その赤い光の波打ち際で、私たちはミチさんの話を聞いていた。

「お父さんも、一枚嚙んでたってことですか」

ちょっとキツめの言い方かもしれないけれど、これぐらいは許してほしいな。私とまこぴーは、完全に一杯食わされた側だもん。ミチさんは困ったような顔で言葉を紡いだ。

「四葉財閥は、決して一枚岩じゃない。人の道を外れようとも業績を第一に考える倉田派と、社会への奉仕を掲げる父さんとの間には深い溝があった。将来、ありすが四葉財閥の後継者になる前に、父さんは膿《うみ》を出しておきたいと考えていたんだ」

それが、四葉重工の倉田派を一掃する計画だった。

「東京クローバータワー事変が起きた後、僕は、トランプ共和国へ渡った。ジコチューと人間の関わりの歴史を知っておきたいと思ったからだ。共和国の識者たちの助けを借りて、文献を紐解いていると、ジコチューというのは結局、僕たちの人間界でいうところの悪魔に非常に近い存在であるということが判った」

「私も、ジコチューの名前の由来から、それっぽいところは感じました」

「流石だね、六花ちゃん」

ミチさんは、以前のように私のことを名前で呼んだ。名字で呼ばれるより、こっちの方がずっといい。

「トランプ共和国の有識者に協力してもらって、ジコチューの七人の行方を調べているうちに、王国のプリキュアと戦ったゴーマとルストは、封印されただけで消滅はしていないことが判ったんだ。それを倉田が嗅ぎつけた。倉田は、僕にゴーマとルストの封印を解こうと持ちかけてきたんだ。僕は、父さんに相談した。ジコチューを解き放てば、またトランプ王国のような悲劇が起きるのは間違いない。だけど、父さんはこう言ったんだ。倉田派を一掃できるならそれも悪くない、と……」

「えっ！」

「どういうことですか」

「悪魔と契約して願い事を叶えてもらう……君たちも、一度ぐらいはそんな話を聞いたことがあるだろう？　『ファウスト』の戯曲然り、瓶に閉じこめられた魔人の物語然りだ……父さんは、ゴーマとルストの二人と契約を結んだんだ。封印を解く代わりに、息子の命令に従えとね」

そう言って、ミチさんは自分の胸を指した。

「ジコチューの封印を解いたのは、ミチさん自身じゃなかったんですか」

「倉田派には、僕が名代だと思わせておく必要があった。ジコチューの封印を解くというプランに、父さんが乗ってしまったら、それは即ち倉田に錦の御旗を与えることになってしまうからね」

ええと……ファウストの名前が出たせいかしら。モヤッとするので、訊いてしまおう。

「ひとつ教えてもらっていいですか。お父さんが亡くなったのって、ジコチューと契約したからじゃないですよね……自分の魂を差し出したとか、そういう……？」

ミチさんは、バツが悪そうに視線を逸らした。

「実は……父さんは、死んでない」

……。

……？

「生きているんだ。あの葬式は、倉田派を泳がせるための罠だ」

「えええええええええ〜っ！」

私もまこぴーも、ラケルもダビィもアゴがガクーンと外れた。周りにいた警官の何人かが振り向いたので、私たちは慌てて口を塞いだ。

「い、生きてるの？　ありすのお父さん！」

「ええと……はい、みたいです」

ありすは、セバスチャンが淹れたレモンティーを片手に、目をパチクリさせている。

「知ってたの？」

「お兄様から聞きました」

「いつ⁉」

「ゆうべのことです」

☆　☆　☆

四葉重工の玄関フロアで、キュアロゼッタは白銀の騎士に耳打ちされたのだ。

「父さんは生きている」

「……！」

「大丈夫。僕を信じて……」

バシュッ！　白銀の騎士はロゼッタを雁字搦めにして、蜘蛛の巣に突き落とした。

☆　☆　☆

「以前、蜘蛛の糸で拘束されたときはすぐに変身が解けてしまいましたが、昨日はそういう兆候は全くなかったので、お兄様に何かしら考えがあるのだと思って、昨夜はそのまま眠ってしまいました。お水が一滴も飲めなかったのがしんどかったですが、なんとか持ちこたえることができました」

えーあー……ごめんね、ありす。私たちがもっと早く助けに来ていれば、辛い思いをさせなくても済んだのにね……って、そういう話じゃない！

「大丈夫なの、ありす？　何処か体の調子が悪いとか……」

「いえ、そんなこと全然……ああ、ごめんなさい。私もまだフワフワしていて、お父様が生きてるって実感が湧かないのです……」

まあ、そうよね。ありすの気持ちはよく分かる。まこぴーなんか、ほら……ミチさんをつかまえて、やり場のない怒りをぶつけてる。

「どうして今まで教えてくれなかったんですか！　私たちのことが信用できないって言う

んですか！」

「よく言うだろう。敵を騙すにはまでゅふっ！」

最後まで言わせない。まこぴーは、ミチさんの胸板をポカスカと叩き続けた。

「私たちがどれだけ傷ついたか分かりますか！　お父さんとの約束だかなんだか知らないけど……もっと周りをよく見てください！　あなたのことを大切に思っている人たちまで裏切らないで！」

最後は涙声だった。

「本当にごめん。ここまで騒ぎが大きくなったのはすべて僕の責任だ。謝って済むような問題ではないかもしれないけれど……すべてが片付いたら、罪は必ず償うよ」

「ひとつ、よろしいでしょうか」

「うわああっ！」

いつの間にか、水谷警部が私たちの真後ろに立っていた。お父さんの話、公安の人に聞かれたらまずいんじゃないかしら。私たち、心臓をバクバクいわせながら平静を装う。

「な、なんですか、警部！」

「皆さんにお知らせがあります。グッドニュースが二つ、バッドニュースがひとつ……どれから話しますか？」

こういうのって、選んだ側に悪いニュースの責任とか罪悪感を背負わせたいときのズルい大人の話術。だから、私は選ばない。お好きな順でどうぞと言った。

「分かりました。では、最初のグッドニュース。キュアハートと連絡が取れました。横浜エリアのジコチューを浄化したらこちらに向かうと言っているそうです」

「おお！」

「良かった……」

「私たちも合流しましょう。残りのジコチュー幹部は五人。いくらキュアハートがパワーアップしたって、五人で囲まれたらマズいもの！」

「そうね」

「では、バッドニュースの方を……倉田容疑者を護送していたパトカーがNWOに襲撃されました」

「どういうこと？　警察署に配備されたドローンが、パトカーを襲撃って……」

言ってる意味が、まるで理解できない。

ミチさんは、眉間に皺を寄せた。

「NWOは、元々四葉重工製だ。恐らく、倉田はNWOのオペレーションシステムを掌握するプログラムを仕込んでいたんだろう」

「社長のおっしゃるとおりです。本来であれば、自我肥大化生物の鎮圧に当たっているはずのNWOですが、いつまた想定外の動きをするか判らないので、主電源を遮断し、強制的に停止させている状態です。倉田容疑者は現在も逃走中。警視庁は、都内全域に緊急配備を敷いていますが……」

「ジコチューがあちこちで暴れまわってる状態じゃあ、見つけ出すのは難しそうね……」

警部は、苦虫を嚙み潰したような顔で「はい」と頷いた。

「しかも、倉田は自分をジコチューの名代にしている。ゴーマたちは今、完全に倉田の手先となって働くはずだ」

「えっ、名代はミチさんじゃなかったんですか？」

「人工コミューンをハッキングしたときに、倉田が僕に契約の術式を書き換えさせたんだ」

契約の術式？　なんかその辺の話、ミチさんに聞いたら沼に嵌《は》まりそうなので、適当に切りあげて、話題を変える。

「それで、警部。もうひとつの良いニュースって？」

「はい、ジコチューに誘拐されていたクロンダイク大統領のことなのですが……」

本社ビルから、ストレッチャーに乗せられたジョナサンが運ばれてきた。

「大統領！」

「大丈夫ですか？　足の怪我は……」

「ああ……弾は貫通しているし、手当てもしてもらった」

「でも、ちゃんと病院で診てもらった方が……」

「そんな余裕はないんだ」

と、ジョナサンは救急隊の手を払いのけるように、ストレッチャーから起きあがった。

「実は、もうひとつお知らせがあります」

水谷警部が、ピリついた空気を漂わせた。私たちも、背筋を伸ばして拝聴する。

「横須賀《よこすか》に停泊していたアメリカの駆逐艦三隻が、相次いで出航しています。本日中にトランプ共和国が宣戦布告を取り下げない場合は、米軍は先制攻撃も辞さないと言っているようです」

「は……？」

「先制攻撃って……⁉」

「トランプ共和国に、ミサイルを撃ちこむってことですか⁉」

まこぴーの声は震えていた。警部は何も答えず、申し訳なさそうに俯いた。

「そんなことって……」

「どうすればいいんですか。攻撃を中止させる方法はないんですか！」

「ひとつだけある」

ジョナサンが、ストレッチャーから降りた。まだ足元がフラついている。まこぴーと私とありすの三人で彼を支えた。

「僕が、アメリカ合衆国に直接かけあって、人間界に宣戦布告したのはニセモノだということを証明するんだ」

「なるほど」

ジョナサンは自分の腕時計を見た。

「米軍の攻撃が始まるまで、あと三時間しかない。君たち、力を貸してくれないか」

「ええ、もちろんですわ」

「私たちが、大統領をアメリカまで送り届けます」

私がラブリーパッドを手に取ると、水谷警部が「いけません！」と、慌てて止めた。

「どうして！」

「プリキュアの瞬間移動能力は、今や世界中から脅威と見做されています。もし仮に、ホワイトハウスにあなたがたが突然現れようものなら、米国は全力であなたがたを拘束しようとするでしょう」

私、ピンときた。

龍南省で起きた地震。キュアハートが駆けつけたせいで問題になっているって。あのときの影響が、こんなところにも現れているなんて……。

急に空が騒がしくなった。水谷警部が、警視庁のヘリを回してくれたのだ。

「永田町《ながたちょう》はジコチューが大量発生して身動きが取れないそうです。我々は、大統領と一緒に縦田《たてだ》基地に向かい、在日米軍司令部に攻撃の中止を直訴します」

「分かりました」

ありすが、私とまこぴーに訊ねる。

「私たちはどうしましょうか？」

「とりあえず、マナとの合流は後回し。ジコチューにされた人たちは後からでも浄化できるけど、ミサイルを撃ちこまれちゃったら取り返しがつかないもん」

「ジョナサンを縦田基地まで送り届けることが最優先ね」

☆　☆　☆

「僕はここに残るよ」

出発直前。ミチさんは、四葉重工のヘリポートで私たちを見送った。

「パトカーを襲撃したNWOを調べれば、倉田の居場所が判るかもしれないからね」

「お兄様、ご無事で……」

「ありすこそ、無茶はしないでくれよ」

キュアロゼッタは、ミチさんと短い抱擁を交わしてから、私たちと一緒に飛び立った。

本当なら積もる話もあるだろうに。一緒に、お父さんのことや、これまでのすれ違いの日々のことを話しあったりもしたいだろうに……。

「プリキュアの皆さん、感度はいかがですか」

私たちの耳元、インナーイヤー型のヘッドセットに水谷警部の声が響いた。

「我々が乗っている警視庁のヘリコプター、おおとり2号の巡航速度はおよそ時速三百キロですが、行けますか？」

「はい、大丈夫だと思います」

「では、ついてきてください」

ヘリコプターは速度をあげた。私たちは雁《がん》の群れのようにV字に編隊を組んで、飛ぶ。

時速三百キロといえば市販されているスーパーバイクのトップスピード並みだ。風切り音でヘッドセットはまるで役に立たない。するとロゼッタがハンドサインを送ってきた。一列になって風の抵抗を和らげて飛ぼうというのだ。なるほど、スリップストリームね。ソードが私の両足を、私がロゼッタの両足を抱えこむと、急にスピードが跳ねあがった。もしかして、繋がっていると速く飛べるってこと？　私たち、一年半近くプリキュアを続けているのに、未だに引き出せていない能力があるのね！

「ブルルンブンブーン！」

「……！」

前方に機影……ううん、違う。ヘリコプターのジコチューだわ！

「ここは僕の空だブーン！　勝手に飛んだら許さないブーン！」

ヘリコプタージコチューは、口から無数のミサイルを放ってきた！　ま、まずい！　だけど、キュアソードは自転車のロードレースのようにフォーメーションチェンジ。自ら先頭に立って、手刀を構えた。

「このまま突っこむわよ！」

「はい、どうぞ！」

「どうぞじゃない！」

私が拒否するよりも前に、ソードの手刀に紫色のオーラが宿っていた！

「煌け！　アルティマソード！」

ソードの右腕から伸びた光の刃が、ミサイル群もろともヘリコプタージコチューを切り裂いた！

「ラーブラーブラーブ♡」

浄化されたヘリコプタージコチューは、プシュケーとなって飛び去っていった。

「んもう、あんまり無茶しないでよ……」

胸を撫でおろしたそのとき、私たちの目の前に巨大なヴィジョンが投影された。またあのときと同じ、ジコチューが魔力で映し出した虚像だ。

「皆さん、こんばんは！」

現れたのは倉田氏だった。

「私、大変なものを発見しちゃいました。なんと、あのトランプ共和国のジョナサン・クロンダイク大統領が日本に潜伏していたのです。ご覧ください」

映像が切り替わった。

え、これ何処から撮ってるの？　私たちの目の前を飛んでいる警視庁のヘリコプターが大写しになって、機内のジョナサンの姿がくっきり映し出されている！

「なんとなんと！　人間界に戦争を仕掛けてきた張本人が、国民を守るハズの警視庁のヘリに乗っているのです！　こんなことが許されていいのでしょうか！」

「あっ！」

8ミリカメラ（パパが持ってたヤツに似てるけど、別物なんだろうな。フィルムカメラに中継機能なんてついてないし！）を構えたリーヴァが、おおとり2号の窓に張りついている！

「下がりなさいッ！」

私が、トゥインクルダイヤモンドでけん制すると、リーヴァはサッと姿を消した。

「ご覧になりましたか！　やはりプリキュアも、クロンダイク大統領の味方なのです！

このままでは、我々は連中に攻め滅ぼされてしまいますよ！　さあ、皆さん！　今こそ立ちあがりましょう！　あのヘリコプターを叩き落とせ！　我々に喧嘩を売った者に制裁を加えるのだ！」

倉田氏のアジテーションに呼応するかのように、地上からハゲタカジコチューが雲霞《うんか》のごとく湧いてきた！

「見ツケタカ、大統領！」

「八ツ裂キニシテヤルカ⁉」

ハゲタカたちは、ギャーギャー騒ぎながら、おおとり2号に襲いかかってきた。ヘリのパイロットに回避行動を任せ、私たちは応戦する。ロゼッタはロゼッタリフレクションで羽根手裏剣を弾き返し、ソードはスパークルソードでハゲタカを撃ち落とし、私はダイヤモンドスワークルで群れを渦に巻きこんで、浄化するんだけどおっ……！

「数が多すぎます！」

このハゲタカの群れは、恐らく倉田氏の言葉を鵜呑《うの》みにしちゃった人たちのプシュケー。カッと頭に血が昇るクセに、血の巡りが悪いというか、頭の回転が遅いというか……さっきのあの映像が、ジョナサンのニセモノが宣戦布告したときと同じものだって気がつかないんだから！

「お嬢様」

ヘッドセットの回線に、セバスチャンが割りこんできた。

「倉田容疑者の居場所が判りました。東京クローバータワーです」

えっ？　どうして判ったの！

「先ほど、天空に投影された画像を解析した結果、クローバータワーの展望台から見える風景と一致したのです」

「流石、セバスチャン！」

ハゲタカたちを往《い》なしながら、ソードが叫ぶ。

「先に倉田をつかまえちゃえば、ジコチューになる人も減るんじゃない？」

それは確かにそのとおり……だけど、今はジョナサンを守るので精一杯！　ほらまた、遠くから別のハゲタカの群れが近づいてきてる！

「あたしが行く」

「……！」

耳元に、懐かしい声が響いた。

無線を通じてだけど、こうして声を聴くのは五十二日ぶり……いや、さっきもＳＮＳで動く姿は見たけど、あれは別に私に語りかけたわけじゃないからノーカンよノーカン！

ああ、体中をセロトニンとオキシトシンとドーパミンが駆け巡っていくっ！

「キュアハート！　キュアハートなのね！」

「ただいま、六花！　ごめんね、全然連絡できなくて！　寂しかった？」

キュアソードが会話をひったくった。

「今何処にいるの？」

「横浜、みなとみらい。この辺のジコチューはほとんど浄化できたから、クローバータワーに飛ぶね！」

「待って、マナ」

と、回線に割りこんできたのはミチさんの声だ。

「関東近郊に配備された二百九十五機のＮＷＯが、クローバータワーに向かって集結をし始めた。主電源を遮断しても、内部バッテリーがあれば再起動できるからね。クローバータワーに立て籠もったのも、その信号《シグナル》を発信するためだろう」

「三百機近いドローンとジコチューの大群を相手にしなきゃいけないのよ。しかも、倉田氏のそばにはベールがいるはず！　さっきの映像は、ジコチューの魔力で映し出されたに決まってるもの！」

私が心配して言ってるのに、キュアハートは「大丈夫、なんとかなるなる！」って、まるで何処吹く風よ。いない間も心配だったけど、帰ってきてからもやっぱり心配かけるのよね！

「クローバータワーの方はあたしがなんとかするから、みんなはジョナサンの護衛をよろしくね」

「はい、お任せください！」

ウチの守護神が、喜色満面で答えた。

「来るわよ、第二波！」

迫りくるハゲタカの群れに向かって、ソードがまたしても手刀を構えた。

「アルティマ・ダブルソードッ！」

雄叫《おたけ》びが電光石火の一撃を呼んだ。地平線まで伸びた二本の光条が、ハゲタカの群れを一掃していく！

「す、凄いケル！」

「キュアソード、あんまり飛ばさないでほしいビィ！」

「ここで力尽きたって構わない！　ジョナサンを基地まで送り届けられるなら……」

「あ、危ないッ！」

地上から飛んできた光弾を、ロゼッタがリフレクションで弾き返した。私、見覚えがある。グーラが口から吐き出したエネルギー弾だ！

「このおっ！」

この辺、木々が生い茂っていて、かなり薄暗い。私は、巨大な氷塊を生み出して、光弾が発射されたあたり目掛けて、投げつける！

「どわあっ！」

悲鳴はあがったけど、手ごたえがない。外したか！

「危ねえじゃねえか、この野郎！」

猛《たけ》り狂《くる》ったグーラが、今度はビームを吐き出してきた。ロゼッタは、リフレクションを展開してビームを防ごうとしたんだけど……え、待って！　盾の手前でビームは打ち上げ花火みたいに拡散して、そのひとつがおおとり2号を掠めた！

「あああっ！」

「ジョナサン！」

テールローターを損傷したおおとり2号は、ツクバネのようにクルクルと回転しながら落ちていく！　私たちはヘリコプターの下に回りこんで、必死に支えようとしたけど……ダメ、重すぎる！　おおとり2号は、目の前の湖に飛沫をあげて着水した。

ヘリが沈む前に、私たちはジョナサンと水谷警部とヘリのパイロットの三人を岸まで引っ張りあげた。

「何処なの、ここ？」

悲鳴をあげるソードに、水谷警部がスマホで現在位置を示した。

「狭山湖《さやまこ》です。縦田基地まではあと少しです。移動しましょう！」

「さあ、大統領」

と、ロゼッタがジョナサンに背を向けてしゃがんだ。

「おんぶしちゃった方が早いですから！」

「待って、ジョナサンはあたしが背負うから」

今度は、ソードが背中を向けた。え、何？　そこでポジション争い勃発？

「両手が塞がっちゃったら、バリアが張れないでしょ」

言われてみれば、確かにそうね。私、反省……。

「いつもすまないね」

「それは言わない約束でしょ」

ソードがジョナサンを背負って歩き始めたそのとき！

「何処へ行くつもりかしら？」

「……！」

私たちの目の前に、さっきの8ミリカメラを構えたリーヴァが現れた。

「お前たちはもう袋のネズミだぜ」

振り返ると、グーラが立ち塞がっていた。

「う、うわあああっ！」

逃げ出したパイロットの背中に向けて、リーヴァがパチンと指を鳴らした。パイロットの胸から黒く染まったプシュケーが飛び出した。パイロットは、その場に崩れ落ちた。

三脚にカメラを据えつけたリーヴァが、グーラにアツい視線を送っている。

「ねえ、久しぶりにアレやってみない？」

「うへへへ、いいぜえっ！　久しぶりの共同作業だ」

グーラとリーヴァは、恋人同士のように指を絡め、頬寄せあって叫んだ。

『暴れろ、お前の心の闇を解き放て！』

プシュケーが弾けて、一軒家サイズのオバケサザエが現れた！

しかし、サザエは動かない。

「ジコチュー……」

殻の中から何か聞こえた。蚊が鳴くような小さな声だ。

「引きこもってないで暴れろよ！」

グーラが殻を蹴飛ばすと、中からハリネズミのような本体が顔を出した。円《つぶ》らな目と短い脚がなんとも可愛いけれど……。

「今、蹴った？」

ハリネズミがグーラに訊ねた。

「はあ？　蹴ったよ、それがどうした！」

「どうして蹴るの……僕は、誰にも構われたくないのにいいいいっ！」

ハリネズミは背負ったサザエの殻をグルグルと回転させながら、そのトゲの部分から四方八方にビームを撒き散らした！

「わあああっ！」

「伏せてッ！」

隣にいた水谷警部を突き飛ばして、羽を広げて覆い被さる。

ロゼッタは、リフレクションでジョナサンを背負ったソードを必死にガードしてるけれど……とんでもないわ！　ビームの斉射がやんだころには、周りの木立は一掃されて、焼け野原になってる！　リーヴァとグーラも、顔が真っ黒に煤けていた。

「なんなのもう！　失礼しちゃうわねーっ！」

「大丈夫ですか、警部」

警部は、首を竦めながら答えた。

「私のことは構わず、大統領を！」

ロゼッタは、ソードに向かって叫んだ。

「ここは私と六花ちゃんでなんとかします。真琴さんは先に行ってください！」

変身しているのに、わざわざ名前を呼んだ。それは、ありすの覚悟の証し。

「そうよ、ありすの言うとおり。これは撤退戦、金ケ崎《かねがさき》の退き口なんだから！　シンガリは私たちに任せて！」

ソードはジョナサンをお姫様抱っこすると、私に向かって唇を綻ばせた。

「インテリ」

「うっさい」

背中の白い翼を広げ、ソードは飛翔《ひしょう》した。

翔《と》んで、キュアソード。トランプ共和国を救うために……！

「甘いですねえ！」

「……！」

天空に、また倉田氏の虚像が投影された。

「皆さん、トランプ共和国の大統領はあそこです。叩きのめしちゃってください！」

夜空を切り裂くように、地上から幾筋ものサーチライトが照射された。まさか、倉田氏の息がかかった人間がここにもいるの⁉　キュアソードは照明から逃れるように飛び回るけれど、ジョナサンを抱えている状態ではスピードは出せないし高度も取れない！　低空に追いこまれたキュアソードに、超音波が発射された。ラジカセジコチューだ！　白い羽根が舞い散って、キュアソードはジョナサンを抱えたまま墜落した！

そんな……嘘でしょっ！

私とロゼッタが、墜落した方向にとっさに駆け出す。すると、後からギャリギャリと回転ノコギリのような金属音が近づいてきた。アスファルトを捲りあげながら、さっきのオバケサザエが転がってきたのだ！　私たちは数メートル弾き飛ばされた。息が詰まって悲鳴も出せやしない。

「避けて、ダイヤモンド！」

ポシェットのラケルが警告を発してくれる。振り返ると、見たこともないカマキリジコチューが鋭い鎌を振りかざしていた！　私、地面を転がって鎌の一撃を躱す。

するとと、今度はサメのジコチューが空を飛んで襲いかかってきた……え、サメが空を飛ぶ⁉　なんかもうその時点で理解の範疇《はんちゅう》を超えているけど、飛んでるものは仕方がない。私、トゥインクルダイヤモンドでけん制しつつ、立ちあがって駆け出す！

「なんなのよ、もう！」

一方、ロゼッタの方は応援団長ジコチューと戦っていた。六本の腕でペンライトを振り回して殴りかかる応援団長を、ロゼッタは両手の盾で往なしている。

「これではシンガリの務めが果たせません！」

「ありす、お星様が降ってくるでランス！」

「星……⁉」

星ジコチューだ！

「スタアの輝き！」

「ああ……ッ！」

閃光は、ロゼッタウォールでは防げない！　怯んだロゼッタの背後から、毒々しい赤と青のカエルジコチューが緑色の液体を浴びせかけた……多分、強酸性の毒だ！　ロゼッタの悲鳴が闇中にこだまする。背中の白い羽はボロボロに溶け落ちた！

「キュアロゼッタ！」

駆け寄ろうとしたそのとき、背中に激痛が走った。あ、マズいと思って駆け出すんだけど、膝に力が入らない。ツトトッて二、三歩走ったところで、転んだ。

目の前に、雪が舞い落ちてきた。

まだ九月なのに……なんて、ぼんやり眺めていたら……ああ、これ雪じゃない。私の背中の羽根だわ。確かめたくないけど、私……多分、さっきのカマキリに斬られたんだ。

「六花、六花ああっ！」

ラケルが鼻を鳴らしている。大丈夫だってこれぐらい……なんともないんだから！

折れ曲がった交通標識をつかんで立ちあがると、墜落したソードとジョナサンの姿が目に入った。平気よ、大丈夫……まだ変身は解けてない。たとえ翼が折れたって、私たちは大統領を縦田基地まで連れていくって約束したんだから……。

グーラが、呆れたように頭をかいた。

「もう諦めろ。どんなに頑張ったって、間に合いっこないぜ」

間に合わない？

間に合わないって……！

「あなたたち、ミサイルのことを知ってたのね⁉」

「あ〜ら、そんなに驚かなくたっていいじゃなあい？　お仕事柄、彼にはその手の情報は筒抜けみたいよ」

天空に映し出された倉田氏が冷笑を浮かべている。そうか。単に、フライトトラッカーか何かで警視庁のヘリを追跡していたわけじゃなかったんだわ。アイツは、ゲームみたいな感覚で、本当の戦争を起こそうとしている！

「人間てのは面白れえよなあ。仲間同士で殺しあって、勝手に滅びるんだからよ」

「そうね……悔しいけれど、あなたの言うとおり……」

「あん？」

「人間は、いい加減でワガママで卑しくて浅ましくてナマケモノで、どんなに痛い目に遭ってもすぐ忘れちゃう……だけど、それでも……！」

瞳に一テラケルビンの炎をたぎらせて、グーラたちを睨《ね》めつける！

「私たちは、絶対に滅びたりしない！」

「フフフ……せいぜい粋がってらっしゃいな」

「お前らは、ここでおしまいなんだよ！」

何処に潜んでいたのかしら。イカジコチューの触手が私の首に巻きついて、ぐいぐい絞めつけてきた。

「さあ、そのままプリキュアを縊《くび》り殺してしまいなさい！」

「六花ちゃん！」

「六花……！」

遠くでロゼッタとソードの呼ぶ声がする。私は、脳に酸素が行き届かなくなって、目の前が暗くなってきた……このままじゃ、本当に……ヤバ……い……！

意識がとぎれかけた刹那、一枚のカードがイカジコチューの触手を裂いて、アスファルトに刺さった！

「ジコオオオオッ！」

「な、何者⁉」

暗い夜空に、人影が浮かんでいた。

私、まだ視界がモノクロでよく判らない……目に映るのは、風に靡く長い髪。頭には大きなリボンが揺れている。レジーナかと思ったけど、シルエットが全然違う。髪が内側に巻いてるもの。ゴスロリっぽいショートドレス。可愛らしい王冠と、胸につけた大きなリボンの中心に輝くハート形のブローチ。女の子が好きなもの全部乗せって感じの……え、ちょっと、ホントに誰なの？

『最後の切り札、キュアジョーカー！』

キュア……ジョーカー？

地面に突き刺さったカードには、ジョーカーが描かれていた。

その謎めいたプリキュアは、小悪魔のようなウインクをしてみせた。

『私とわくわくランデヴーしてみない？』

Cure Joker

80
激闘！　キュアジョーカー対ジコチュー軍団

えっとね……これは、後で聞いた話なんだけど。

私たちが四葉重工に向かった後、亜久里ちゃんは言いつけを守って、大統領誘拐の件を大貝警察署に届けたらしい。

「しかし……証拠はないわけですよね？」

水谷警部からそう言われて、亜久里ちゃんは言葉に詰まった。確かに、傷ついたクオレは消え去り、ラブリーパッドが見せた映像も、録画が残っているわけではない。

「でも、あたしも一緒に見たんです」

隣で、エルちゃんはそう証言した。

「亜久里ちゃんの話では、マジカルラブリーパッドは別名・真実を映し出す水晶の鏡と呼ばれていたそうです。嘘は映し出さないと思います」

でしたら、と警部は提案した。

「私にも見せていただけないでしょうか。クロンダイク大統領が今何処にいるのかを……」

亜久里ちゃんは思《おも》い惑《まど》った。三種の神器は気軽に使ってはいけないと釘を刺されているからだ。しかし「大統領を奪還するためには、監禁されている状況を確認する必要がある」とまで言われてしまっては、見せないわけにはいかない。

「マジカルラブリーパッド！　現在のジョナサンの姿を見せてください！」

盤面が仄かに輝いて、会議室の椅子に縛りつけられたままのジョナサンの姿が映し出された。俯いたその顔は、萎れた花のようだ。

「ああ、ジョナサン……ジョナサン！」

亜久里ちゃんは、ラブリーパッドの盤面に手を伸ばした。

「しっかりしてください。聞こえますか、私《わたくし》の声が！」

不意に、青ヒゲの男がドアップで現れた。

「なあに、今の声？」

リーヴァだ。その奥に、フライドチキンを骨ごと食らっているグーラの姿も見える。

「はあ？　何も聞こえないが……」

盤面を覗きこんだ警部が訊ねる。

「この二人は？」

「ジコチューです。ジョナサンを誘拐した仲間です！　まさか、生きていたなんて……」

「……マイ……スイートハート……」

声が届いたのかしら。うなだれていたジョナサンが、わずかに顔をあげた。

「気持ち悪いわね～……寝言なんてやめて頂戴！」

リーヴァがステッキでジョナサンの顔面をしたたかに殴った。

亜久里ちゃんの目に、怒りの炎がたぎった。

「ジョナサンを、ここまで痛めつけるなんて……！」

まるで、滾々《こんこん》と湧き出す源流に浸すように、亜久里ちゃんの両手が鏡の中にするりと潜りこんだ。

「絶対に、許せない！」

その細い指先が、バラの蔓《つる》のようにリーヴァの首に絡みついていく……。

「亜久里ちゃん、ダメッ！」

「……！」

エルちゃんの悲鳴で、亜久里ちゃんは、ハッと我に返ったように自分の手を引っこめた。

と、同時に……ビシッ！　と、ヒビが入って、水晶の鏡はそれっきり何も映さなくなってしまった。

「あ、ああ……ッ！」

亜久里ちゃんは狼狽えていた。

無理もない。

三種の神器のひとつが壊れてしまったのだ。

さっきから他の署員たちと慌ただしく連絡を取りあっていた水谷警部は、亜久里ちゃんに伝えた。

「スペシャルアサルトチームが、大統領奪回に乗り出すことになりました。その……鏡の件はなんとお詫び申しあげれば良いのか判りませんが……ご協力に感謝いたします」

警部が車で送ってくれるというので、亜久里ちゃんとエルちゃんは警察署の外に出た。

おもては既に真っ暗だった。その暗い空の下で、亜久里ちゃんは深く落ちこんでいた。

「私《わたくし》がいけないのです……私《わたくし》が間違った使い方をしなければ、マジカルラブリーパッドは壊れたりはしなかったはずなのです……」

「そんなことないよ！　亜久里ちゃんのおかげで捜査が進むって刑事さん言ってたし！　大統領だって、きっと元気に帰ってくるよ」

エルちゃんが、亜久里ちゃんの手を握った、まさにそのときだった。

天空に映し出された大統領のニセモノが、人間界に対して宣戦を布告したのは！

「なんですか、今のは！」

流石に水谷警部も、普段は細い目を真ん丸に見開いている。

「警部、あれはニセモノです！　ジョナサンの名前を騙《かた》るニセモノです！」

「とにかく、車に乗ってください」

警部は二人を覆面パトカーに乗せて、走り出した。亜久里ちゃんは、ハンドルを握る警部に説明する。

「ジコチューは、魔力で人間に化けることができるのです。以前もベールという幹部が、ジョナサンに化けて、私《わたくし》たちを謀《たばか》ろうとしたことがありました」

「ということは、連中が大統領を誘拐した目的は、人間界とトランプ共和国の間に戦争を起こすためということになりますね……今の宣戦布告を真に受けて、共和国に対する敵対心を募らせるような人も現れるでしょう。そうなれば……」

「あ、危ないッ！」

覆面パトカーの前に、赤と青の毒々しいカエルジコチューが飛び出してきた！

水谷警部はとっさにハンドルを切って、回避した。

「カエレカエレ！　とらんぷ王国民ハ自分ノ国ニカエレ！」

と叫びながら、カエルジコチューは遠ざかっていった。

「ご自宅までお送りするという約束でしたが、これよりあなたがたを警察官職務執行法第四条に基づいて保護します。自我肥大化生物と化した人たちが、トランプ共和国の関係者に危害を及ぼす可能性が高いと考えられるからです。レジーナさんと前トランプ王国王、それにあなたの保護者である茉莉さんも対象とさせていただきます」

「森本さんは……？」

「ご両親に迎えに来ていただくつもりでしたが……ちょっと待ってください」

ハンドルを握りながら、警部はヘッドセットを気にしている。何か本部から連絡が入っているみたい。

「たった今、日本政府は緊急事態宣言を発令しました。被害を避けるため、不要不急の外出は控えるようにと国民に呼びかけています」

「そ、そんな！」

「大丈夫、少なくとも今晩中にはカタをつけますよ」

警部は、バックミラー越しに亜久里ちゃんとエルちゃんに微笑みかけた。そうやって勇気づけないといけないぐらい、二人は後部座席で震えながら身を寄せあっていたのだ。

☆　☆　☆

私は、大貝町に引っ越してくるまでは、保育園に預けられていた。

夕方、暗くなって一人また一人とお迎えが来て、部屋の中が寂しくなっていくときの不安たるや。世界中にたった一人取り残されてしまったかのような、そんな寂寥感《せきりょうかん》……恐らく、警視庁の中の保護施設に連れてこられた亜久里ちゃんも、同じような気分を味わったのだと思う。森本さんのご両親は、早々にエルちゃんを連れて帰り、二十畳ほどのフロアに一人きり。溜め息で溺れそうになっていると、やっとドアが開いた。

「亜久里！」

「おばあさま！」

二人、ひしと抱きあい、互いの無事を確かめる。

「遅くなってごめんなさいね」

「いいえ、おばあさまが無事なら、それで……」

ポロポロと大粒の涙がこぼれ落ちる。ジョナサンのことや、壊れてしまったラブリーパッドのこと、すべて吐き出してしまいたかったけれど……。

「亜久里、無事だったかい！」

アイちゃんを抱いた王様が、レジーナと一緒に入ってきた。

「いやはや、大変なことになったもんだ。まさか、ジコチューがジョナサンの替え玉を送りこんでくるなんて……」

汗を拭き拭きやってきた王様。レジーナは、それと反比例するかのような冷たい視線を亜久里ちゃんに送っていた。

「何してるの？」

「な、何って……」

「街が大変なことになってるのよ」

レジーナは、亜久里ちゃんの腕を引っ張って、部屋から無理やり連れ出した。

☆　☆　☆

亜久里ちゃんが連れてこられたのは、屋上のヘリポートだった。

「見なさい！」

「……！」

夜空が、赤く染まっていた。

街のあちらこちらから、火の手があがっているのだ。

「ジコチューが暴れまわっているせいで、街じゅう大混乱よ。あちこちで助けを求めているけれど、全然手が回ってない。ジコチューから街を守るって倉田が宣伝してたあのロボットも、ちっとも働いてない！」

亜久里ちゃんは、顔を背けた。

「亜久里！　あなた、プリキュアでしょう？　なんとかしなさいよ！」

「無茶を言わないでください！」

ドン、と遠くで何かが破裂した音がした。タンクローリーが横転して、爆発したのだ。

「今の私《わたくし》には、何の力もありません！　ロイヤルクリスタルは奪われ、マジカルラブリーパッドは割れて使い物にならなくなってしまったのです！」

「はあ？　なんでよ！」

「私《わたくし》がジコチューだったからです！　無抵抗だったジョナサンが殴られるのを見て、頭に血が昇って……取り返しのつかないことをするところでした！　怒りが抑えきれないなんて……私《わたくし》は、自分が恐ろしい……」

二人の娘を心配して、王様と、アイちゃんを抱っこした茉莉さんがやや離れた所から様子を窺っているんだけど、亜久里ちゃんもレジーナも、全く視界に入っていないみたい。

「バッカジャナイノ？」

レジーナが吐き捨てるように言った。

「な……！」

「仏様だって三度めにはキレるのよ。普通の女の子だったら、初手でブチギレたって構わないじゃない！」

ええと……レジーナは、本を読むようになってから語彙が飛躍的に増えているけれど、その言葉の使い方はジコチューすぎる……。

「ひとつ良いことを教えてあげる。アンタが落ちこんでる間に、マナが帰ってきたわ。ルストっていう筋肉モリモリマッチョマンの変態を、あっという間に浄化したみたいよ」

レジーナは、スマホでSNSのトレンドを漁り、キュアハートの写真を亜久里ちゃんに見せつけた。

「マナが帰ってきた……」

「それにね、警察のスペシャルアサルトチームが無事にオカダを救出したんですって」

「本当ですか」

「ここに来る途中で、刑事さんが教えてくれたのよ。あのバカ、怪我してるクセに、病院にも行かずに縦田基地に直行したらしいわ。騎士道精神だかなんだか知らないけど、無茶しすぎよね……」

亜久里ちゃんは言葉を詰まらせた。その背中を叩くように、レジーナは水を向けた。

「で、アンタはどうするの？　何もしないで、このままウジウジしてるつもり？」

「私《わたくし》だって、みんなと一緒に戦いたい……だけど……さっきも言ったとおり、私《わたくし》にはもう何も残されていないのです……」

亜久里ちゃんは、首を激しく横に振った。

レジーナは、ニヤリと笑みを浮かべて、こう言った。

「アンタにはなくても、あたしにはある！」

亜久里ちゃんは、ぽかんと口を開けていた。

「レジーナ……あなた何を……！」

「バカね！　他でもない、双子の姉であるこのあたしが！　力を貸してあげるって言ってるのよ！」

亜久里ちゃんは理解した。レジーナの言葉の意味を！

「ついに、このときが来たのですね。二つに別れた王女の魂が、今再びひとつになる……合体しましょう、レジーナ！」

ぎゅむっ！

手と手を繋いだ亜久里ちゃんとレジーナの鼓動が、響きあって、高鳴っていく！

『プリキュア・ダブルアップ！』

茉莉さんに抱かれていたアイちゃんが、背中の翼を羽ばたかせ、叫んだ。

「きゅぴらっぱー！」

レジーナと亜久里ちゃんの足に、漆黒と真紅の二色のリボンが巻きついて、エナメルの光沢を放つパンプスになった。二人はその靴を踏み鳴らすと、フォックストロットを舞うように、優雅にステップを踏み始めた。赤と黒の軌跡……それはまるで太陽の周りを巡る星々の軌道のようでもあり、闇夜に舞う火の粉のようにも見える。

「亜久里！」

「レジーナ！」

なんて楽しそうなのかしら、二人の円舞《ワルツ》……そのＢＰＭは次第に高まり、やがて二人のシルエットがひとつに重なると、そこに新たなプリキュアが爆誕した！

瑞々《みずみず》しく艶めくピンクの口紅！

左はルビー、右はサファイアのオッドアイ!!

風に靡く髪は、豪華絢爛たる金と赤！

身に纏うショートドレスは、燃え立つような真紅とすべてを呑みこむような漆黒でアシンメトリーに彩られている！

「おお……おおおおっ！」

新たなプリキュアの誕生を目の当たりにした王様は、声を震わせていた。

「君は……君の名は……！」

『ジョーカー……キュアジョーカーと名乗らせていただきます！』

レジーナと亜久里ちゃん、二人が同時に喋っているような不思議な声だ。

『それではお父様、おばあさま、行ってまいります』

お辞儀をすると、キュアジョーカーはバシュッ！　と、虚空に消えた。

☆　☆　☆

「キュア……ジョーカー？」

そのときの私は、亜久里ちゃんとレジーナが合体するまでの経緯を全く聞かされていなかったわけだし。何よりノックダウン寸前だったので……目の前に現れた新たなプリキュアの姿を、ただ茫然《ぼうぜん》と見つめることしかできなかった。

「また新しいプリキュアかよ！」

グーラは、うんざりしたような顔で、キュアジョーカーを睨めつけていた。

「飛んで火に入る夏の虫よ。アンタたち、あのプリキュアを始末しちゃいなさい！」

リーヴァの合図を受けて、ジコチューたちは一斉にキュアジョーカーに襲いかかった。

カマキリジコチューが、鎌をギラつかせながら斬りかかったんだけど、ジョーカーは傷ひとつつかない。逆に、ジコチューの鎌がぽきりと折れた！

「ジコッ！」

『そんなナマクラで、私が傷つくとでも思って？』

ドン！　とカマキリジコチューを突き飛ばすと、今度はサメジコチューが牙をむいて襲いかかってきた。けれど、キュアジョーカーは一歩も引かない。むしろ噛ませる勢いで、正拳突きを繰り出した。牙を砕かれたサメジコチューは、イカジコチューと激突してプシュケーに還った。

「スタアの輝きッ！」

手裏剣のように回転しながら飛んできた星ジコチューを、キュアジョーカーはティヘラ（スペイン語でハサミのこと。両足で相手の頭を挟みこんで旋回して投げ捨てるルチャリブレの技だって、ありすが解説してくれた）で粉砕した。

「俺のバズーカ、食ってみな！　飛ぶぞ」

ラジカセジコチューが、超音波弾を連射してきた。けれど、キュアジョーカーはものともせず、それを片手で弾き返すと、更に殴りかかってきた応援団長ジコチューを一本背負いで投げ飛ばして浄化した！　プリキュアの技を繰り出さなくてもジコチューを浄化できるなんて……強い、強すぎる！

「ビビッてんじゃないわよ！　相手は小娘一人よ！」

リーヴァに尻を叩かれたサザエジコチューが、キュアジョーカー目掛けて無数のビームを偏光させて放ってきた。

『プリキュア・シールド！』

キュアジョーカーは、背中のマントを翻して、ビームの束を受け止めた！

『もうおしまいなの？　だったら、今度はこっちから行くわよ！』

パン！　と手を叩くと、両の手のひらの間から、光の槍が出現した！

『ミラクルドラゴングレイブ！』

グーラたちは怯んだ。

「げえっ！」

「あれは、王女が使ってた三種の神器じゃねえか！」

キュアジョーカーは、その槍の切っ先をサザエジコチューに向けた！

『贖《あがな》いなさい！　ジョーカー・インフェルノ！』

それはまさに、すべてを浄化する煉獄《れんごく》の炎だった。

ミラクルドラゴングレイブから放たれた漆黒と紅蓮の炎が、螺旋《らせん》を描きながらサザエジコチューを貫いた！

「ラーブラブラ〜ブ♡」

サザエジコチューは消し飛んだ。浄化されたプシュケーは、ヘリコプターのパイロットの体に戻った。その圧倒的な力の前に、リーヴァとグーラは沈黙した！

「おいおい、まずいンじゃねえか？」

「こうなったら、こっちも奥の手を使うしかなさそうね！」

リーヴァとグーラは、揃って雄叫びをあげた！

それを見て、私、ハッと思い出した。この二人が合体して怪物化すると、パワーが何十倍にも跳ねあがるんだ。しかも……そいつは目の前にいた毒ガエルのジコチューを頭から丸ごと飲みこんで、ビースト化した！

『グへへへ……これでアタシたちはスピード百倍、パワーは五百倍、ジコチュー度は一千倍よ！』

だけど、キュアジョーカーは怯まない。

『さあ、おうちに帰りなさい』

イタズラっぽく微笑みながら、踵を三回打ち鳴らすと、彼女の足元から、無数の星屑が飛び散った。

『ホーム・スイート・ホーム！』

ビースト化した合体ジコチューの上に、金色に輝く流星の雨が降り注いだ！

『ラーブラーブラ〜ブ！♡』

合体ジコチューはドカンと爆発した。浄化された毒ガエルのプシュケーだけが、夜の暗闇の中へ羽ばたいていった。

「あれ……もしも～し？　リーヴァ君、グーラ君？」

上空に投影されていた倉田氏の顔が引き攣《ひ》《つ》っている。どうやら、こちらからの音声がとぎれたので焦っているようだ。忘れ去られた8ミリカメラの三脚を蹴り倒すと、倉田氏の顔も消えた。

キュアジョーカーは、倒れている私たちを見下ろした。

『いつまで休んでるつもりなの？』

ドキッとした。休んでるつもりなんかなかったけど、キュアジョーカーの一挙手一投足に目を奪われていたのは事実だ。

『ま……ジコチューは綺麗にかたづけちゃったし。大統領の護衛は、あたし一人でもできるんだけどさあ～？』

そこまで言われちゃプリキュアが廃る。私たちは、歯を食いしばって立ちあがった。

ジョナサンは、落下のショックで混乱しているのか……温かい湯船で眠りかけたような目で、キュアジョーカーを見つめていた。

「やあ……来てくれたんだね、マイスイートハート……」

ビビビビビビビビビビビビ！

キュアジョーカーは、右手でジョナサンの頬を容赦なく叩いた。

『寝ぼけてンじゃないわよ！　あたしは、アンタの彼女じゃないのよ！』

すると、反対の手が、自分の右手をつかんで止めた！

『乱暴なことはしないでください！　ジョナサンは怪我をしているのですよ！』

サファイアの瞳が罵った。

『甘やかしちゃダメよ。こんなの怪我のうちに入らないわよ！』

ルビーの瞳が怒鳴った。

『彼は、共和国にとって大切な人なのです！　もっと丁重に扱えと言っているのです！』

ぐぎぎぎ……キュアジョーカーは、自分同士で火花を散らしている！

ジョナサンは、何度も目を瞬《しばたた》かせていた。

「どうなっているんだい、これは……あっ！」

キュアジョーカーの胸のハートの飾りが、眩い光を発した。

彼女が纏っていたドレスは、真紅と漆黒のリボンとなって解けて、繭になり、その繭の中から、亜久里ちゃんとレジーナが現れた。

いや、ほら……この二人がどうしてプリキュアになっていたのか、その経緯を聞いた後だから、こうして一歩引いたような目線で言えるけどさ……最初はホントに、意味が分からなかったわよ！　亜久里ちゃん＋レジーナ＝キュアジョーカーっていう数式が、全く頭に入ってこなかったもの！

「亜久里ちゃん……レジーナさん？」

「キュアジョーカーって、二人が合体した姿だったの？」

「一体、どういうことだビィ……」

「意味が分からないでランス～！」

と、みんな目が点だった。

「理屈なんてどうでもいいのよ」

「私《わたくし》たちは、思いの力で変身したのです！」

またそれか……と思ったけれど、ツッコむだけ時間の無駄よね。

「立てますか、ジョナサン」

「ああ、大丈夫……！」

ジョナサンは、亜久里ちゃんとレジーナの肩を借りて立ちあがった。

「時間がないわ。あたしたち、先に行くわね」

「先にって……ダメよ、瞬間移動は！」

なんでよ！　とキレかけたレジーナに、水谷警部が教えてくれた。面倒くさい国同士のしがらみと、大人同士の話し合いのこと。

「じゃあ、どうしろって言うのよ！　このままミサイルが撃ちこまれるのを、黙って見てろって言うの？」

「そうは言いません。とにかく、最後まで諦めないことです。私は、移動手段を探してきますから、少し待っていてください」

と、警部が駆け出したそのとき、暗闇の向こうから、複数のライトが私たちを照らし出した。

まさかまた、倉田氏の手の者なの？

私たちはただ、光芒《こうぼう》の中で立ちすくんでいた……。

81 ジコチュー軍団全滅！　倉田の最期

そのころ……って、これもまた後から聞いた話や監視カメラの映像で判った話の切り抜きなんだけど、順を追って説明しちゃうね。

キュアハートは単身、クローバータワーに殴りこみをかけていた。

正面ゲートには、NWOの大群が守りを固めていた。キュアハートはそれをちぎっては投げ、ちぎっては投げ。なんとか突破しようと試みるんだけど、相手は機械《マシン》だ。痛みも恐れも感じない。しかも、その数は刻一刻と増えつつあるのだ。

「これ、しんどいなあ……」

そんな弱音が、思わず彼女の口から漏れた。理由はただひとつ。相手は心を持っていないので、ハートシュートもハートダイナマイトも効果がない。キュアハートは徒手空拳でNWOを叩き潰していかないといけないのだ。

「頑張ってキュアハート！　あたしがついてるシャルよ！」

シャルルからエールを送られたキュアハートは「よっしゃ！」とギアを一段あげて、NWO軍団を鉄くずに変えていく！

「うおりゃあああああああああああああっ！」

☆　☆　☆

その様子は、監視カメラによって、タワー最上階の展望室に送られていた。

「お客さんが来てるみたいだぞ」

ソファにもたれながら、モニターを監視していたベールが告げた。

倉田氏は、夜景を眺めながら、億劫《おっくう》そうに「判っていますよ」と呟いた。

「最上階《ペントハウス》のここまでドッカンドッカン聞こえてくるんですから、まったく、うるさくてしようがない……」

ベールは、サングラスをずり下げ、倉田氏に視線を這わせた。

「お前は知らないだろうがな……リーヴァとグーラがやられたぞ」

倉田氏は、背中を向けたまま鼻で嗤った。

「ルスト君の推薦で仲間に入れたものの、所詮は敗者復活組……たいして役には立ちませんでしたねえ」

口の中の飴玉《あめだま》をカロンと転がして、ベールは苦笑した。

「呼び戻されたときから嫌な予感はしていたが……本当に大丈夫なんだろうな？　警察にはつかまる、大統領には逃げられる。おまけに、こうしてプリキュアが足元まで迫ってきているんだぞ」

「最高じゃないですか。一寸先はハプニング……」

「イカレてるのか？」

倉田氏は、腕時計を見た。

「あと十分もすれば、在日米軍の攻撃が始まります。そうなれば日本の警察やプリキュアも、私に構っていられなくなる……それまで存分にスリルを味わってください」

狂気に酔いしれる倉田氏を見て、ベールは、サングラスの奥で目を細めた。

☆　☆　☆

キュアハートの苦闘は続いていた。

NWOは一機倒したら、また新しい別の機体が補充される感じで一進一退。なかなか正面ゲートにたどり着けずにいた。しかも、キュアハートが繰り出す攻撃が、徐々にではあるが防がれるようになっている。

「動きが読まれてるシャルよ！」

キュアハートのヘッドセットに声が響いた。

「NWOのAIが、キュアハートの攻撃パターンを学習しているんだ」

ミチさんからの通信だ。

「しかも、ヤツらはクラウドで情報をリアルタイムに共有している。戦えば戦うほど、君のデータは蓄積され、強くなっていく」

「じゃあ、どうすれば……」

不意に、背中に痛みが走った。テイザー銃だ。発射したワイヤーから電気を流して、相手を麻痺《まひ》させる武器だ。しかし、プリキュアには通用しない。キュアハートは躊躇《ちゅうちょ》することなくワイヤーを引き抜いた。すると、今度は催涙弾が飛んできた。もうもうと煙が立ちこめる中を必死で走りまわっていると、またミチさんの叫び声！

「そっちはダメだ、囲まれてるぞ！」

煙の中からNWOの腕が伸びて、キュアハートを羽交い締めにした。

「しまった！」

眉間に、赤いレーザーサイトが照射されていた。別の機体が、ハンドガンでキュアハートを狙っているのだ！

「ちょ、待っ……！」

刹那、鉄砲水が襲いかかった。

白銀の騎士が、消火栓の水を浴びせかけたのだ！

「今だ、キュアハート！」

キュアハートは、カンガルーキックで羽交い締めから抜け出し、更にローリングソバットを叩きこんでＮＷＯをぶっ飛ばした。

「ありがとう、ミチさん！」

「おかげでずぶ濡れシャルよ！」

「でも、涙は治まったんじゃないかい？　催涙ガスに曝露《ばくろ》したときは、水で洗い流すのがいちばんだからね」

チュイーン！　と、銃弾が足元を掠めた。また別の機体が発砲してきたのだ。白銀の騎士は蜘蛛の糸をタワーの外壁に打ちこむと、キュアハートを抱えてスイングした。

「ＮＷＯは、味方の識別信号を無視する致命的なバグがあるようだ」

「さっきみたいに、味方がいても撃ってくるってことですか？」

「そういうこと」

「だったら……！」

キュアハートは白銀の騎士の腕を振りほどくと、NWOの真ん前にノーガードのまま飛び出した。NWOは、キュアハートにハンドガンを突きつけた。

「使わせてもらうね♡」

にっこり微笑むと、NWOの手首をつかんで脇で固めた。ハンドガンを連射するNWOを、キュアハートは両足を踏んばるようにして振り回した！

「どりゃあああああああっ！」

ハンドガンの乱射に巻きこまれたNWOは、次々に機能停止して倒れた。

「まったく、君ってヤツは……」

「でも、片付きました！」

キュアハートは、ニカッと笑って見せた。

☆　☆　☆

二人は、エレベーターホールに入った。

するとそこには、赤いレザーのライダースーツを着込んだ男が、ユラユラと体を揺さぶりながら待ち構えていた。

「ゴーマ！」

「会いに来てやったぜ。キュアハートさんよお！」

「ミチさんは、少し下がっていてください」

白銀の騎士を遠ざけて、キュアハートはゴーマと対峙した。

「ギャハハハ、やっぱボクちゃんは、人間をジコチューに変えているよりも、こっちの方が性に合ってるんだよなあ……！」

ゴーマは右足を小刻みに震わせている。

「食らえ、サンダー・キック！」

稲妻が走った。

キュアハートは、ゴーマの蹴りを、膝で受け流した。

「サンダー・チョップ！」

回転《ローリング》を加えた逆水平を、キュアハートはでんぐり返しで素早く躱す。二人の間にできた距離を、ゴーマは瞬速で詰めてきた！

「サンダー・パンチ！」

雷鳴が轟いた！

ゴーマの拳から放たれた電撃が、キュアハートを直撃した！　吹っ飛ばされたキュアハートは、エレベーターホールの壁に叩きつけられた。

「ううっ！」

うめき声をあげたキュアハートは、そのままずるずると崩れ落ちた。

「キュアハート！」

駆け寄ろうとする白銀の騎士を、キュアハートは「来ないで」と手で制した。

「立てよ、プリキュア！　お前に浄化されたルストの恨み、晴らしてやるからよ」

「う……恨み？」

「知ってンだろ？　七つの大罪のジコチューは、原初の闇のプロトジコチューから生まれた！　いわばボクちゃんたちは、同じ種から生まれた兄弟みたいなもんなんだよ！」

ゴーマは、顔をクシャクシャにして泣き出した。

「アイツはいいヤツだった……プリキュアに封印されたときも、ボクちゃんにジャネジーを分け与えて生きながらえさせてくれたんだ。おかげで、アイツは赤ん坊みたいな体になっちまったんだけどよお……」

そういうことか、と白銀の騎士は呟いた。

「ジコチューは、ジャネジーがあれば何度でも復活できる。僕は、彼らと最初に契約を結んだときに、『許可なくジャネジーを集めてはならない』ことを条件にした。その代わりに四葉重工のサイバネティクス技術を使って、大人の体を貸し与えたんだ」

「あたし、その辺のことはよく判んないんだけど……」

と言いながら、キュアハートは立ちあがった。

「ひとつだけ判ったことがある。それは、あなたにも『愛』があるってこと！」

「はあ？　愛だとぉ……ッ！」

「あなたはルストさんのことを好きだった……大切に思っていた。だから、ルストさんを倒した、あたしを恨むんでしょう？」

「黙れえええっ！」

雷鳴が轟いた。

ゴーマの指先から放たれた十本の稲妻が、キュアハートに襲いかかった。背中の翼はあっという間に燃え尽きた。だけど、キュアハートは負けない。両手を広げ、電撃を受け止めている！

「それって、つまり『愛』だよ。自分の気持ちを、誰かに捧《ささ》げるってことだよ！」

「分かったようなクチをきくんじゃねえ！」

ゴーマは、パワーを高めた。空気はプラズマ化して、ホールの壁材のタイルを粉々に吹っ飛ばした。発生した電磁パルスの影響で、白銀の騎士の人工コミューンも機能が停止した!!　視界を奪われたミチさんは、兜を脱ぎ捨て、叫んだ。

「キュアハート！」

彼女は立ち続けていた。何も恐れず、杭《くい》を打ちこんだように一歩も退かず！

「ちいっ、しぶといヤツだな！　だったら、もう一度くれてやるぜ!!」

ゴーマは体をクネらせながら、サンダー・キックを放った。けれど、キュアハートはその蹴り足をガッチリと両腕で受け止めた。

「な、なにいっ！」

ゴーマは脚を引き抜こうとするんだけど、ハートは離さない。

「あたしもね、飼ってた犬を二回も殺されたときに『絶対許さない！』って、怒りをぶつけちゃったことがあるんだけど……」

「はあ？　何の話だ！」

「オモイデの国の王様を操ってたクラリネットの話」

「知るかチキショー、離せ！　離せってンだよ！」

ゴーマは、軸足の方でハートの頭部をジャンピングボレーで蹴飛ばそうとした。しかし、ハートはぎゅるん！　と体を捻って、ゴーマを投げ飛ばした。リノリウムの床に顔面をしたたか打ちつけられたゴーマは、悲鳴をあげて耐えている。

「あたし、結局何も聞けないまま倒しちゃったから……あのクラリネットが、どうしてあたしたちをオモイデの国に閉じこめようとしていたのか、分からないままで。あたし、それがずっとトゲが刺さったみたいになってるんだよね。試合には勝ったけど、勝負には負けたみたいな感じ？」

「なんだそりゃあっ！」

ゴーマが頭から湯気を出しているのを見て、キュアハートは「ごめんね。変な話しちゃって」と、寂しそうに微笑んだ。

「多分、この話って堂々巡りなんだと思う。戦えばどっちも傷つくし、かと言って、戦いたくないから手を引くっていうのも、自分の気持ちに嘘をつくってことになるから、何か違う気がするじゃない？」

「だから、なんだ？」

キュアハートは、拳で自分の胸をドン！　と叩いてみせた。

「あたし、自分の想いを全力であなたにぶつけてみる」

血が混じった唾を吐き捨てて、ゴーマは立ちあがった。

「チッ、勝てるつもりでいるのか。ナメられたもんだな！」

ゴーマは、小刻みに膝を震わせ始めた。逆立った髪の毛先から、バチバチと放電している。

「食らえ、サンダー・パアアアアアンチッ！」

キュアハートも、胸に溜めこんだ感情を、一気に解き放った！

「あなたに届け、マイスイートハート！」

雷鳴と鼓動が、エレベーターホールの中央で激突した。

その衝撃は、東京クローバータワー全体を揺るがした！

「うあっ！」

マナは膝をついた。

変身が解けたのだ！

「マナ！」

ミチさんが……こちらも、ただの鎧と化したプロテクターをガシャガシャいわせながら、慌ててマナに駆け寄った。

「へへへ、ボクちゃんの勝ちのようだな……るあッ！」

ゴーマは、慌てて自分の口を塞いだ。しかし、一度こみあげた思いは溢れ出てしまう。

「チキショー……ラブラブラーブ♡」

爆散した。マナたちの目の前で、ゴーマは淡雪のように消え去った。

シャルルが、涙目でマナの顔を覗きこんだ。

「マナ、大丈夫シャル？」

「ありがとう、シャルル……ミチさん、今何時ですか？」

「もうすぐ日付が変わるころだと思う……」

エレベーターに駆け寄って、ボタンを連打！　だけど、ゴーマの放電で壊れたみたいで、まるで反応がなかった。

マナは、非常階段を見上げた。

「まだ間に合う！」

意を決して、マナはクローバータワーの階段を駆け上り始めた。今まさに天頂で輝く十六夜の月よりも速く駆けた。マナの頭の中は空っぽだった。倉田をつかまえるためでもなければ、ジコチューを倒すためでもない。マナは今、もっととてつもなく大きな……そう、人類の愛の在り処《あか》を証明するために走っているのだ。だから……どんなに息が詰まり、足がもつれようとも、マナは走り続けなくてはならない。走れ、マナ！

☆　☆　☆

展望室は、照明が消えていた。

夜の街の明かりと、星が瞬く空の境界は溶けていた。息せき切って階段を駆けあがってきたマナには、そこがまるで宇宙のように見えた。

「遅かったじゃないですか、相田マナさん」

倉田氏は、クシャクシャの髪をかきあげて、耳をそばだてた。

「聞こえるでしょう、鐘の音が……」

夜の帳を震わせるように、遠くから時計台の鐘の音が聞こえてきた。

「今ごろ、アメリカの駆逐艦から次元の裂け目に向けてミサイルが発射されているはずです。何十人か、あるいは何百人かの人たちが炎で焼かれ、何千、何万もの家族たちが嘆くのです。ああ、こんなことならキングジコチューに支配されていた方がマシだった！　人間界と関わりを持たなければ、こんな苦しい思いをしなくても済んだのに！」

倉田氏は、芝居掛かった所作で、天を見上げた。

「人間界とトランプ王国、二つの世界を救った英雄気取りなのかもしれませんが……あなたのそのお節介が、多くの人たちを苦しめることになるのです」

「倉田の言葉に耳を貸すな、マナ！　アイツは人の心を蝕むバケモノだ！」

ミチさんが、肩で息をしながらやってきた。

「ひどいなあ、社長。私はただ真実を述べただけなのに……」

ピシッ！

展望室の窓ガラスが割れて、その破片が横殴りの雨のように降り注いだ！

「危ないッ！」

マナを突き飛ばしたミチさんの肩口に、ガラスの破片が刺さっていた。

「ミチさん！」

ビュウビュウと風が吹きこんだ。その風に紛れて、ベールが姿を現した。

と、倉田氏は丸眼鏡をクイッと押しあげた。

「あなたが余計なことに首を突っこむたびに、そうやって犠牲者が出るのです。あなたの足元に、何羽のツバメが横たわっているのか考えたことはあるんですか、幸せの王子様？」

倉田氏は、私たちのプライバシーに土足で踏みこんできた。あたかも自分が雲の上から下々の者たちを監視する「審判者」であるかのような振る舞いだった。

相手の手口は分かってる。今は自分のペースを乱されないよう、落ちついて……！

マナが、肺の奥まで溜めこんだ息を、ゆっくり吐き出した。そのときだ。

「……ナ……聞こ……マナ……？」

ヘッドセットに、声が響いた。

「今、そっちに行くからね！」

光の粒が粉雪のように降り注いで、人の形を模った。

「な、なんだ！」

倉田氏とベールは驚愕《きょうがく》し、ミチさんは目を瞠り、マナは歓喜の声をあげた。

「みんな！」

ええ、そう……現れたのは私とありす、まこぴー、亜久里ちゃんとレジーナの五人。私たちはマジカルラブリーパッドを使って、クローバータワーの展望室まで瞬間移動したのよ。

「ねえ、大統領はどうしたの？　米軍の攻撃は？」

まあまあ、ちゃんと話すから落ち着いて。

☆　☆　☆

縦田基地の目前で、絶体絶命の大ピンチに陥った私たち。颯爽と現れたキュアジョーカーが、グーラとリーヴァの二大幹部とジコチュー軍団を瞬く間に蹴散らしてくれたところまでは良かったんだけど……暗闇の向こうから現れた車のヘッドライトが、私たちを照らしたの。

「そこにいるのは、クロンダイク大統領か？」

私たちはほとんど力を使い果たしたような状態だったし、これが倉田氏の手の者だとしたらおしまいだなと思って、覚悟を決めてたんだけど……そのライトは、在日米軍の最高幹部・スミス中将を乗せた車両のものだったのよ！

「空に投影されていたジコチューの映像は、我々も確認していました。本物のクロンダイク大統領がこちらに向かっているのであれば、ただ指を咥えて待っているというわけにはいきません。無用な血が流れるのは避けたい。その気持ちは我々も同じです」

そこからは話が早かった。

縦田基地に収容された私たちは、簡単な手当てと検査を受けた。そして、ジョナサンが本物の大統領であり、人間界に宣戦布告した事実はないことが判ると、在日米軍は、出撃していた艦艇の帰還を命令したのよ。攻撃開始まで三分を切っていた。本当にギリギリの決断だったらしい。

☆　☆　☆

「残念だったわね、ナメクジメガネ！」

レジーナが、倉田氏をズビシッ！　と指した。

「あなたの命運もここまでよ！」

亜久里ちゃんが、倉田氏をバビシッ！　と指した。

『とっととお縄を頂戴しなさいッ！』

あ、そこユニゾンなんだ……なんてね。ぼんやり見ている場合じゃないわ。

「ベール君、なんとかしたまえ！」

ベールは、棒つきキャンディーを咥えて、口の中で転がし始めた。

「なんとかと言われてもなあ……契約を交わしたのはゴーマとルストの二人で、俺じゃない」

「何を言っているんだ。君は、私の命令で、ニセの宣戦布告をしてくれたじゃないか」

「面白そうだからやっただけだ。お前の命令に従ったわけじゃあない。それに……」

ベールはサングラス越しに私たちの顔を見た。

「あの小娘たちとやりあうのはごめん被《こうむ》りたい。やりたきゃ勝手にやればいい」

そう言うと、私たちの前から瞬間移動で消え去った。

「あ、はああ……っ！」

その場にぽつんと取り残された倉田氏は……見るも哀れとはまさにこのことね。頬は滑り落ちるように瘦せこけ、顔色はみるみる土気色に変わっていった。

「どいつもこいつも……どいつもこいつも！　この私が、ここまで何十年の月日を費やしたと思っているんですかあああ……ッ！」

倉田氏はフラフラと……割れた展望室の窓辺に歩み寄った。

「あ、危ないっ！」

ジャケットの内ポケットからピルケースを取り出した倉田氏は、中に入っていた丸薬を口の中に放りこんだ。

まさか、毒薬？

「許さないぞ……あなたたちは、絶対に許しませんッ！」

ガリッ！

丸薬を嚙み砕いた倉田氏は、展望室の窓から身を投げた。マナがとっさに駆け寄るけど間に合わない！

「ああっ！」

閃光《スパーク》が走った。

私たちは全員、息を呑んだ。

頭にはムフロン種の羊のようなぐるんと巻いた立派な角、燃えるような真っ赤な瞳、背中にはコウモリの翼、腕には虎のような鋭いツメ、尾にはコブラを生やした巨大な怪物が、窓の外から私たちを睨みつけているのだ！

「あああ、あれは何ケル⁉」

「あたしに訊かれても判らないシャルよ！」

羊頭の怪物は、口角から青白い火の粉を飛ばしながら、私たちを罵った。

「憎イ……オ前タチサエイナケレバアアアアッ！」

レジーナは、訝《いぶか》しむように訊ねた。

「まさか、アンタ……ナメクジメガネ？」

「黙レ小娘エエエエッ！」

ガガン！　と、衝撃が走った。

トラス構造の鉄筋が断ち切られ、クローバータワーは夏の終わりの向日葵のように徐々に傾き始めた。

「きゃあああっ！」

床の上を滑り落ちていく亜久里ちゃんを、窓際にいたマナが足でつかまえ、マナを私とまこぴーとありすが数珠つなぎになって引っ張りあげた！

「何やってんのよ」

ミチさんを背負ったレジーナが、呆れ顔で私たちを見下ろしている。

「いいから助けてえっ！」

☆　☆　☆

展望台が、轟音《ごうおん》とともに崩れ落ちた。大量の粉塵《ふんじん》がもうもうと立ちこめる。私たちは、タワーから五百メートルほど離れた雑居ビルの屋上に瞬間移動して、難を逃れた。羊頭の怪物は、翼を広げ、彼方《かなた》へと飛び去っていった。

「なんなのよ、アイツは……」

「判りませんが、レジーナの言葉に反応していたように見えました」

ミチさんの肩の傷、とりあえず止血はしたけれど、病院でちゃんと診てもらわないとダメな感じ。私、マナに目配せした。

「病院まで運びます」

ラブリーパッドを取り出したマナを、ミチさんが制した。

「倉田を止める方が先だ」

「でも！」

「倉田が口に入れたのは、ジコチュー細胞だ」

「ジコチュー細胞？」

「倉田は、ルストのサイバネティクスボディを作りあげる際に、サンプルを採取させていた。恐らく、培養したサンプルが倉田自身のジャネジーと融合して、あんな姿に……うっ！」

ミチさんは、苦痛に顔を歪めた。

「お兄様！」

「大丈夫だ……それより、亜久里ちゃん！」

ミチさんは、懐から小さな巾着を取り出した。

「申し訳ないことをした。これは君のものだ」

巾着の中には、五つのロイヤルクリスタルが入っていた。

「都合のいいお願いだっていうのは、百も承知だ。だけど、この世界を救うためには、どうしても君の力が必要なんだ。もう一度、変身してくれるかい？」

亜久里ちゃんの瞳は揺れていた。

「さっきは、レジーナが一緒だったから変身できました。でも……一人は怖いのです。また感情が暴走して、誰かを傷つけてしまったらどうしようって……私《わたくし》なんかに、本当にエースが務まるのでしょうか」

「何を恐れることがありましょう」

何処からともなく、竪琴の音色のような、優しい声が聞こえてきた。

「この声は……」

「王女様‼」

天空から柔らかい光が射しこんで、アン王女の姿が浮かびあがった。

「王女様……お会いしとうございました！」

それが幻影と知りつつも、顔じゅう涙でグショグショ……落ち着け、まこぴー。今は亜久里ちゃんに話しかけてるところだぞ。

「亜久里、あなたはまだ若いのです。つまずいたって、立ちあがればいいのです。何度でも！　人は、失敗した分だけ強くなれる。私はそう信じています」

「でも……私《わたくし》にはもう、ラブアイズパレットがありません！」

「心配は無用です」

アン王女が手を差し伸べると、五つのロイヤルクリスタルは光に包まれ、ひとつの指輪に収まった。五色の宝石は、大きさこそ小さくなっているものの、その輝きは間違いなく王国に伝わる伝説の秘宝だった。

「こ、これは……」

「新たなる力、ラブインフィニティリングです」

「無限大の愛の指輪《ラブインフィニティリング》……」

指輪は亜久里ちゃんの右手の薬指に収まり、キラリと輝きを放った。

「ちょっとおっ！」

レジーナが口を尖らせた。

「あたしには何かないわけ？」

アン王女は、首を傾げた。

「何か、とは？」

「亜久里ばっかりずるい！　あたしもプリキュアになって戦いたーい！」

王女様は、くすりと笑った。

「あなたはもう、立派なプリキュアです。誰かのために戦いたいという思いを胸に抱いたそのときから……」

「そうそう。レジーナはあたしたちと同じ、プリキュアだよ！」

ねえ、みんな？　と、マナは同意を求めてくる。もちろん、私たちはレジーナを仲間だと思っているわよ。けど、レジーナは「そういうことじゃなくってさあ！」と、不満タラタラ……言いたいことはだいたい分かるわ。大半の女の子は、魔法のコンパクトとかステッキでシャラランと変身したいもんね。

「私は、いつでもあなたたちのことを見守っていますよ。それでは、アデュー♡」

鮮やかなウインクを残して、王女様の幻影は消えた。有無を言わせぬこの感じ。流石、キングの娘ね……なんて、あっけに取られていたら、私たちの携帯が一斉に鳴った。自特捜のホットラインだ。

「はい、キュアハートです」

「水谷です。新宿に、巨大不明生物が現れたそうです！」

「ええ、四葉重工の倉田専務が、悪魔みたいな怪物に変身したんです」

「……ということは、あの巨大不明生物は、あなたがたの言うジコチューですか？」

「いえ、プシュケーじゃなくて、倉田さん自身が怪物に変身したみたいで！」

マナの説明は間違ってないんだけど、警部の方はイマイチ要領を得ない感じだった。

「とにかく、その巨大……まどろっこしいですね。仮に『ヌエ』とでも呼びましょうか」

鵺《ぬえ》というのは、頭は猿、手足は虎、尾は蛇という、『平家物語《へいけものがたり》』にも登場する魔物のことである。

「ヌエは、自我肥大化生物を取りこみながら、更に巨大化しているそうです」

「なんですと」

「私も、縦田基地から新宿に向かいます。皆さんもお気をつけて！」

「お気をつけてって……ちょっとおっ！」

もろもろツッコむ前に、電話は切れた。

「結局、私たちって都合のいいように使われちゃうっていうか……」

「六花ちゃんの言いたいことはよく分かります。でも、今は行くしかありません」

「ありすの言うとおり。ジコチューに立ち向かえるのは、あたしたちしかいないんだし！」

「マナが行くなら、あたしも行く！」

「今度は、あたしたちが人間界を救う番ね」

みんなの視線が、亜久里ちゃんに注がれた。

「分かりました。参りましょう！」

私たちは、再びラブリーコミューンを握りしめた。

「プリキュア・ラブリンク！」

亜久里ちゃんも、指輪を翳し、叫んだ。

「プリキュア・ドレスアップ！」

月の光に照らされながら、私たちは真新しい衣装を身に纏った。

「マジカルラブリーパッド！　私たちを新宿に連れていって！」

☆　☆　☆

眠らない街、新宿・歌舞伎町。

そもそも、ここは人の欲望が渦巻く歓楽街である。それが、ニセモノの大統領によるニセの宣戦布告で、人々のタガは完全に外れていた。ありとあらゆる暴力が吹き荒れるこの街で、ジコチューを生み出すのはたやすいことだった。マーモが、フラメンコの踊り子のごとく高らかに指を鳴らすたびに、ジコチューの怪物が次々に生まれていった。

「さあ、暴れなさい。人間界を恐怖と絶望に陥れるのよ！」

雨のように降り注ぐジャネジーを浴びて、マーモは酔いしれていた。人間の欲望の数だけジャネジーは生まれる。その無限のジャネジーを、今自分は「独り占め」しているのだ！　マーモにとって、これ以上、甘美な言葉はない。

だが、その夢は脆くも崩れ去った。頭の上を、巨大な影がよぎったからだ。

「な、何あれ……？」

目の前に降り立ったのは、あの羊頭の悪魔……ヌエだった。ヌエは、周辺にいたカエルやゴリラやイカのジコチューたちをわしづかみにすると、無造作に口に放りこみ始めた。

「ちょっと、何してるのよ！　私が萌《は》やしたジャネジーを横取りしないでくれる⁉」

ヌエの真っ赤な目に、マーモの姿が映し出された。

「秘書ノ分際デ……私ニ指図スルツモリカ？」

「秘書って……まさかあなた、倉田なの？」

「コノ世界ハ全テ……私ノモノダアアアアアアア！」

ヌエは、鋭いツメを器用に使って、マーモをひょいとつまみあげた。

「えっ……ちょっと、嘘でしょ？　いやあああああああーっ！」

悲鳴は、ヌエの口の中で消えた。

「愚かなヤツだ……」

上空から見ていたベールは、せせら笑った。

「いつも欲の皮が突っ張ってるお前にはふさわしい末路かもしれないが……俺たちジコチューは不死身だから、またしばらくすれば復活でぎゅぷっ！」

ゲンコツが降ってきた。ベールは、したたか舌を噛んだ。

「勝手に殺さないでくれる？」

「しぶといな、マーモ……」

「瞬間移動で脱出したのよ！　それより……どうして倉田があんな姿になっちゃってるのよ？」

「さあな。アイツの秘書をしていたお前の方が詳しいんじゃないのか」

「失礼ね！　私は社長秘書。うだつのあがらない専務なんて知らないの……ああ、もう最悪……アイツのヨダレで全身ベトベト。気持ち悪い！」

嘔吐くマーモの隣で、ベールはヌエの姿を冷ややかに見つめていた。

「人間の欲望というのは際限がないものだ……欲望が抑えきれなくなった怪物を、更に食らって己の糧とするか……」

ベールは、自分のサングラスをグイッと押しあげた。

「蛇が己の尻尾を食らい始めたらどうなるか……分かっているのか、倉田？」

☆　　☆　　☆

私たちが新宿上空に瞬間移動したときには、ヌエは既に街の中に収まらないくらい巨大化していた。足は地下街を踏み抜き、ツメは家電量販店の大型サイネージを切り裂き、尻尾は大ガードの線路を破断した。

「何あれ！」

「でかいビィ！」

「あたしのパパと比べたら、小さい小さい！」

レジーナは、ミラクルドラゴングレイブを構えた。

「やっちゃえ、ドラゴングレイブ！」

光の槍から迸ったエネルギーは、龍となって、ヌエに食らいついた！

「エエイ、鬱陶シイッ！」

ヌエは、体に巻きついた龍を引きちぎり、レジーナに殴りかかってきた！　ロゼッタは二枚の盾《ロゼッタウォール》でヌエの巨大な拳を受け流した。

「プリキュア・スパークルソード！」

無数の光の矢が、ヌエの顔面に襲いかかる。鬱陶しそうに腕を振り回しているヌエの足元を、私はダイヤモンドシャワーで凍結させた。足を滑らせたヌエは、バランスを崩した。今だ、とばかりにハートが低空のドロップキックを叩きこむ。ズズーン！　巨木が切り倒されるように、ヌエは尻餅をついた。

「愛をなくした倉田さん！　このキュアハートが、あなたのドキドキ、取り戻してみせる！」

「プリキュア……プリキュア、プリキュアアアアアッ！」

ヌエは、ハートに襲いかかった。バックステップで躱す彼女を執拗《しつよう》に追いまわし、手のひらで何度も叩き潰そうとした。地面はひび割れ、周りの建物は大きく傾《かし》いだ。

「私ノ計画ガ完成シテイレバ、イマゴロ四葉重工ハ世界一ノ軍需産業会社ニナッテイタモノヲ……貴様タチサエ居ナケレバ……貴様タチサエ居ナケレバアアアッ！」

「ラブキッスルージュ！」

ヌエの目の前に、キュアエースが立ち塞がり、燃えるような緋色《ひいろ》の口紅を引いた。

「ときめきなさい、エースショット！　ばきゅ〜ん♡」

ゼロ距離射撃である。

ヌエの巨体は吹っ飛び、赤と黄色のネオンサインを押し潰した！

「やったあ！」

生まれ変わったキュアエースは、見た目こそ変わらないものの、パワーは以前よりも数段あがっているのがハッキリと見て取れた。これなら勝てると思ったそのときだ。

真夏の太陽を百個も並べたような強烈な光と熱が襲いかかってきた。ヌエが、口から青白い閃光を吐き出したのだ！　伏せる間もない。私たちは、爆発の衝撃で木の葉のように宙を舞った。

「みんな、大丈夫？」

火の粉が降り注ぐ中、キュアハートが点呼を取る。私たちは「はい、大丈夫です」「生きてまーす」と、息も絶え絶えに応えた。

「きゃあああっ！」

悲鳴をあげたのはキュアエースだった。ガタガタと震える彼女の視線の先を追うと……ない。線路の向こう側にそそり立っていたはずの超高層ビル群が綺麗さっぱりなくなって、新宿駅の西口方面は完全に火の海と化していた。

「そ、そんな……！」

「嘘でしょ……？」

　グラグラグラ……と、大気が揺らいだ。

　私たちを嘲笑うヌエの笑い声だった。

「何ガぷりきゅあダ……何ガ希望ノ戦士ダ。オ前タチナド、コノ私ノ前デハ塵芥《ちりあくた》ニ過ギヌ！」

　沼の底からガスが湧きたつように、ヌエの胸のあたりがボコボコ……と脈動を始めた。すると、そこに巨大な人の顔が浮かびあがった。その顔の造作は、間違いなく倉田氏そのものだった。

　ザアーッと、雨が降り出した。

　巻きあげられた埃や煤をいっぱいに含んだ、真っ黒な雨だった。

　言葉を失った私たちは、呆然と雨の中で立ち尽くしていた。

　やがて雨音に紛れ、うおおおーんと犬の遠吠《とおぼ》えのような声が聞こえてきた。それもひとつや二つではない……明かりが消えた街のあちらこちらから無数に流れてくるのだ。

　犬？　ううん、違う……これは多分、人々の慟哭《どうこく》だ！

「ククク……聞こえるでショう？　世界の終わりヲ目の当タリにしテ打ち震える人間タちの叫び声ガあ……」

　倉田氏の元々のテノールはバスまで落ち、更に悪魔のような嗄《しわが》れ声が混在していて聞き取りにくい。見た目同様、既に心の半分以上はジコチュー細胞に乗っ取られているのだろう。

「もっとだ……もっト聞かセろ！　オ前たチノ恐怖ト絶望が、コノ私の糧トなるノダ！」

暗闇から青白い燐光《りんこう》のようなものが立ち昇り始めた。それを、ヌエは体全体で浴びている⁉

「あれは……？」

「ジャネジーだビィ！　倉田は、ジャネジーを吸収しているんだビィ！」

「ジャネジーを集めて……まさか、またさっきみたいな激ヤバのビームを出そうってンじゃないでしょうね⁉」

「私が守ります。でも、防げるのは一度きりだと思います」

レジーナが金切り声を出している横で、ロゼッタはラブハートアローを取り出した。

ロゼッタは、キュアハートの方を振り向いて、こう言った。

「必ず、倉田さんを止めてください」

「分かった！」

降りしきる雨の中、パン！　と自分の両頬を叩いて、キュアハートは気合を入れた。

「よし、行きますか！」

「待って！」

私、ハートの右手をぎゅむっ、とつかむ。

「抜け駆けはもう絶対にナシにして。行くときは一緒だからね」

「OK、六花！」

ソードが、私たちに手を重ねた。

「あたしも力を貸す。一緒にこの世界を守ろう！」

「ありがとう、まこぴー」

エースも、一緒に手を重ねた。

「プリキュア五つの誓い、ひとつ。みんなで力を合わせれば、不可能はない……でしたわね」

「流石、亜久里ちゃん。ちゃんと覚えててくれたんだ」

当たり前です、とエースは微笑みを返した。

レジーナが、ミラクルドラゴングレイブを差し出した。

「これ、貸したげる。王女も使ってたし、少しは役に立つんじゃない？」

「立つ立つ、立ちまくるんだ・け・ど！」

ハートは、レジーナの手をつかんで引きよせた。

「力は貸したり与えたりするもんじゃない。合わせるものだって、誰かが言ってた！」

「マナ……！」

ハートは、ロゼッタの腕もつかんで、円陣を組んだ。

「倉田さんの思いどおりにはさせない。この世界に、必ず『愛』を取り戻そう。行くよー。ファイトオ〜……！」

「オオーッ！」

鬨《とき》の声をあげた私たちは、ヌエに向かってゆっくり前進を始めた。

「キュアダイヤモンド！」

腰のポシェットに収まっていたラケルが、空を指して叫んだ。

「ベールとマーモが、こっちを見てるケル！」

一瞥すると……確かにあの二人が私たちを見下ろしていた。

ジャネジーを吸収して、街を焼き払い、恐怖と絶望で更にジャネジーを生み出す、まさに悪魔の永久機関を得た倉田に、果たしてどう立ち向かうつもりだ、プリキュア？

「気にしちゃダメよ、ラケル。今は倉田に集中して！」

「ケル！」

ヌエの胸から突き出た倉田氏の顔が、私たちをギロリと睨んだ。

「プリキュ……ア……まダそんナトコロヲウろチョロしテイマシタカア？」

キュアハートは、ヌエに訴えかけた。

「倉田さん！　これ以上、ひどいことはしないで。みんなを苦しめて、困らせて、喜ぶなんて……あなたのしていることは間違っている！」

倉田氏の顔が、醜く歪んだ。

「コノ私ニ、説教しヨウというのデすカ？」

羊頭の口が、クワッと開いた。

「コの世界トとモニ、燃エ尽きルガイイ！」

青白い閃光が迸った！

「ロゼッタリフレクション！」

四つ葉の光の盾が、私たちの前に展開された。ヌエが吐き出したビームを、ロゼッタは渾身の力で食い止めていた！

「さあ、今のうちに！」

「ラブハートアロー！」

出現したのは、一張りの巨大なラブハートアローだった。なんかデカくない？　って思ったけど、他のみんなは疑問に思ってないみたいだったので……それを五人で担ぎあげ、レールにミラクルドラゴングレイブを番《つが》えた！

黄金の穂先に、私たちのエネルギーがギュンギュン集まっていく！

「プリキュア・ミラクル・バズーカー！」

放たれた黄金の矢は、ヌエが吐き出した閃光を切り裂いて、倉田の眉間を貫いた！

「グ……ッ！」

聞こえたのは短い悲鳴。自分に何が起きたのかさえ分かっていないような断末魔だった。

ヌエの巨体は、天を仰いで、ゆっくりと倒れていった。

た。

「やったシャルか？」

「やったよ、シャルル！　あたしたち、勝ったんだ！」

私たちは、抱きあって喜んだ。黒い雲の切れ間から、朝陽が射しこんだように感じていた。

だが、それは誤りだった。

ヌエは、まだ死んでいなかったのだ。

尻尾のコブラが鎌首をもたげ、青白い閃光を吐き出した！

「……！」

☆　☆　☆

私、この日だけで何度か気を失いかけたんだけど、このときは本当にヤバかったっていうか……気がついたときにはまた変身が解けていたし、自分の周りは燃えてるしで、ああこれは私、死んだのかな。死んで地獄に落ちたのかなって、思ってた。

「六花……六花！」

耳元で、誰かが私を呼んでいる。

「大丈夫ケル？」

「判んない」

体を起こすと、肋骨のあたりに痛みが走った。これ、折れてるかヒビが入ってるかしてないかしら……でも、ゆっくりならなんとか大丈夫か。手も何度かグーパーして、ちゃんと動くことを確認して。

「みんなは……」

マナたちの姿を確認する前に、傾いたビルの陰からヌエが姿を現した。でも、上下が逆さまだわ。虎の腕を足にして、のっしのっしと歩いてる。しかも、尻尾だったコブラの首はいつの間にか三本に増えていて、四方八方にビームを撒き散らしていた。

火線が通った後は……私の目がどうにかなっているのでなければ……裂けている。薄いガラスが割れるように、空間が切り裂かれているのだ！　レジーナがミラクルドラゴングレイブを使ったときは、裂け目の向こう側には人間界の青空が見えていたけれど、今見えているものは完全な闇。すべての光を吞みこむ漆黒の中の漆黒！　あれに比べたら、さっきまで降っていた黒い雨でさえ全然明るいと思える。

その空間を切り裂くビームの一筋が、今まさに私の方に向かって吐き出されていて……これ逃げないと当たるよねって頭の中では分かっているんだけど、恐怖で体が強《こわ》ばって、ちっとも動かない。

あ、ダメだ……！

私は、観念して目を閉じた。

ビームが直撃した瞬間、体がフッと浮いたと思ったらそれっきり……何も感じない。何も聞こえない。恐る恐る目を開けてみると……そこには見覚えのある男の子が立っていた！

「何やってんだよ、お前？」

呆れたようにイーラが言う。どうやら、私とラケルはビームの射線上から瞬間移動でどかされたらしい。

「助けに来てくれたの？」

「バーカ。俺はただ、おちおち寝てもいらんねえから文句を言いに来ただけだ」

相変わらずの憎まれ口。でも、命拾いしたのは事実だし「ありがとう」と礼を言っておいた。イーラは、忌々しげに鼻に皺を寄せていた。

ヌエは、私たちには目もくれず、地平線の彼方までビームを発射し続けている。住民の避難状況はどうなっているんだろう。水谷警部とも連絡が取れないからよく判らないけれど……。

「やれやれ、厄介な相手が出てきたな……」

私のそばに、いつの間にかベールとマーモが立っていた。

「ウロボロスの円環によって、倉田は『原初の闇』と繋がったんだ」

「ウロボロス？　原初の闇？」

私には、ベールの言っていることがよく分からない。

「原初の闇っていうのは、お前たちの言う神様が『光あれ』って言うよりも前から存在している……その名のとおり、闇の根源みたいなもんだ。キングジコチュー様と違って、心なんて持っちゃいない。すべてを闇に返そうとする恐ろしいヤツだ」

「戦うだけ無駄よ。とっととお逃げなさい」

マーモが、森のくまさんみたいなことを言う。

「逃げるって、何処へケル？」

イーラが、私をジッと見た。

「お前、三種の神器を持ってンだろ？　アレさえあれば、何処へでも行けるハズだ。アイツの目が届かない場所へ逃げろ。何なら、違う世界にだって……」

多分……今だったら、イーラが私のことを心配して言ってくれてたんだって理解できたと思う。だけど、そのときの私は、もう答えを出していた。

「私、逃げない」

「はあ？　死ぬかもしれないんだぞ」

「だって、マナがいるもの。マナは、絶対に諦めたりしない。だったら私も、最後まで一緒に戦う」

それが、ツバメの務めだもん。

「勝てる見込みもないのにかよ！」

「やってみなきゃ判らないでしょ」

言ったのは、私じゃない。

マナだ。傷だらけで瓦礫の上に立っている。

「マナ！」

「ねえ、ベールさん」

と、マナは大声で訊ねた。流石のベールも面食らった様子で、変な声を出していた。

「うぐ……貴様、友達みたいに話しかけるな！」

「アイツには心がないって言ってたけど、だったら、なんですべてを闇に返そうとするの？　闇に執着するってことは、やっぱり何かこだわりが……心があるからなんじゃないのかな？」

「そんなこと、俺が知るか！」

マナは、溜め息をついた。

「だよね、判んないよね……だったらあたしは、その可能性にかけてみる！」

「はあ？　マジかよ……」

「イカレてるとしか思えないわね……」

イーラとマーモは、完全に呆れ果てていた。

「だったら、見せてもらおうじゃないのよ？　プリキュアが起こす奇跡ってヤツを……」

何処からともなく、声が聞こえてきた……でも、今のはイーラたちじゃないわ。

「ギャハハハ！　知らねえのか。奇跡は、起きないから奇跡って言うんだぜ」

私、声の出所を捜して、キョロキョロしていると……足元にみすぼらしいドブネズミが四匹並んでいた。

「だが、奇跡が起きなきゃ、俺たちも助からねえ」

ぎゃあっ！　おしゃぶりを咥えたマッチョなネズミが喋ったあっ！

「おっと……気がついたか可愛子ちゃん？」

「え……もしかして、あなた……ルストなの？」

「ああ、そうだ」

と、ベールが教えてくれた。頭の毛ツンツンなのがゴーマで、ハットを被ってるのがリーヴァで、いちばん太っちょなのがグーラ。みんなジャネジーを失って、ネズミになってしまったらしい。

「腹が減っちまった。こんなの見てないで、飯でも食いにいこうぜ」

「バーカ！　周りをよく見ろ。飯屋なんか何処に開いてるっつーんだよ！」

イーラの言うとおり、今や世界は崩壊寸前だった。

ありすは、瓦礫の中で倒れたままだった。その場所からはマナの姿こそ見えなかったが、目を閉じて、静かに祈りを捧げていた。

「マナちゃん……しっかり……！」

まこぴーは、ＤＢの肩を借りて立ちあがっていた。

「あなたが最後の希望なのよ、マナ！」

亜久里ちゃんとレジーナは、支えあいながら歩いていた。

「頼みます、マナ！」

「マナ、頑張って！」

みんなの声を……祈りを聞きながら、マナは再びヌエの前に立った。

☆　☆　☆

瓦礫の山と化したクローバータワーの麓《ふもと》でミチさんは座りこんでいた。この混乱の最中では救急車は呼んでも来ない。赤々と燃える都心の方から、時折雷のような閃光が瞬き、空を切り裂いていった。まさに、終末と呼ぶにふさわしい光景だった。

ミチさんは、その絶望的な空を見上げながら、大きく息を吐いた。

「マナ……昔から君は、降りかかる逆境を物ともせず跳ね返してきたよね。だから、今度もきっと……」

そこへ、一台の車がやってきた。

四葉財閥のリムジンだった。

「ヒロミチ様！」

降り立ったのは、セバスチャンと王様、それにアイちゃんを抱いた茉莉さんだった。

「皆さん……どうして、ここに？」

「この子が、ここに連れてきてほしいと……」

アイちゃんは、小さな翼を羽ばたかせて、茉莉さんの腕から飛び立った。

「きゅぴらっぱー！」

瓦礫の下に埋もれていたNWOの残骸から、宝石が飛び出した。

「あれは……！」

「ロイヤルクリスタル！」

「四葉財閥が、科学の力で作りあげた合成品《まがいもの》ですよ」

無数の人工ロイヤルクリスタルは、キラキラと輝きながら音速を超えるスピードで上昇していった。王様は、その様子を見上げて、こう言った。

「いや、しかし……あれは、本物に勝るとも劣らない。まさに奇跡の輝きだ！」

☆　☆　☆

大気圏を脱出したロイヤルクリスタルは、地球全土に流星のように降り注いだ。

この星を、この街を……大切な人たちを守りたいと願う乙女たちの元へ！

そして……その輝きは、地球にビッグバンに匹敵する力をもたらすのである。

☆　☆　☆

三つ首をもたげたヌエの前に、マナは立っていた。

お願いだから、あたしの声を聴いて。この星に生きるたくさんの命の鼓動に耳を傾けて！

そんな願いも空《むな》しく、ヌエは歩を進めた。私たちの存在なんて、最初から目に入っていなかったみたいに、マナを踏み潰そうとした。私は、目を背けることもできないまま、悲鳴をあげた！

「マナ！」

そのとき、不思議なことが起きた。

光の粒が空から降り注いだかと思うと、それが人の形となって現れたのだ。

「あ……ああ……？」

光り輝くドレスを纏った少女たち……何百、何千ものプリキュアが、天空を埋め尽くしていた！

「はじめまして。私はキュアキスリング。あなたに憧れてプリキュアになりました」

「キュアテスラ。クロアチアから来ました……私の日本語、おかしくないですか？」

「うわあああ、本物のキュアハートだ！　マジ感激……あっ、あたし、キュアアクラベス。よろしく！」

なんだこれ……どうなってるの？　ほとんどサイン会みたいなノリで、世界中の国々から駆けつけたプリキュアたちが、マナを取り囲んでいる⁉

「あなたたちは……？」

マナが問いかけると、彼女たちは手にした宝石を翳してみせた！

「ロイヤルクリスタル！」

「私たちは気づいたんです。この世界は誰のものでもない。みんなのものなんだって！」

「だからこそ！　自分たちの力で守らなきゃいけないって！」

「その思いの力で、あたしたちはプリキュアとして目覚めたんだ！」

「さあ、力を合わせて、ともに戦いましょう！」

ヌエが吠えた。心臓をキリキリと締めつけてくるような、地獄の雄叫びだった。

大地が揺らぎ、空が落ちてきた。

漆黒の闇が、私たちの上に降り注いできたのだ！

音もなく、光もない世界で……プリキュアたちは、クリスタルを握りしめた。

すると、闇の中に光が瞬いた。

その瞬きは弱々しかったけれど……次第に数を増し、星座のように広がっていった！

「あたしたちは負けない……誰かを守りたいっていう愛と、何かを成し遂げたいっていう夢がある限り、闇に屈したりはしない……絶対に！」

光が生まれた。

それは、超新星の爆発のごとき輝きだった。

キュアハートだ。

私たちのキュアハートが甦ったのだ！

「ごめんね、ワガママ言って。あたしたち、この世界でドキドキしていたいの。だから、悪いんだけど、もうしばらく眠っていてくれないかな？」

ヌエは何も答えなかった。

本当に心がないのかもしれないし、黙って受け止めてくれたのかも判らない。

キュアハートは、ヌエの目の前で叫んだ。

「あなたに届け、マイスイートハート！」

その瞬間、

暖かく、柔らかな鼓動が、この星全体に広がって行った。
ヌエは、靄《もや》のように消え去った。
ビルの谷間から、朝陽が射しこんだ。
名前も知らない鳥が、囀《さえず》りながら飛んでいく。
平和が戻ったのだ。

111

それぞれの新生活。

うちの高校には、制服がない。だから、こんな花曇りの日は何を着ていくべきか悩む。パーカーは着ていくと多分邪魔になる。かといって、カットソー一枚だと帰りが寒い。

「長ティーの上に、ニットのベストでも着ていけばいいケルよ」

最近、ラケルはおしゃれ番長だ。彼のコーディネートで褒められたりすることもそれなりにあるので侮れない。私は言われたとおりに着替えて、家を出た。

そうそう、おかげさまで私は磯大付属に合格しました。通学は片道一時間かかるけど、当駅始発に乗れば座れるし。その時間は読書と割り切っているので、問題なし。

☆　☆　☆

あれから半年以上が過ぎて、町はすっかり平穏を取り戻していた。

大量発生したジコチューに破壊された街並みは、例の不思議な力で修復された。クローバータワーや新宿の高層ビル群も、なにごともなかったかのようにその雄姿を留《とど》めている。破壊された物質だけ時間が巻き戻るこの現象を、超弦理論を用いて読み解こうとする研究が行われているらしいんだけど、私にはぶっちゃけよく分からない。

☆　☆　☆

トランプ共和国は、国連の百九十四番目の加盟国として承認された。青と白のストライプの旗が、ニューヨークの国連総会ビルに掲げられたときは、歴史の新たな一ページを目撃したんだなあという感慨で胸がいっぱいだった。暗記しておくべきことがまたひとつ増えたわけだけど、それはそれだ。

☆　☆　☆

今回の一連の事件の責任を取って、ミチさんは四葉ホールディングスの解体ならびに、四葉重工の廃業を宣言。代表取締役社長の座を辞任した。

ミチさんは、またしばらく旅に出ることになった。出発前に、空港のラウンジで少しだけ話す時間があったの。

「どうしても行くんですか」

「これから先、世界はますます変貌していくだろう。この目で確かめておかないと、あっという間に取り残されてしまうからね」

「その変貌を望んでいたのは、ミチさん自身じゃないんですか」

「もちろん……だけど、想定外だ。五千人のプリキュアが生まれるなんて！」

ミチさんがお道化てみせたので、私もつられて笑った。

「変革は、突然訪れる。だけど、変革を起こそうと頑張ってる人間の足をわざわざ引っ張って喜ぶヤツもいる。相田マナが起こした変革を、僕はできるだけサポートするつもりだ……」

妹をよろしく頼む。そう言って、ミチさんは搭乗口に向かった。

☆　☆　☆

一方、四葉商事の社長に就任したありすは、新しい事業を立ちあげていた。

「マダガスカルで紅茶の農園を始めたんです。無農薬ですし、とっても美味しいですよ」

なんて、嬉しそうに話してくれる。前より忙しいみたいだけれど、とってもやりがいを感じているみたい。

まこぴーは、相変わらず世界中を飛び回っている。この間も、ロンドンでライブを成功させたってニュースになってたわ。

亜久里ちゃんは、大貝小学校で生徒会長に就任した。六年生ともなると風格が備わってくるのか。生徒たちから「お姉様」と呼ばれ、絶大な支持を集めているらしい。

それに感化されたのか知らないけれど、レジーナも大貝第一中学で生徒会長に立候補したんですって。

「あたしが生徒会長に就任した暁には、宿題を廃止します！」

なんて公約を掲げて支持を集めたみたいなんだけど、残念ながら落選。それでおとなしくしているかと思ったら、今度は『ジコチュー同好会』を設立。「やりたいことはなんでもやる」という目標を掲げ、活動を始めたらしい（なんだそれ）。今や大貝第一中学では最大の派閥を形成しているというから、判らないものよね……。

☆　☆　☆

まあそんな感じで、友達同士のつきあいは続いてるんだけど、六人全員で会うのは少なくなってきてる感じかな。プリキュアとしての活動も、余程のことがない限りお声がかからない。あの人工衛星の墜落騒ぎだって、もう半年近く前の話だもん。

たまに思い出すこともあるよ、イーラたちのこと。家の前にペットボトルのキャップが転がっていたりすると、知らないうちに覗きに来てるんじゃないのかしら、なんて想像したり……でも、ジコチューは寿命が人間とは違うみたいだし。私のことなんていつの間にか綺麗さっぱり忘れたりするんでしょうね……心の中の曇天を吹き飛ばすように、私は教室の椅子にどすんと腰を下ろす。

すると、暗闇が襲ってきた。

背後から両目を塞がれたのだ。

「だーれだ？」

私にそんなイタズラを仕掛けてくるのは一人しかいない。

「幸せの王子様、でしょ！」

正解！　と、マナは私の背中にしがみついてきた。

え、なんで一緒の学校に通っているんだって？

なんででしょうね。私も正直、信じられないんだけど……帰国してから、マナは自分の時間を全部勉強に集中するようになって、そしたらグングンと成績があがったのだ。

そしたらまあ、同じ高校に合格しちゃったのよ。受験勉強始めたの、九月の末からよ？

なんかもう、ぶっちゃけありえないと思わない？

「朝練でお腹ペコペコだよ。一緒に売店行かない？」

「そうだと思って、私はお弁当を二つ持ってきた」

じゃじゃーん、とまこぴーばりの擬音つきで、カバンから取り出す弁当箱。

「おおお！　流石、六花様。愛してるう！」

「その代わり、帰りに業スーつきあって。明日のお弁当のおかず買わないと」

「モチのロン！」

あの日、覚醒したプリキュアたちは、世界各地で活躍を続けている。

マナは『幸せの王子』としての役割を終えた。

たった一人で、世界を救う必要はなくなったのだ。

今や『愛の輪《ラブリンク》』は、この星の隅々にまで広がっている。

終わり

KURATA WILL RETURN

小説 ドキドキ！プリキュア

原作
東堂いづみ

著者
山口亮太

イラスト
高橋晃

協力
柴田宏明（東映アニメーション）

デザイン
東妻詩織（primary inc.,）

山口亮太 | RYOTA YAMAGUCHI

1969年東京都生まれ。STAFFWHY所属。

現在、アニメの脚本を中心に活躍中。

代表作は『ドキドキ！プリキュア』『キャッチ！ティニピン』など。

ノベライズ作品として『エスカフローネ』『みすて♡ないでデイジー』『OVA鉄拳』がある。

講談社キャラクター文庫 035

小説《しょうせつ》 ドキドキ！プリキュア

2024年9月17日 第1刷発行
2024年10月15日 第2刷発行

KODANSHA

著者	山口亮太《やまぐちりょうた》 ©Ryota Yamaguchi
原作	東堂《とうどう》いづみ ©ABC-A・東映アニメーション
発行者	安永尚人
発行所	株式会社 講談社
	〒112-8001 東京都文京区音羽2-12-21
電話	出版（03）5395-3489 販売（03）5395-3625
	業務（03）5395-3603
本文データ制作	講談社デジタル製作
印刷	大日本印刷株式会社
製本	大日本印刷株式会社

ISBN 978-4-06-535699-9 N.D.C.913 453p 15cm
定価はカバーに表示してあります。Printed in Japan

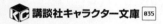